GLI INSUPERABILI

128

Della stessa autrice

Una notte d'amore a New York
Mi sposo a New York
Ho voglia di innamorarmi

Tutti i personaggi di questo romanzo sono immaginari
e ogni somiglianza con persone reali, viventi
o defunte, è puramente casuale

Quinta edizione: marzo 2016

Roma, Casella postale 6214

ISBN 978-88-541-7234-0

www.newtoncompton.com

Stampato presso Puntoweb s.r.l., Ariccia (Roma)
su carta prodotta con pasta termomeccanica, senza utilizzo di cloro,
proveniente da foreste controllate, nel rispetto delle normative ambientali vigenti.

Cassandra Rocca

Tutta colpa di New York

Newton Compton editori

A chi continua a credere,
nonostante tutto.

Capitolo 1

Le risate dei bambini risuonavano lungo la via, facendo eco a quelle più contenute degli adulti e ai tipici rumori delle case in festa.

In un piccolo quartiere residenziale di Staten Island le famiglie erano intente a celebrare il giorno del Ringraziamento attorno a tavole imbandite, su cui facevano bella mostra di sé tacchini ripieni, gustando squisite torte di zucca, patate dolci, e chiacchierando amabilmente con gli ospiti. In strada, i bambini si godevano la fredda giornata di sole di fine novembre rincorrendosi fra loro, ma erano i piccoli gemelli Stevenson a ridere più di tutti gli altri, inseguiti da una strana specie di tacchino umano.

«E così vorreste mangiarmi, eh? Ve la faccio vedere io, cannibali! Sono stufo di vedere i miei simili stesi sui vostri tavoli!».

Con voce stridula, infarcita dei buffi versi tipici di un tacchino, Clover O'Brian continuò a rincorrere i tre monelli di sette anni per il piccolo spazio erboso di fronte alla chiesa, deliziata dalle loro grida. «Chi di voi ha mangiato più tacchino a pranzo?», chiese, facendo seguire una raffica di *glo glo glo* per dare enfasi al personaggio.

«Io, io!», strillò Sam, quello con due buchi vuoti al posto degli incisivi superiori. «Ne ho mangiati ben due piatti!».

«Ah, non stento a crederlo! Con tutto quello spazio lì davanti, è naturale che cada più cibo nella tua bocca», scherzò Clover, fingendo di caricarlo a testa bassa. «Allora mangerò prima te! *Glo glo glo*!».

Scattò in avanti facendo urlare di gioia il bambino, poi si dedicò anche agli altri due. Iniziava ad avere il fiatone, ma le piaceva sentire il suono di quelle risate infantili. E poi non aveva niente di meglio da fare: era sempre sola il giorno del Ringraziamento.

Anzi, a dirla tutta, era sola quasi in ogni ricorrenza speciale.

Non poteva affermare di avere una *famiglia* e i suoi pochi amici passavano le feste con i propri cari, com'era giusto che fosse. Riceveva spesso i loro inviti, ma preferiva declinare e trovare passatempi alternativi per trascorrere quelle giornate. Imbucarsi nelle case altrui non faceva che ricordarle ciò che a lei mancava, e non voleva che pensieri così tetri le rovinassero un giorno di festa.

L'allegria era quasi un dovere, per Clover. Soprattutto in quel periodo.

Adorava il Natale, l'atmosfera che si respirava a dicembre e in nessun altro mese dell'anno, e si batteva continuamente perché nessuno rovinasse quei trenta giorni per lei sacri, anche a costo di festeggiare da sola.

Da quando suo padre era morto, ormai dieci anni prima, Clover si era lentamente abituata alla solitudine.

Non che prima ci fosse un gran clima di festa in casa O'Brian: nessuno nella sua famiglia aveva una predisposizione al buonumore, né uno spiccato spirito natalizio. Ma lei non aveva perso quell'esuberanza infantile che la faceva sorridere come un ebete al pensiero di dozzine di pacchi colorati sotto un albero luminoso. Per questo cercava in tutti i modi di non farsi avvelenare dal cinismo e dal disincanto altrui.

Sua madre aveva sempre odiato il Natale. Dover organizzare una festa impeccabile per gli ospiti, andare alla ricerca dei regali per tutti e sorridere a parenti e amici comportava nervosismo e imprecazioni, dai quali suo padre si teneva sempre saggiamente alla larga. Ma una volta rimasta vedova le cose erano ulteriormente peggiorate, e così Nadia O'Brian aveva smesso di organizzare qualunque festeggiamento, limitandosi ad accettare gli inviti altrui.

Suo fratello Patrick, invece, da quando si era sposato aveva perso ogni interesse per quel periodo, considerandolo solo *una festa per bambini*. A dire il vero erano molti i cambiamenti avvenuti in lui, dopo il matrimonio, e tutti negativi: si era chiuso in se stesso, pensando unicamente al lavoro e ai figli, dimenticando il bel rapporto di complicità che li aveva sempre legati. Clover ripensava a Patrick con nostalgia e rabbia... *Ripensava*, sì, perché i ricordi erano tutto ciò che le rimaneva: non essendo particolarmente simpatica alla cognata, il loro legame si era inesorabilmente allentato e i loro incontri erano diventati sporadici.

In ogni caso, per quanto la cosa potesse dispiacerle, il distacco dalla sua famiglia le aveva permesso di mettere la giusta distanza fra il suo bisogno di serenità e allegria e la loro tendenza al melodramma. La morte della nonna paterna, per di più, aveva dato a Clover la possibilità di allontanarsi anche fisicamente da quel clima teso. Andarsene dal Maine e prendere possesso della sua eredità – la piccola villetta nella quale viveva da ormai tre anni – era stata una benedizione, e gli incontri con la sua famiglia si erano ridotti quasi a zero.

Adesso le feste comandate erano monopolio di Patrick e sua moglie Sienna: ogni anno, tutta la famiglia O'Brian si riuniva nella loro casa di campagna e, per almeno un paio di giorni, fingeva di andare d'amore e d'accordo e di provare interesse per tradizioni natalizie osservate solo a beneficio dei bambini. A causa della sua scarsa inclinazione a mentire e della sua incapacità a trattenere verità scomode, Clover non era la benvenuta… ma poco le importava. Partecipare a quei ricevimenti, i primi anni, era stato un tormento costellato da discussioni e musi lunghi, che inevitabilmente sfociavano in feroci mal di testa e tristezza latente. Da allora era nato un tacito accordo tra lei e suo fratello: Patrick la invitava alla cena della vigilia e al pranzo di Natale, lei fingeva di avere già altri impegni e tutto si riduceva all'invio, da parte sua, degli annuali regali per tutta la famiglia.

Soltanto questo la salvava dall'essere depennata definitivamente dall'albero genealogico: era maledettamente brava a fare regali.

«Clover, sei troppo lenta! Non riesci a prenderci!», sbottò Mark, il più sveglio dei gemelli Stevenson, strappandola ai suoi pensieri e riportandola alla realtà.

«Ho mangiato troppi bambini a pranzo, forse è il caso che vada a riposarmi. Vi mangerò un'altra volta».

«All'attaccoooo!», urlarono tutti insieme, correndo verso di lei. Con una risata, Clover si voltò di scatto per scappare, ma un ostacolo inaspettato si parò dinnanzi a lei, una barriera che occupava tutta la sua visuale e che la fece rimbalzare all'indietro, scaraventandola sull'erba.

«Ma che cavolo...?», bofonchiò.

«Si è fatta male?».

A quella voce Clover alzò lo sguardo, mentre una mano dalle dita lunghe si affacciava nel suo campo visivo. La mano non era che l'elegante appendice di un braccio, a sua volta parte di un corpo ben proporzionato, coperto ma non nascosto da una giacca di ottima fattura.

«Porca miseria», borbottò, rialzandosi senza l'aiuto della mano tesa. «Ma lei chi è, Wolverine?»

«No, quello è Hugh Jackman».

«Dalla consistenza del suo torace si direbbe che anche lei è fatto di *adamantio*».

«Il colpo è stato così forte? Devo chiamare un'ambulanza?», chiese l'uomo, con una chiara nota divertita nella voce.

Clover alzò finalmente lo sguardo su di lui e per poco non cadde un'altra volta.

Nonostante il cappello di lana e il bavero della giacca sollevato, era impossibile non riconoscere quel viso dalla bellezza sconvolgente.

Cade Harrison, il noto attore di Hollywood, era fermo davanti a lei con un'espressione sorpresa, vagamente divertita e... di attesa? Forse si aspettava una reazione entusiasta alla sua presenza, e questo bastò a evitarle di spalancare la bocca come una sciocca.

Si raddrizzò in tutto il suo metro e sessanta – anche se i tacchi degli stivali la facevano sembrare più alta – e pulì il cappotto con le mani. «Non mi aspettavo un muraglione sulla mia strada, non ero preparata. Non si dovrebbe spuntare alle spalle della gente, quando si ha una stazza come la sua», disse.

«Lo terrò presente la prossima volta che deciderò di fare due passi fuori di casa».

Le sopracciglia di Clover scattarono in alto. «*Lei* vive *qui*?»

«Qualche legge vieta ai tipi dal fisico imponente di abitare nelle zone tranquille?»

«Non l'ho mai vista prima». All'espressione perplessa di Harrison, Clover agitò una mano e accennò una smorfia. «Intendo qui intorno. E ci abito da parecchio tempo, avrei di certo notato una faccia nota in questo quartiere».

«Un amico mi ha gentilmente prestato la sua casa per le vacanze», sorrise lui, sfoderando denti bianchissimi e tanto perfetti da meritare il posto d'onore sulla parete di uno studio dentistico. Si chiese per un attimo se Cade Harrison avesse mai prestato la sua immagine per lo spot di un qualche dentifricio, ma non era così. Aveva pubblicizzato un profumo, e d'un tratto Clover lo ricordò: un metro e ottantacinque di muscoli scolpiti e pelle abbronzata, sdraiato su lenzuola di candida seta insieme a una modella magra, sexy e bellissima…

Lei invece doveva avere un aspetto a dir poco terribile, infagottata com'era nel cappotto, con una sciarpa rosa chilometrica che stonava con il rosso dei suoi boccoli, il sedere macchiato d'erba e le mani sporche di terriccio. Sperò, almeno, di non avere nulla fra i denti.

«Che ci fa un attore stellato come lei in un posto come questo? Non andate sempre ad Aspen, voi ricconi famosi?». Inorridì dopo aver pronunciato quelle parole. Perché diavolo doveva rendersi ridicola davanti a un uomo come quello?

Harrison parve preso in contropiede. Di certo era abituato a ricevere ben altro trattamento dalla gente che incontrava per strada: richieste di autografi, genuflessioni, pianti isterici. Non immaginava di essere investito da una pazza che scappava facendo il verso del tacchino e lo trattava come un ospite indesiderato nel quartiere!

«È proprio quello che si aspettano tutti», rispose lui, infilando le mani in tasca. «Per questo non andrò ad Aspen, né in qualunque altra località frequentata da star».

«Capisco. E quale sarebbe la casa del suo amico? Forse lo conosco».

«È quella laggiù».

Clover seguì l'indicazione dell'uomo e strabuzzò gli occhi. «Ma è di fronte alla mia!».

Cade spostò automaticamente lo sguardo sulla sua casetta e Clover fu tentata di scattare in avanti per impedirgli di guardare.

Paragonata alla costruzione su tre piani del vicino, casa sua sembrava proprio una topaia. E chissà come doveva apparire agli occhi di un attore ricco sfondato...

La stava lentamente risistemando, ma non guadagnava così tanto da permettersi una ristrutturazione in grande stile. E poi aveva cominciato con i lavori all'interno. Le stanze iniziavano a essere più allegre e moderne, ora, ma esternamente la casetta in stile vittoriano le dava ancora la stessa sensazione di decadenza e malinconia di quando vi abitava sua nonna.

«Conosco il suo amico solo di vista», disse, provando a fregarsene dell'opinione di un estraneo. «In ogni caso, sarà interessante averla in zona. Non capita quasi mai di incontrare gente famosa, qui».

«A dire il vero preferirei che la notizia non si spargesse. Voglio un po' di tranquillità», disse l'uomo, guardandosi intorno con aria preoccupata.

Clover trattenne una risata. «Pensa di tenere segreta la sua presenza in un posto simile? Avrebbe dovuto pensarci *prima* di mostrare il suo bel faccino sugli schermi di mezzo mondo! Nel giro di poche ore tutto il quartiere saprà che Cade Harrison è tra noi comuni mortali».

Lui si irrigidì. «Ha intenzione di vendermi ai giornalisti? Se è ai soldi, che mira, le assicuro che non pagano tanto quanto pensa».

«Per chi mi ha presa?», sbottò Clover. «Sarò anche povera, in confronto a lei, ma non ho bisogno di rompere le scatole al prossimo per fare qualche soldo extra». Fece un passo indietro, seccata. «Buona permanenza, signor Harrison».

Voltandosi vide i tre gemelli fermi a poca distanza e si avvicinò a loro con un sorriso tirato. «Che ci fate ancora qui?»

«Con chi stavi parlando?», chiese Andy, incuriosito.

«Io l'ho visto in televisione, quello!», esclamò Mark.

Clover lanciò un'occhiata all'uomo, ancora fermo nello stesso punto, con gli occhi azzurri fissi su di lei, e scosse la testa. «No, Mark. Non è quello che pensi tu. Anche a me sembrava, così gliel'ho chiesto, ma si è arrabbiato molto. Non gli piace che tutti lo confondano con quell'attore da strapazzo. Gli somiglia, ma se lo guardi bene vedrai che non è lui: è meno alto, meno abbronzato e meno bello del tipo della televisione. Persino più antipatico!», disse, in tono da cospiratrice, ma non così piano da non farsi udire dal "signor Divo".

«Allora non mi interessa», sentenziò il bambino, tornando a focalizzare la sua attenzione su di lei. «Giochi ancora con noi?»

«No, devo andare a casa. Ma voi state in campana: prima o poi vi assaggerò... Tutti quanti!». Li spaventò mostrando i denti e questi scapparono via, urlando.

Tornando sui propri passi, Clover si rivolse a Harrison. «Non si preoccupi, ho sviato la loro curiosità».

«Credo invece che l'abbia acuita. Nel giro di pochi minuti, in casa di quei bambini non si parlerà d'altro che del tizio che *assomiglia a un attore famoso*, e tutti vorranno dare un'occhiata di persona».

«La prossima volta che vuole un po' di pace, vada a farsi un giro nel deserto o indossi una maschera. Non può costringere la gente a non notarla», sbuffò Clover. «Comunque, se può consolarla, in questo quartiere abitano per lo più anziani e bambini: non credo si ritroverà sotto casa un'isterica intenzionata a farsi autografare una chiappa da lei». Lo vide in imbarazzo al solo ricordo di quell'episodio riportato da tutti i tabloid, e la sua animosità scomparve come per incanto. «Mi sono sempre chiesta come si possa mantenere intatto un autografo fatto sulla pelle. Bisognerebbe evitare di lavarsi e, in quel caso specifico, l'idea è alquanto inquietante, non trova?»

«*In quel caso specifico*, l'autografo è stato trasformato immediatamente in un tatuaggio», rispose l'uomo tentando di trattenere un sorriso, mentre si avviava verso casa.

«Oh, cielo! Ci sono davvero persone disposte a tanto?», rise Clover, incredula. Lo seguì, soddisfatta all'idea di aver trovato un argomento imbarazzante per il "Principe di Hollywood", soprannome con cui era stato ribattezzato da tutti i giornali di gossip. «Ora capisco il suo desiderio di stare lontano dalla gente: non deve essere facile ritrovarsi a firmare il sedere di qualcuno ogni volta che esce per andare a fare la spesa».

«Non è una cosa che mi capita tutti i giorni», precisò Cade, senza fermarsi. «E comunque sono dimostrazioni d'affetto da parte dei miei fan. Non posso certo lamentarmene: è a loro che devo il mio successo».

Clover ebbe seri dubbi sulla veridicità di quella frase. Sembrava stesse recitando un copione, come se lo avessero istruito a rispondere in modo diplomatico a quel genere di domande. «Se la pensa così, allora le farà piacere conoscere una mia cliente, una carissima ragazza», disse, semiseria. «Ha il sedere più grosso che io abbia mai visto e penso non le dispiacerebbe tatuarsi il suo autografo sulla chiappa destra. Se ha voglia di prestarsi, in nome dell'amore per un'ammiratrice…».

«Molto divertente».

«Il suo potrebbe diventare un nuovo lavoro, sa? "L'aerografista di sederi". Suona bene! Sono certa che a Hollywood spopolerebbe».

In prossimità del cancello della propria villetta, Harrison la guardò. «Se ha finito di dire scemenze, la saluto».

«Oh, di già? Non vorrebbe autografare anche il mio? O scrivermi una dedica sulla schiena? Ha fatto anche quello, se non ricordo male».

«Se ha un punteruolo, inizio subito».

«Che crudeltà! Non ha appena detto che le richieste dei suoi ammiratori sono dimostrazioni d'affetto di cui essere onorati?»

«Non sono responsabile delle stranezze della gente, mi limito a fare il possibile per accontentarla in breve tempo», sospirò lui, laconico. «E comunque non creda a tutto ciò che legge sui giornali: il settanta per cento delle notizie è pura fantasia».

Clover si finse sorpresa. «Mi sta dicendo che lei in realtà non tiene un'astronave nel garage della sua villa di Los Angeles?»

«No, mi spiace».

«E non ha nemmeno una fidanzata in ogni continente?»

«Fossi matto! Dovrei mantenerle tutte».

«Non è neppure un alieno, mandato qui per irretire le donne americane e inseminarle a scopo riproduttivo?».

La guardò, allucinato. «E questa dove l'ha letta?».

Clover rise. «Su un sito web!».

«Stiamo rasentando il ridicolo».

«Che delusione. Piomba qui e mi priva di tutte le mie piccole certezze!».

«Sa già che Babbo Natale non esiste, vero?», chiese lui, ironico.

Clover si portò una mano al cuore, melodrammatica. «Questo è un colpo basso! Lei è un mostro!».

«E lei è fuori di testa». L'uomo aprì il cancello, un sorriso sardonico sulle belle labbra. «Avrebbero dovuto avvertirmi del pericolo di averla come vicina, quando mi hanno offerto la casa».

Clover si irrigidì. «Il suo amico non mi conosce abbastanza per giudicarmi».

«Oppure è proprio per questo che passa tanto tempo fuori città».

«Potrebbe essere un'idea». Clover fece un passo indietro, il buonumore svanito in un lampo. «Adesso devo andare. Buone vacanze, signor Harrison», disse dirigendosi verso la propria abitazione.

Cercò di darsi un tono, camminando con passo sicuro, e si costrinse a non voltarsi. Si era già resa ridicola, in senso lato e non, davanti a "Mister Divo di Hollywood" e non aveva nessuna intenzione di dargli altro vantaggio su di lei. Maledisse fra i denti il cancello, quando cigolò in modo sinistro aprendosi, ma continuò a camminare a testa alta. Solo quando fu al sicuro in casa si permise di guardarsi alle spalle, attaccata allo spioncino, suo malgrado attratta dalla magnetica presenza dell'attore sul vialetto di fronte.

«Bella figura, brava!», borbottò, vedendolo salire le scale con grazia felina. «Ti capita davanti un tipo famoso e fichissimo, e tu ti metti a parlare di chiappe e lo provochi senza pietà!».

Non appena lo vide sparire dietro la porta, si staccò dalla propria, sfilandosi la sciarpa con gesti stizziti. Forse sua madre non aveva tutti i torti a vergognarsi di lei.

Nadia O'Brian non si era arresa all'avanzare degli anni e aveva deciso di sfruttare il suo viso ancora piacente per diventare *qualcuno*. In realtà era solo la testimonial ufficiale per una casa cosmetica specializzata in prodotti antietà, ma muoversi in un ambiente del genere le dava spesso l'opportunità di incontrare alcuni personaggi dello spettacolo e, senza alcun consenso della controparte, li annoverava fra i suoi amici più cari. Naturalmente Clover non ne aveva mai conosciuto uno: sua madre aveva una "reputazione" da difendere e non poteva rischiare che lei, con la sua lingua lunga e i modi rozzi, le facesse fare brutta figura.

Le ripeteva spesso di provare a essere più elegante, più raffinata, ma senza alcun risultato. Clover non badava alle apparenze, non passava ore davanti allo specchio né si preoccupava di abbinare perfettamente trucco e accessori all'abbigliamento. Anche i suoi modi erano ben lontani dall'essere considerati "di classe", ma se non altro nessuno avrebbe mai potuto accusarla di doppiezza o falsità.

Ok, forse era un po' troppo impulsiva e sfrontata, ma a cosa serviva sforzarsi di essere una novella Grace Kelly? Chi avrebbe dovuto incantare? Sua madre?! Ci aveva provato, a onor del vero, ma senza ottenere una considerazione maggiore, per cui aveva smesso.

E anche se non rimpiangeva quasi mai di essere diversa, in quel momento pensò che un briciolo di eleganza in più e un aspetto maggiormente curato avrebbero potuto farla apparire agli occhi di Cade Harrison sotto una luce migliore...

«Ma che mi importa?», si chiese ad alta voce, abbandonandosi sul divano. Sarebbe sopravvissuta senza grosse difficoltà al giudizio di un perfetto estraneo, che con ogni probabilità non avrebbe rivisto una seconda volta.

Fece un gran respiro e accese la TV. Non aveva nessuna intenzione di farsi rovinare quel giorno: aveva un film divertente da vedere, dolci squisiti da mangiare e un intero pomeriggio da godersi. Qualcuno poteva considerarla pateticamente triste, tutta sola in un giorno di festa, seduta su un divano bitorzoluto con un film e una ciotola di cibo spazzatura, ma Clover si consolò pensando che anche il

Principe di Hollywood in quel momento era tutto solo in una piccola villetta ordinaria di un quartiere senza tante pretese. E lui di certo non poteva essere considerato patetico. Avrebbero detto che festeggiava in modo *intimo e riservato.*

Perfetto: anche lei stava festeggiando in modo intimo e riservato.

Non aveva bisogno di nessuno per essere felice.

Capitolo 2

Il telefono stava squillando ininterrottamente, infastidendolo.

Era a New York da soli quattro giorni eppure sembrava che tutti avessero un assoluto bisogno di contattarlo!

Il suo agente gli aveva telefonato almeno trenta volte, sottoponendo alla sua attenzione bozze di contratti, ingaggi, copioni da visionare, impegni di beneficenza e apparizioni TV; l'ufficio stampa continuava a chiedere ragguagli su eventuali dichiarazioni da rilasciare ai giornalisti in seguito allo scandalo che aveva reso necessaria la sua momentanea uscita di scena – come se non avesse già dichiarato abbastanza nell'ultimo mese –, e suoi genitori continuavano a chiamarlo per sapere come stava.

E adesso anche *lei*…

Cade guardò con aria seccata il display del cellulare, dove il nome della sua ex brillava da diversi minuti. Che diavolo voleva da lui? Dopo tutto il caos che aveva scatenato con le sue scenate da star oltraggiata, e dopo aver minacciato di portarlo in tribunale per aver *leso la sua immagine*, ora voleva parlargli?

Non aveva alcuna voglia di sentire la voce di quella donna, e una volta di più capì quanto la loro relazione fosse stata vuota e sterile.

Alice Brown era bella e sexy, ma decisamente lontana dall'idea che lui aveva della donna che avrebbe voluto al suo fianco. Com'era riuscito a sopportarla per sei mesi? Forse, chi pensava che il successo gli avesse dato alla testa non aveva tutti i torti.

Essere un attore famosissimo, strapagato e desiderato dalle donne doveva aver offuscato il suo giudizio. Non era lui che sognava una vita *normale*, una carriera soddisfacente, una moglie speciale e una famiglia numerosa come la sua?

Aveva sbagliato fin dall'inizio a pensare che un'attrice ambiziosa e viziata come Alice potesse fare al caso suo. L'ambiente in cui si erano conosciuti non facilitava certo i rapporti duraturi, lo sapeva bene: Hollywood e il mondo del cinema erano sfavillanti, lussuosi, pieni di emozione, ma nascondevano molte insidie, tra cui veri e propri vampiri assetati di successo, pronti a qualunque cosa pur di emergere.

All'inizio, Cade aveva creduto che una compagna capace di comprendere tutte le sue esigenze lavorative avrebbe reso le cose più semplici, ma Alice aveva smentito in pieno quella convinzione. Dopo soli tre mesi era stato chiaro che per lei quella relazione era diventata una sorta di gara di popolarità. Alice aveva da poco iniziato a muovere i primi passi nel mondo del cinema, mentre Cade era una figura di spicco da ormai quattro anni: stare con lui avrebbe portato benefici enormi alla sua carriera, ma non sarebbe stato semplice brillare all'ombra di un simile fidanzato. Perciò, una volta compreso che non avrebbe ottenuto niente di ciò che voleva, aveva cercato un altro modo per farsi notare.

In diretta nazionale!

Il telefono smise di suonare, strappandogli un sospiro di sollievo. La guerra mediatica che Alice gli aveva riservato stava trascinando a fondo lei per prima e, con ogni probabilità, il suo agente doveva averle consigliato di salvare la faccia provando a fare ammenda. Ma Cade non aveva nessuna intenzione di cedere ad altri giochetti, aveva partecipato fin troppo a quel circo. Non avrebbe mai voluto alimentare i succosi pettegolezzi che erano emersi dopo la fine di quella storia, ma si era visto costretto a ribattere alle accuse di Alice in più di un'occasione. E non ne andava fiero.

Anche se la sua immagine aveva risentito in modo lieve di quella vicenda, allontanarsi da Los Angeles era diventato assolutamente necessario per lasciar decantare gli eventi e ritrovare la lucidità per buttarsi tutto alle spalle. Tuttavia, anche nascosto in capo al mondo poteva essere perseguitato da quella storia, e l'arrivo di un SMS di Alice glielo dimostrò per l'ennesima volta.

"Ti devo parlare, questa farsa è durata anche troppo. Perché non la facciamo finita una volta per tutte? Scappare non ti servirà a niente, torna qui e affrontami!".

«Ti piacerebbe farti immortalare ancora una volta accanto a me, vero? Ma non succederà», borbottò, cancellando il messaggio. Contattò il suo segretario, affinché provvedesse a far cambiare quanto prima il suo numero, poi spense il telefono e si lasciò cadere sul divano.

La casa del suo amico Philip era molto diversa dalla sua villa a Los Angeles; poteva vedere quasi ogni stanza del pian terreno restando seduto in salotto, ma era comunque sufficientemente spaziosa, arredata con gusto e molto tranquilla: il posto ideale per rilassarsi senza riflettori puntati addosso.

Da giorni non era sotto assedio, nessun giornalista era apparso all'orizzonte e aveva provviste per almeno un'altra settimana. Quella pace era una bella novità per lui.

Non appena era diventato celebre, le opportunità di rilassarsi o di muoversi in totale libertà per le strade americane si erano notevolmente ridotte. Aveva a disposizione ventidue stanze nella sua villa californiana e un sacco di soldi per andare a nascondersi in qualunque altra parte del mondo, ma la privacy era ben diversa. Dovunque andasse, la consapevolezza di avere gli occhi puntati addosso non lo abbandonava mai, e se un tempo l'idea di fare fortuna diventando un personaggio noto lo aveva attratto, adesso ne era davvero stanco.

Il bisogno di cambiare aria si era fatto impellente e la graziosa ma anonima villetta a Staten Island gli era parsa perfetta allo scopo. Non era troppo lontana dalla mondanità di Manhattan, né così centrale da essere caotica. Era una sistemazione ottimale, che avrebbe spiazzato per un po' i giornalisti. Lo avrebbero cercato ad Aspen, una deduzione piuttosto logica dal momento che aveva realmente passato lì quasi tutte le sue vacanze invernali... Perfino la sua svitata dirimpettaia gli aveva fatto notare che quello non era esattamente il luogo adatto a un divo di Hollywood!

Nessuno lo avrebbe mai trovato laggiù.

Certo, restare chiuso in casa a guardare vecchi film non era proprio il massimo...

Deciso a fare due passi per ammazzare il tempo, s'infilò un cappotto pesante, un cappello di lana e uscì. Durante il tragitto in taxi, al suo arrivo, aveva intravisto un parco molto esteso, l'insegna di un museo e un paio di negozi a cui voleva dare un'occhiata. Il timore di essere riconosciuto per strada lo assalì, ma lo scacciò all'istante: l'unica alternativa che gli restava era quella di rimanere confinato fra quattro mura, e la sola idea rischiava di farlo impazzire.

L'aria gelida che lo investì una volta uscito lo colse impreparato. Le temperature dicembrine non superavano i quattro gradi, a New York, e i meteorologi ne avevano già annunciato un ulteriore calo. Era un clima adatto al periodo di festa che si iniziava a respirare nella Grande Mela, un clima al quale Cade non era abituato. A Los Angeles, in quel momento, le temperature si aggiravano intorno ai venti gradi...

Infilò i guanti e alzò il bavero del cappotto, poi scese le scale. Una lontana musica sembrava volteggiare nell'aria, note vivaci e piene di scampanellii che lo resero allegro. Si chiese da dove provenisse, ma il rumore sferragliante di un furgone gli impedì di capirne la provenienza.

Il suo sguardo seguì il veicolo, un vecchio ammasso di rottami con un cassone posteriore ingombro di abeti. Il conducente si allontanava a velocità sostenuta, infischiandosene dei limiti di velocità, del carico che ondeggiava pericolosamente sul retro e della voce indignata che si lasciava alle spalle.

«Grazie per l'aiuto e buon Natale, *idiota*! Spero che la tua fottuta fretta ti porti rapidamente a distanza di sicurezza da qualunque donna sana di mente degli Stati Uniti: dio solo sa quanto poco abbiamo bisogno di altri cafoni come te tra i piedi!».

Reprimendo una risata, Cade seguì la voce fin sulla strada, dove una figura femminile parzialmente nascosta dagli aghi verdi cercava, con non poca fatica, di trasportare un grosso abete in vaso oltre il cancello.

La sua linguacciuta vicina sembrava in grande difficoltà...

Suo malgrado incuriosito, Cade si avvicinò alla piccola casa bianca. Sentiva imprecazioni e borbottii provenire dal fitto fogliame, insulti poco velati all'indirizzo del fattorino che, a quanto pareva, aveva scaricato l'abete davanti al cancello senza aiutarla a portarlo dentro.

Si chiese se quell'uomo non fosse fuggito a gambe levate dopo aver intrapreso una qualunque conversazione con quella mezza svitata: aveva dato del filo da torcere anche a lui, tre giorni prima. Non lo aveva certo dimenticato.

Mai, prima di quel momento, aveva conosciuto una persona così poco entusiasta di trovarsi davanti a un personaggio famoso. Di solito erano tutti ansiosi di ricevere un saluto, un autografo, di posare insieme a lui per una fotografia! La sua vicina, invece, gli si era rivolta come se disprezzasse la sua carriera, forse perfino la sua persona, e lo aveva deriso sfacciatamente.

Tutto sommato, quel fattorino aveva fatto bene ad andarsene sgommando.

Ma vedendo quell'esile ragazza che tentava di trascinare un abete alto due metri lungo il vialetto, il suo animo da cavaliere si risvegliò. Poteva anche essere logorroica e irritante, ma era pur sempre una donna in difficoltà.

Raggiunse il cancello della casa e vi si appoggiò. «Serve una mano?».

Un grido strozzato uscì dalle labbra della ragazza, che perse la presa sulla plastica scivolosa del vaso e cadde all'indietro, finendo a sedere dentro un'aiuola.

«Accidenti!», la sentì borbottare.

Cade avanzò ancora, girò intorno all'albero e la vide, comicamente seduta dentro a quel cerchio di pietre, con indosso una felpa gigante, un paio di pantaloni sformati e i capelli raccolti alla meglio sulla testa. Non riuscì, però, a scorgere il viso, che teneva premuto tra le fronde dell'abete quasi volesse fondersi con esse.

«Sta cercando di nascondersi?», le chiese divertito.

«Funziona?», rispose lei laconica.

«Ha dei capelli troppo vistosi per passare inosservata».

Sbuffando appena, la ragazza si alzò, il volto privo di trucco, lievemente sfumato di rosa sugli zigomi. Era in evidente imbarazzo ma Cade intuì, dalla posa orgogliosa del suo piccolo mento, che avrebbe fatto il possibile per non lasciar trapelare quell'emozione.

Gli puntò addosso gli enormi occhi screziati – che lui aveva già avuto modo di apprezzare durante il loro primo *scontro* – e inarcò un sopracciglio color mogano. «Qual buon vento la porta qui, signor Divo?».

Ignorando il nomignolo volutamente derisorio, Cade indicò l'abete. «Stavo per andare a fare una passeggiata quando l'ho vista lottare con quella pianta. Immagino che abbia fatto fuggire il fattorino prima che l'aiutasse a portarlo in casa».

«Non l'ho fatto fuggire, aveva fretta! Io ero incastrata nel sottotetto e non sono riuscita a scendere abbastanza rapidamente», borbottò lei, stringendo le braccia al petto per proteggersi dal freddo pungente.

«Incastrata nel sottotetto?». Cade batté le palpebre, perplesso.

«Immagino che nella sua villa milionaria non ci siano spazi angusti dove riporre oggetti di uso non comune come le decorazioni natalizie dell'anno precedente, vero? E, se ci sono, di sicuro lei possiede uno schiavo pagato per recuperarle al posto suo... sempre ammesso che non compri tutto nuovo ogni anno».

«A dire il vero compro un abete già pronto».

«Come sospettavo. La sua vita così ricca di eventi mondani non deve lasciarle molto tempo libero per cose semplici come addobbare l'albero di Natale», disse lei, riprendendo a tirare il grosso vaso.

«In effetti no». Cade le afferrò un braccio, fermandola. «Lasci fare a me. Natale sarà già passato quando sarà riuscita a portare quest'albero in casa».

«Non va in casa, ma accanto alla porta d'ingresso. E ho tutto il giorno libero, posso farcela», tentò di protestare la ragazza. Ma Cade non si diede per vinto.

«Lasci che il mio fisico "ingombrante" serva a qualcosa di diverso dal far cadere ignare ragazze per strada», le rispose, scoccandole un sorriso che era sempre stato capace di far sospirare le donne.

Quella in particolare, tuttavia, sembrava fatta di marmo. Anziché sciogliersi e ridacchiare come avrebbero fatto le altre, si limitò a far scattare in alto un sopracciglio.

Doveva comunque averla spiazzata, poiché non riuscì a replicare, e Cade approfittò di quel silenzio confuso per trascinare il grosso abete nel punto da lei indicato. «Qui va bene?»

«Un po' più a sinistra... Mmm, no, meglio più a destra. Aspetti, lo spinga un po' più indietro...». Con un dito che picchiettava sulle labbra carnose, la ragazza passeggiava davanti a lui, osservando il suo lavoro con occhio critico. «No, forse stava meglio com'era prima».

Esasperato, Cade si rialzò. «Mi prende in giro?»

«Sì», sorrise lei, mostrando due graziose fossette sulle guance.

Cade rimase a fissarla, avvertendo una strana vibrazione all'altezza dello stomaco. Era bella, lo aveva notato anche la volta precedente, ma quel sorriso inaspettato e sbarazzino aveva illuminato il suo viso, facendo passare in secondo piano l'aspetto tutt'altro che seducente sfoggiato in quel momento.

Incredibile ma vero: trovava quella stramba ragazza attraente.

Forse fraintendendo il suo silenzio, lei assunse un'aria contrita. «Mi dispiace, non faccia caso a ciò che dico. Sono senza filtri, un caso senza speranza. Le mie sono solo burle infantili, non volevo offenderla».

«Non mi sono offeso», la tranquillizzò.

Un'allegra versione di *Jingle Bell Rock* si diffuse nell'aria, distraendolo. Solo allora si accorse che, da una finestra aperta che dava sul cortile, spuntava un piccolo televisore sintonizzato su un programma musicale.

«Non è un po' presto per musica natalizia e addobbi?»

«Non è *mai* troppo presto. Dicembre è arrivato e per me è il momento di illuminare tutto».

«Capisco. Vuole che la aiuti con le decorazioni più alte?».

Lei sembrò interdetta. «Oh… Lo farebbe davvero?»

«Perché lo avrei proposto, altrimenti?»

«Per cortesia?»

«Non sono così cortese». Cade si tolse il berretto di lana e si sfregò le mani. «Saranno almeno sette anni che non addobbo un albero di Natale, sarà divertente».

Il suo viso si rischiarò. «D'accordo, prendo le decorazioni e arrivo».

Mentre lei spariva dentro casa, Cade prese a sistemare i rami dell'abete come gli aveva insegnato suo padre da bambino, aperti e ben distanziati per poter ospitare addobbi di ogni genere, e ben presto si ritrovò a fischiettare il brano natalizio che in quel momento rallegrava l'atmosfera.

Strano a dirsi, ma l'idea di piazzare luci e palline colorate su quei rami lo attraeva davvero; era una delle tante cose "normali" che ormai da troppo tempo non si concedeva più. E la compagnia di quell'insolita ragazza era inspiegabilmente divertente, lo avrebbe aiutato a scacciare la noia che lo aveva spinto a uscire di casa.

Stava sfilandosi la sciarpa, per essere più libero nei movimenti, quando udì una frase a lui fin troppo familiare.

«Mio dio... Non ci posso credere! Lei è Cade Harrison!».

Merda...

Cade alzò lo sguardo, trovandosi davanti una donna di circa trentacinque anni che lo fissava a bocca aperta. Il fastidio di essere interrotto mentre finalmente si accingeva a fare qualcosa di piacevole balenò nei suoi occhi, ma fu abile a nasconderlo. Inimicarsi un'ammiratrice non era mai una buona idea, soprattutto se da quel breve colloquio dipendeva la segretezza del suo soggiorno a Staten Island.

Sfoderando il suo fascino leggendario ammiccò, passandosi una mano fra i capelli biondi. «Ebbene sì, mi ha scoperto!».

«Oh cielo, non è possibile! Cade Harrison nel mio quartiere! Posso abbracciarla?». Senza aspettare risposta, la donna si gettò fra le sue braccia, stringendolo con entusiasmo. Prorompendo in una serie di gridolini e risatine eccitate, gli stampò due baci sulle guance, poi prese a frugare nella borsetta a caccia di una penna e un pezzo di carta. «Deve farmi un autografo, signor Harrison, sono davvero una sua accanita fan. Ho visto tutti i suoi film! Oh, a proposito, mi chiamo Martha... Se lo lasci dire: lei è davvero un bravissimo attore, non solo bello come si potrebbe pensare».

«La ringrazio».

«Mi reputerebbe eccessivamente sfrontata se le chiedessi di posare con me per una fotografia?».

Cade scosse la testa con grazia. «Assolutamente no, ma posso strapparle anch'io una promessa?».

La donna s'illuminò. «Tutto quello che vuole!».

«Vorrei che questo nostro incontro restasse un piccolo segreto fra noi, almeno per qualche settimana. Sa, se si spargesse la voce e i giornalisti scoprissero che sono qui, non avrei più pace e dovrei andarmene immediatamente». Per dare il colpo di grazia le rivolse il sorriso più smagliante, sperando che il suo fascino funzionasse meglio che sulla vicina di casa...

A proposito, dove diavolo era finita? Perché non veniva a trarlo in salvo?

Occhi ammaliatori e sorriso assassino sortirono l'effetto sperato: la sua fan annuì, rossa di piacere, promettendogli che non avrebbe parlato a nessuno di quell'incontro fino a quando non fosse stata certa del suo rientro in California, e Cade lasciò che estraesse il telefonino per la foto di rito.

Quando finalmente la donna lo salutò, le sorrise ancora. «È stato un piacere incontrarla, Martha. Voi ammiratrici siete così adorabili! Spero di rivederla presto».

«Oh, lo spero anch'io! E mi raccomando: non si strugga per tutta quella brutta faccenda! Alice Brown non era proprio la donna giusta per lei».

Cade sorrise ma non rispose. Le aveva già fornito materiale sufficiente a imbastire una storiella interessante per qualunque giornaletto scandalistico, non aveva nessuna intenzione di rischiare di più.

Rimasto solo, si massaggiò la mascella: gli sarebbe venuta una paralisi, prima o poi, a furia di sorridere a comando!

Un piccolo applauso lo fece voltare verso la porta, sulla quale si era appena stagliata la figura della sua vicina. Con una scatola colma di decorazioni luccicanti ai piedi, stava appoggiata con una spalla alla porta, l'aria vagamente amareggiata.

«Davvero un'ottima performance. Se non avessi notato la sua espressione seccata e terrorizzata, non appena si è reso conto di esser stato riconosciuto, avrei creduto che stesse sinceramente flirtando con quella donna».

«Le mie ammiratrici meritano di sentirsi speciali», sospirò lui, facendo spallucce.

«Soprattutto se vuole qualcosa da loro. In questo caso, si è appena assicurato la segretezza sul suo soggiorno qui, almeno per un bel pezzo. Con uno sforzo maggiore, Martha Kendall le avrebbe permesso di bere direttamente il suo sangue».

Captando il riferimento alla piccola parte da vampiro che lui aveva interpretato in un film, Cade sollevò un angolo delle labbra. «Sono contento di sapere che ha seguito la mia carriera», disse, ansioso di cambiare argomento.

Non era la prima volta che affascinava una fan per dovere, ma di sicuro era la prima volta che si sentiva quasi in colpa per averlo fatto, accidenti!

«Vado al cinema e noleggio i film più pubblicizzati, quando ho del tempo da perdere. Di solito mi diverto a farli a pezzi», disse lei, con un sorrisetto acido. Poi afferrò lo scatolone e si avvicinò all'albero, senza guardarlo in faccia.

Intuendo che non era più ben disposta nei suoi confronti, Cade si adombrò.

Che le importava se per ottenere il silenzio di una donna aveva sfoderato il suo fascino? Quella Martha, ora, era contenta da qualche parte con il suo autografo, la sua foto e un paio di sorrisi da ricordare, mentre a lui restava solo la speranza che la donna resistesse alla voglia di sbandierare tutto ai paparazzi. Non sarebbe stata la prima volta, né l'ultima...

«Che problemi ha con me?», chiese di punto in bianco, seccato.

La ragazza batté le palpebre, confusa. «Che intende dire?»

«Percepisco sempre una nota di biasimo in lei, quando mi si rivolge. Le dà fastidio che io sia famoso? Che sia ricco? La sua è semplice invidia o ha dei pregiudizi verso il mio lavoro?».

Il viso da cammeo prese una sfumatura rossastra, ma questa volta non per l'imbarazzo: sembrava furibonda.

«Non mi interessa la sua fama, né il suo conto in banca. Ma forse ho un pregiudizio verso chi si guadagna da vivere mettendosi in mostra, e poi sbuffa infastidito se qualcuno lo riconosce. E poi, sì, diffido di chi sa sorridere a comando solo per raggiungere uno scopo. Non la conosco e non posso giudicarla, ma ho visto quel che ha fatto con la signora Kendall: io forse parlo troppo e a sproposito, ma non riuscirei a mentire così bene».

Cade scosse la testa. «Sarebbe bello poter essere sempre se stessi in ogni occasione, ma per alcuni non è possibile. Recitare è il mio mestiere, ma la fama che ne consegue non è sempre piacevole, glielo assicuro».

Come a voler confermare le sue parole, il piccolo televisore gracchiò il suo nome, calamitando l'attenzione di entrambi. Il programma di musica era stato interrotto dal notiziario giornaliero, mentre loro discutevano, e la pagina di cronaca rosa stava dando gli ultimi aggiornamenti su quella che ormai era diventata davvero una farsa di proporzioni spropositate.

Prosegue la vicenda intricata che ha come protagonisti il principe di Hollywood, Cade Harrison, e la principessina del piccolo schermo, Alice Brown. Secondo alcune indiscrezioni, la bella biondina accuserebbe l'ex fidanzato di essere un vigliacco e di averla lasciata senza alcun preavviso, proprio mentre lei si sforzava di appianare le loro divergenze. La notizia ci è giunta da persone vicine all'attrice, e una fotografia che ritrae la Brown con l'aria pallida e tirata ci fa pensare che stia davvero soffrendo per questo amore apparentemente finito. Ma ciò che adesso tutti si chiedono è: che fine ha fatto il bel soldato di *Terra di nessuno*? Si sta davvero nascondendo dai media e dalla fidanzata, per evitare che la sua immagine venga ulteriormente macchiata, o ha solo sentito il bisogno di leccarsi le ferite in solitudine? Certo, quest'ultima ipotesi sembra poco plausibile, dopo le parole al vetriolo che l'uomo ha pronunciato qualche settimana fa, denigrando le doti recitative della sua ex fiamma, ma va ricordata anche l'espressione sconvolta apparsa sul bel viso del noto attore quando Alice Brown lo ha piantato in asso davanti a milioni di telespettatori…

Le immagini ormai famose del ceffone che Alice gli aveva rifilato, davanti ai due deliziati presentatori di uno show televisivo, passarono sullo schermo, mentre la voce della cronista in sottofondo si chiedeva quale fosse la verità e prometteva altri succulenti aggiornamenti, il prima possibile.

Cade si massaggiò le tempie, sentendo sopraggiungere un principio di emicrania.

Se quella sciocca non avesse smesso di passare erronee informazioni alla stampa, quella storia non avrebbe mai avuto fine. Non voleva ricorrere alle maniere forti per mettere a tacere Alice una volta per tutte, era pur sempre una donna, e lui non voleva esagerare facendole fare una pessima figura davanti al suo pubblico. Ma non era nemmeno intenzionato a lasciarsi dare del vigliacco da un branco di ignoranti che non sapevano distinguere un caso interessante da insulse chiacchiere.

D'un tratto si sentì osservato. La sua vicina di casa lo fissava incuriosita, perplessa o chissà che altro.

Lo giudicava? Credeva anche lei che fosse un mostro insensibile che ignorava la sofferenza della sua ex fidanzata?

«Ha qualcosa da aggiungere a quel mucchio di immondizia?», sbottò, freddo.

Lei si strinse nelle spalle. «Il suo modo di gestire la fine di una relazione non è affar mio».

«In realtà non è affare di nessuno, ma come vede non tutti lo capiscono», replicò rassegnato. Infilò le mani in tasca e fece un passo indietro. «Le dispiace se torno a casa? So che le avevo promesso di aiutarla, ma...».

«Ci mancherebbe altro, non mi deve niente. Arrivederci, e grazie per l'albero».

Cade annuì e si allontanò, la voglia di passeggiare del tutto svanita. Rientrò in casa e chiamò l'ufficio stampa, dettando un breve messaggio da diffondere ai giornali. Una volta sbrigata quell'incombenza, si lasciò cadere su una poltrona accanto alla finestra.

Da quella posizione riusciva a scorgere la testa rossa della sua dirimpettaia, intenta ad addobbare il suo enorme abete, e per un istante la invidiò.

Come doveva essere bello non avere un solo pensiero in testa, fischiettare allegramente al ritmo di un brano natalizio e gioire di piccole cose come un albero di Natale! Lui non viveva niente del genere da un sacco di tempo.

Le persone comuni pensavano che essere una celebrità ricca e idolatrata aprisse ogni porta, compresa quella della felicità. Non era sempre così.

Avrebbe potuto essere a Los Angeles, in quel momento, in un locale alla moda, in una SPA di lusso o a casa sua, attorniato dalla sua famiglia e intento a fare qualunque cosa desiderasse. Invece era costretto a nascondersi per trovare un po' di pace, proprio a ridosso delle feste, e il suo unico passatempo era osservare dalla finestra una perfetta sconosciuta.

In quel momento Cade Harrison avrebbe scambiato volentieri la sua vita agiata con quella di un ragazzo qualunque... Magari con qualcuno che la donna al di là della strada potesse trovare degno di un sorriso.

Quella giornata era iniziata male, era evidente. I suoi progetti sembravano destinati ad andare in fumo, primo fra tutti quello di essere allegra e spensierata.

Ogni primo di dicembre, piena di entusiasmo, Clover si preparava a rendere la sua casa e la sua vita più divertenti... almeno per un mese. Le decorazioni natalizie, le luci colorate e i festoni riuscivano a dare alle stanze un'atmosfera gioiosa in grado di scacciare il velo di solitudine che tentava sempre di offuscare tutto. Ma nonostante la sua determinazione a vederne il lato positivo, non era sempre facile affrontare la vita con un sorriso, soprattutto quando più cose riuscivano a smorzare la sua euforia.

Il primo motivo di irritazione, quel giorno, era stato quel fattorino maleducato. Avrebbe impiegato davvero parecchio tempo a spostare l'abete fino alla base delle scale, se non fosse intervenuto il suo illustre vicino di casa...

Ed ecco, quindi, il secondo dettaglio capace di oscurare il suo buonumore: non voleva assolutamente ammettere di avere *bisogno* di un uomo! Era già abbastanza deprimente ricordare – anche solo per pochi istanti – di non avere nessuno che la amasse, nessuno a cui confidare sogni e paure, nessuno in grado di prendersi cura di lei.

Che dire, poi, dell'uomo che aveva suscitato tutti quei pensieri?

Non capiva il perché, ma il Principe di Hollywood aveva la capacità di renderla odiosa. In sua presenza si sentiva a disagio, in soggezione, in svantaggio e così finiva sempre col fare pessime figure.

Cade Harrison era semplicemente *troppo*. E non a causa della sua ricchezza o della fama, ma piuttosto per quella sua superba bellezza, per la simpatia che faceva sporadiche apparizioni nel suo atteggiamento quasi sempre controllato, e per la sconcertante facilità con cui riusciva a rendere felice una comune mortale offrendosi di condividere con lei una gioia tanto piccola...

Scosse la testa, esasperata per la fitta di delusione che ancora avvertiva in fondo al cuore.

Doveva aspettarsi un dietrofront di Harrison. Si era offerto di aiutarla ad addobbare l'albero, sembrando quasi divertito all'idea, e per lei era stata una piacevolissima sorpresa pensare di dividere quel suo momento speciale con qualcuno. Ma era dovuta tornare bruscamente alla realtà: Harrison si era proposto solo per fare buona impressione, e non perché ne avesse avuto davvero l'intenzione.

E guardando disgustata il proprio abbigliamento, non poté fargliene una colpa. Quale uomo sano di mente non sarebbe fuggito a gambe levate di fronte a tanta sciatteria?

“Forse mamma non ha tutti i torti. Non sono all’altezza di un principe azzurro”.

Nadia non la considerava del tutto senza speranza – sarebbe stato come insultare i propri geni, ed era impensabile – ma era assolutamente convinta che lei avesse bisogno di qualche aiutino per diventare attraente.

«Sei sicura di non voler fare qualche ritocchino, tesoro? Ora vanno di moda i seni prosperosi, una terza non è più sufficiente... E anche le labbra sarebbero più attraenti, se fossero più grandi. Per non parlare dei vestiti che indossi! Scegli fantasie e tonalità così azzardate, stonano con i tuoi colori. Potresti prendere in considerazione l’idea di tingere i capelli: con un biondo cenere simile al mio, o un bel castano scuro come quello di tuo padre, riusciresti a mascherare tanti piccoli difetti. Purtroppo hai la sfortuna di somigliare a tua nonna...».

«E per il mio carattere impulsivo che pensi si possa fare, mamma?», era solita rispondere Clover a quei consigli non richiesti.

«Purtroppo, per quello non c’è chirurgia che tenga...», sbuffava Nadia, perdendo immediatamente entusiasmo.

Un giorno, anche il poco interesse che dimostrava nei confronti di una figlia così deludente sarebbe svanito, Clover lo sapeva. Ma non riusciva proprio a fingersi ciò che non era.

Di una cosa doveva dare atto alla madre: se ne intendeva abbastanza di gusti maschili. La ex fidanzata di Cade Harrison, ad esempio, rappresentava tutto ciò che Nadia reputava perfetto, il genere di bellezza in grado di suscitare l'ammirazione di un uomo bello come un dio greco.

Tuttavia, la prosperosa bionda artificialmente perfetta, e ricca sfondata, doveva avere qualche invisibile ma insormontabile difetto, per meritare la pubblica umiliazione e la fredda indifferenza del suo ex…

Pur non essendo mai stata interessata ai pettegolezzi, Clover doveva ammettere di aver ascoltato con avida attenzione le parole della cronista durante il notiziario, pochi minuti prima.

Cade Harrison si stava nascondendo da una donna. Pareva incredibile! Ma lo faceva davvero per vigliaccheria?

Il ricordo del suo sguardo seccato, rassegnato e spento mentre se ne andava le si affacciò alla mente, strappandole un sospiro.

"Ti dispiace per lui?", domandò una vocina dentro di lei. "Dopo che lo hai insultato, dandogli del profittatore falso e bugiardo, ora temi che soffra per amore?".

Be', non era proprio *dispiaciuta*. Quell'improvvisa notizia aveva smorzato l'entusiasmo che per un momento aveva scorto negli occhi dell'uomo, e nessuno meritava di farsi rovinare la giornata da sciocche illazioni… o da un cuore spezzato.

Ma ciò che le dispiaceva davvero era aver perso l'occasione di addobbare l'abete natalizio insieme a qualcuno – e *chiunque* sarebbe andato bene, sia chiaro! – ansioso quanto lei di godere della magia di quel momento.

"Ansioso un corno. Offrirsi di partecipare e sorridere felice era solo il suo modo di rendersi affascinante, proprio come ha fatto con Martha Kendall!", insinuò la voce della sua diffidente ragione.

Giusto.

Un attore di quel calibro doveva aver fatto esperienze ben più interessanti e divertenti, nella sua vita. Un banale albero di Natale da decorare insieme a una dispotica sconosciuta non poteva essere annoverato fra i cosiddetti "eventi imperdibili".

Onestamente, doveva ammettere che Harrison aveva altro a cui pensare, in quel momento: era normale che se ne fosse andato.

Chissà se stava davvero soffrendo per la sua ragazza? Vederla ritratta in quella foto, triste e sciupata, non doveva essere stato facile per lui. Le star erano capricciose e ogni piccola scaramuccia diventava il pretesto per una storia da copertina, ma anche se erano volate parole pesanti fra quei due, potevano esserci ancora dei sentimenti in ballo in quella vicenda.

Clover non riusciva a capire fino in fondo come potesse sentirsi Cade in quel momento. Le sue passate relazioni erano state tutte piuttosto aride; nessuno dei ragazzi che aveva frequentato negli ultimi dieci anni le era rimasto particolarmente impresso, e pochissime volte si era ritrovata a rimpiangere di non avere qualcuno con cui uscire, anche solo per un caffè.

Per fortuna – o per sfortuna, forse – era un tipo molto romantico. Non si sarebbe mai accontentata di una storia qualunque con il primo belloccio che le fosse capitato a tiro, aveva bisogno di emozionarsi, di sentire le gambe molli, il cuore battere forte e il respiro farsi affannato.

L'amore doveva essere proprio come il Natale: allegro, magico, pieno di luce, piccoli gesti e grandi sorprese.

Con uno sbuffo derisorio, Clover alzò il volume della musica per sovrastare i propri pensieri.

«Rassegnati, tesoro. Di questo passo, sarai fortunata se a novant'anni avrai ancora voglia di stordirti con le luci di Natale», borbottò, tornando ad appendere palline dorate ai rami più alti.

Capitolo 3

«Non indovinerete mai chi è venuto ad abitare per qualche tempo di fronte a casa mia», disse Clover, dopo essersi assicurata di essere sola con i suoi amici. «Con tutti gli impegni degli ultimi giorni, avevo quasi dimenticato di dirvelo».

«Chi è?», chiese Zoe, come sempre avida di novità e pettegolezzi.

«Cade Harrison. Ma è un segreto, non dovete lasciarvelo sfuggire nemmeno sotto tortura! Se un solo paparazzo arrivasse nel mio quartiere, lui penserebbe subito che sono stata io a tradirlo».

«Cade *chi*?», chiese Eric, perplesso.

«Cade Harrison, l'attore di Hollywood. Biondo, alto, stupendo? Ha recitato in quel film ambientato nel futuro dove interpreta il ruolo di un soldato...».

«Oh, sì! Gran pezzo d'uomo!», esclamò Zoe, appoggiata al bancone del negozio.

«Ma parli di quello che autografa le chiappe della gente?», chiese Eric, con voce annoiata.

Clover gli sorrise, complice. «Esatto, proprio lui! È stata la prima cosa che gli ho detto, ed è quasi arrossito per l'imbarazzo!».

«Mi stupisce che non sia arrossito tu al solo pensiero, piccolo *nerd*», disse Zoe, dando un buffetto sulla guancia dell'amico. Eric si aggiustò gli occhiali sul naso senza guardarla.

«Non sono una mezza… uno sfigato».

«*Mezza sega*, sì. Era quello il termine esatto, e potevi pronunciarlo senza il rischio di venire fulminato, lo sai?». Zoe sporse le labbra verso di lui. «Che cucciolo che sei, sempre così perfettino!».

Eric si allontanò borbottando e Zoe sghignazzò, mentre Clover le lanciava un'occhiataccia.

«Mi è difficile credere che ti sia ancora amico, dopo tanti anni di battutine e prese in giro. A volte sei odiosa».

«Eric sa che gli voglio bene e che mi diverto a rompergli le scatole. Tu non mi vuoi bene?».

Nel vedere l'amica sbattere le palpebre sugli occhioni grigi, Clover sbuffò. «Quella tattica con me non funziona, Zoe. Mi manca la terza gamba, ricordi?».

Liberty Allen, la proprietaria del negozio, emerse dalla stanza sul retro proprio in quel momento, impeccabile nel suo tailleur grigio, i capelli biondi legati in una perfetta coda di cavallo.

«Perché ogni volta che siete insieme vi sento parlare di membri maschili?».

Clover rise. «Non stavamo parlando di quello!».

«Sì, invece. E di uno celebre, tutto d'oro! Mi chiedo se ne abbia anche la stessa *consistenza*…».

«Zoe!», esclamarono Liberty e Clover, all'unisono.

Zoe le ignorò. «Lib, il nostro elfo dei boschi qui presente ha la fortuna di avere come vicino di casa un uomo bello come il peccato!».

«È una sistemazione provvisoria, si sta nascondendo dai giornalisti», precisò Clover.

«Non capisco perché il peccato debba essere considerato bello», borbottò Eric dal suo angolino. «È un controsenso».

«Ok: è un vicino *provvisorio* bello come un *dio!*», sbuffò Zoe. «Sai chi è?»

«Considerando che trovi attraenti tutti gli uomini con una muscolatura pronunciata, anche se hanno un quoziente intellettivo pari a zero, non sarà facile per Liberty capire a chi ti riferisci», biascicò Eric, acido.

«Questo lo è davvero», minimizzò Zoe, concentrandosi poi sul suo capo. «È Cade Harrison».

«*Terra di nessuno*, giusto?», chiese Liberty, senza alzare lo sguardo dagli ordini che teneva fra le mani.

Clover finì di dare gli ultimi ritocchi alla vetrina natalizia e si rialzò. «Sei incredibile, Lib. Ti sei subito ricordata il titolo del suo film più famoso, mentre Eric e io ci siamo soffermati su un pettegolezzo imbarazzante e Zoe sulla sua prestanza fisica. Sei avanti anni luce!».

«Non a caso sono io a dirigere la baracca, qui. Se il negozio fosse nelle mani di Zoe ci ritroveremmo con una clientela esclusivamente maschile e con un altro genere di servizi extra».

«Come in quella serie TV, *The Client List*!», scherzò Zoe. «Ma alle protagoniste del telefilm capitano sempre bei ragazzi con un corpo da sballo, non credo che sarei altrettanto fortunata».

«Se invece avessimo Eric, al comando, il negozio sarebbe quasi vuoto a causa della sua timidezza».

«Parlare poco, e non a sproposito, non significa necessariamente essere timidi», protestò il ragazzo.

«E se ci fossi tu, Clover, il negozio andrebbe distrutto nel giro di mezz'ora», terminò Liberty, chinandosi a raddrizzare una decorazione natalizia, pericolosamente in bilico su un ripiano di vetro.

«Scusa *mammina*», borbottò Clover.

«Mamma un corno, ho due anni più di te. E avere trent'anni non significa essere vecchia!». Liberty la guardò con un finto cipiglio, poi le tese alcuni fogli. «Questi sono i tuoi impegni di oggi. Il primo cliente ti aspetta davanti a Saks. Deve scovare un regalo originale per due amici che si sposano a Natale».

«Perché in tanti decidono di sposarsi in giornate come quella? Unire due feste in una è controproducente, è un giorno in meno da festeggiare».

«Rimpiango di non essere nata in occasione di una ricorrenza speciale, allora», mormorò Zoe. «Magari potessi risparmiarmi qualche dannata festa».

Clover fece una smorfia. «Sei il solito *Grinch*. Ma ti ricordo che nel film anche lui, alla fine, ritrova lo spirito natalizio».

«Non è ancora arrivata nessuna bambina dagli strani capelli a salvarmi. E quest'anno passerò nuovamente il Natale chiusa in casa, dal momento che sono a corto di fidanzati». Zoe si avvicinò a loro, perfettamente in equilibrio sui vertiginosi tacchi a spillo che slanciavano le sue gambe scolpite. «Il Natale è una festa familiare e religiosa. Io non osservo le tradizioni, lavoro troppo per godermi il clima di festa, non sono un tipo da famiglia e non vado neanche in chiesa!».

Clover roteò gli occhi. «Lo dici a me? Io non solo cerco i regali per parenti e amici, ma devo anche pensare a quelli di mezza New York! Aggiungi una famiglia penosa e una fede altalenante, e il quadro è sufficientemente patetico».

«Appunto: neanche tu dovresti andare in delirio in questo periodo».

«Invece lo adoro, perché il Natale non è solo una festa!». Quando Eric accese le luci colorate in vetrina, Clover si illuminò. «Il Natale è magia. Tutto è colorato, scintillante, incantato...».

«È un periodo più caotico del solito», borbottò Zoe. «Andiamo, lo vedi anche tu! Tutti non fanno che correre di qua e di là, per settimane, cercando e fasciando regali che in meno di dieci minuti verranno scartati e dimenticati. Per non parlare delle ore che passano ai fornelli, preparando pranzi e cene che si depositeranno sulle cosce per mesi...».

«Ecco, di questo farei volentieri a meno», grugnì Liberty. «Il senso di colpa post-festivo mi porta a correre a Central Park con più impegno del solito».

«Non riuscirete mai a convincermi del contrario: il Natale è bellissimo», sentenziò Clover, facendo una giravolta sotto un rametto di vischio appeso al soffitto.

«Ehm, forse è meglio se quello lo spostiamo», disse Eric, indicandolo. «Non vorrei che tutti i maniaci delle tradizioni ci costringessero a baci indesiderati».

Zoe si finse pensierosa. «Clover, potresti portare Harrison a visitare il nostro negozio? Lo attenderei volentieri proprio qui, sotto il vischio!».

«Non hai appena detto di non credere alle tradizioni natalizie?», chiese Eric, inarcando un sopracciglio.

«Per alcune posso fare un'eccezione, se ne vale la pena».

«E un bicipite sviluppato vale abbastanza, immagino».

«Esatto!», ridacchiò Zoe, dandogli una pacca sul sedere. Poi fece una smorfia ammirata. «Però! Bello sodo, complimenti!».

«Sta arrossendo, poverino!», tubò Clover, avvicinandosi all'amico.

«No, Eric! Così ti si appannano gli occhiali!», scherzò Liberty, unendosi al gioco.

«Mi chiedo, sempre più spesso, perché ho deciso di lavorare con tre donne insopportabili come voi», sbuffò Eric, reprimendo un sorriso.

«Perché le tue solfe da scienziato non pagano abbastanza», sorrise Zoe.

«Mentre i tuoi video si vendono davvero bene», rincarò Clover.

«Sei più utile a me che alla NASA». Liberty gli porse un foglio. «Oggi avrai a che fare con due clienti: una famigliola che ti inonderà di foto dei figli, per la quale dovrai montare un video che verrà regalato ai nonni, e una ragazza che vuole una clip romantica per il fidanzato. Anche lei avrà parecchio materiale».

Zoe diede di gomito a Eric. «Sai come funziona: quando hai a che fare con foto e filmati di coppiette, devi mostrarmi tutto!».

«La parola *privacy* ti dice nulla?»

«Se le guardi tu posso farlo anch'io, lavoriamo nello stesso posto. Sono socia in affari, qui, pertanto posso decidere di visionare le fotografie e i filmati che i clienti ci sottopongono, per accertarmi che niente comprometta l'immagine del nostro negozio».

«Quante balle», borbottò Clover.

«Sei una dannata ficcanaso», aggiunse Liberty, scuotendo la testa.

«Pensi davvero che i clienti mi portino a visionare foto o filmati sconci da montare in un video natalizio?», sospirò Eric.

«Ciò che è sconcio per te, per altri potrebbe non esserlo». Zoe scosse il caschetto di capelli neri. «E poi anche il sesso fa parte della vita di una coppia. Se io dovessi montare un video con i momenti più belli di un amore, vorrei anche quelli passati fra le braccia del mio uomo, il che include...».

«Ho capito», tagliò corto Eric, allontanandosi. «Se c'è materiale pornografico, ti chiamo».

Seguendolo con lo sguardo, Zoe ridacchiò. «Io lo adoro», disse alle due colleghe.

«Anche noi lo adoriamo, quindi lascialo in pace o un giorno finirà per licenziarsi». Liberty le passò i fogli con gli impegni giornalieri. «Oggi avrai a che fare con due bambini di tre anni e con la coppia di sposi amici del cliente di Clover. Se li senti parlare di qualcosa che può aiutarla nella ricerca di un regalo, chiamala subito». Con un sorriso rivolto a entrambe, si allontanò. «Buon lavoro, ragazze».

Zoe fissò il proprio foglio e poi Clover. «Odio fotografare i bambini. Non stanno un attimo fermi!».

«Puoi sempre tirarti su il morale ideando pose *hard* per i due sposini!».

«Non metterle strane idee in testa!», urlò Eric dalla sua postazione.

Clover uscì dal negozio ridacchiando, avviandosi a passo spedito lungo Madison Avenue. Adorava lavorare in quel posto, la metteva di buonumore!

Giftland era un negozio ampio, su due piani, che Liberty gestiva da tre anni. In principio il locale era una semplice cartolibreria di proprietà dei nonni materni, e Lib vi aveva passato molto tempo durante le vacanze scolastiche. Dopo la laurea aveva iniziato a lavorarci stabilmente, apportando migliorie e attirando clientela più variegata, fino a subentrare del tutto ai nonni. A quel punto aveva rinnovato e ampliato i locali, cambiato l'insegna e si era messa in proprio con il lavoro, nella speranza di rendere il negozio sempre più originale, fresco e al passo con le mode del momento.

La prima a entrare in affari con lei era stata Zoe Mathison, una giovane fotografa di talento in cerca di un impiego. Zoe sapeva trasformare un semplice servizio fotografico in qualcosa di speciale, adatto a diventare un regalo diverso e personalizzabile per ogni evento. Liberty aveva intuito subito il suo potenziale, dietro alla bella presenza che attirava clientela, ed era riuscita a trarre il maggior vantaggio possibile da entrambe le cose.

Eric Morgan era arrivato pochi mesi più tardi, per fare da supporto tecnologico al lavoro di Zoe, finendo con l'occuparsi della creazione di veri e propri cortometraggi a tema. Amico di Zoe dai tempi del college – nonostante la loro diversità di carattere rendesse quell'amicizia quasi incredibile – era stato raccomandato caldamente a Liberty per la sua meticolosità, la sua maturità e la sua intelligenza. Pur essendo estremamente riservato, era un elemento insostituibile: non c'era lavoro che non potesse svolgere e cliente che non sapesse soddisfare.

Quanto a Liberty, offriva un servizio davvero speciale ai propri clienti. Oltre alla gestione pratica di Giftland, si occupava anche di scrivere poesie o piccoli racconti su commissione, talvolta impreziositi da brevi fumetti. Clover amava definire il lavoro di Lib un modo per "fermare il tempo": non era da tutti riuscire a racchiudere su carta le emozioni, i ricordi e gli attimi più intensi della vita di coloro che si rivolgevano a lei. Ma Liberty lo faceva alla grande, nonostante il suo atteggiamento concreto e compassato la rendesse, all'apparenza, tutto fuorché dolce e sensibile.

La frase "Cosa mi consiglia di regalare a…", ripetuta continuamente dai clienti, aveva reso indispensabile, infine, la presenza di Clover.

Appena arrivata a New York, dopo quasi tre anni passati a fare la commessa al Maine Mall, era stata ansiosa di cambiare ogni cosa della sua vita, a partire dal suo lavoro, e l'inusuale annuncio trovato sul «New York Times» l'aveva portata dritta dritta nell'ufficio di Liberty.

Scegliere i regali perfetti era una vocazione, per lei. Le piaceva da impazzire vedere l'entusiasmo e la sorpresa negli occhi di chi scartava un dono tanto desiderato, e le risultava semplice far felici le persone. Era in grado di comprenderne i sogni, i gusti e le esigenze solo parlando con loro, ascoltandone le storie e studiandone i caratteri. Non era sempre facile trovare il regalo giusto, soprattutto quando chi chiedeva il suo aiuto era privo di inventiva, di sensibilità o del basilare interesse verso la persona per cui lo cercava. Perciò passava più tempo possibile con i suoi clienti, tentando di farli parlare, di conoscerli e conoscere, attraverso loro, anche la persona per la quale doveva trovare un'idea vincente. C'era sempre un dettaglio importante da ricordare, nascosto in qualche angolo della memoria: il suo compito era scovarlo.

Non tutti, però, possedevano quel dono. Sarebbe bastato così poco per evitare scelte sbagliate e regali deludenti: prendersi la briga di ascoltare, di recepire gli indizi lasciati cadere quasi accidentalmente nel corso dell'anno, prestare attenzione alle necessità di una persona…

Lei, ad esempio, non faceva che parlare, parlare e parlare! Eppure nessuno registrava mai le sue parole per sfruttarle al momento giusto, tanto che aveva preso l'abitudine di compilare una "lista dei desideri", una sorta di letterina per Babbo Natale da propinare a tutti coloro che continuavano a chiederle: «Che regalo vorresti ricevere?».

Clover adorava le sorprese, ma sembrava che nessuno fosse in grado di stupirla. E così, ogni anno inviava un'email a sua madre con un paio di idee utili a lei e suo fratello, e appendeva in negozio una copia più ampia della stessa lista. Si fidava molto di più del buongusto dei suoi colleghi che di quello della famiglia, a dire il vero, ma erano impegnati quanto lei in quel periodo dell'anno e non voleva dar loro anche l'onere di pensare ai suoi regali… Regali *doppi*, dal momento che anche il suo compleanno cadeva a dicembre.

Il suo metodo facilitava le cose a tutti e le risparmiava sorrisi falsi di fronte all'ennesimo dono brutto o poco apprezzato. Un'esperienza che ai suoi clienti non sarebbe mai capitata, lo aveva promesso a se stessa il suo primo giorno di lavoro.

Quel pomeriggio tre persone aspettavano i suoi consigli per far felice qualcuno. L'ultima era una ragazza che sperava di far colpo sui propri familiari distratti, scovando regali irresistibili per ognuno di loro. Clover teneva particolarmente a quella cliente, perché spesso si era trovata nella sua stessa situazione. Tuttavia, nemmeno con i regali migliori del mondo lei era riuscita a catturare l'attenzione di sua madre o di suo fratello.

Sperava che a quella ragazza il Natale portasse risultati migliori.

Mentre attendeva che il semaforo diventasse verde si guardò intorno, sorridendo felice. Adorava New York, il suo ritmo incessante, i suoni, la grande varietà di persone, gli enormi grattacieli che sembravano bucare il cielo. Nel periodo natalizio il caos aumentava a dismisura, i turisti impazzavano per le strade, il frastuono cresceva, eppure Clover si beava di quel flusso di vita: le dava la sensazione di far parte di qualcosa di grande, di non essere sola.

Le vetrine erano tutte decorate a festa, ogni anno sempre più accattivanti, originali e luminose. Tutti si incantavano a guardarle, perfino lei che per lavoro non faceva che entrare e uscire dai negozi più famosi della città. In quel momento, tuttavia, fu un'altra cosa ad attirare prepotentemente la sua attenzione.

Un cartellone pubblicitario di notevoli dimensioni faceva bella mostra di sé sul fianco di un autobus, fermo al semaforo. Cade Harrison la fissava proprio da lì, con quello sguardo capace di privarti dell'ossigeno, il corpo statuario in grado di instillare pensieri impuri anche nella più morigerata delle educande, e il sorriso capace di stenderti…

Proprio come aveva steso la signora Kendall.

Lo strano torpore che l'aveva colta nel vedere l'attore ritratto in quel megaposter svanì d'incanto nel ricordare il piccolo episodio di tre giorni prima.

Lei sapeva sorridere a comando – nel suo lavoro essere gentile era un obbligo – ma Harrison aveva davvero un talento fuori dal comune. I suoi non erano semplici sorrisi di cortesia, lui riusciva a passare da un'espressione seria, diffidente e annoiata a una affascinante, ben disposta e piena di calore umano, in meno di un secondo. Quella capacità doveva essere uno dei suoi punti di forza: indispensabile a un attore degno di più nomination all'Oscar!

Una caratteristica che Clover trovava rivoltante.

Aveva colto nettamente il lampo di irritazione apparso negli occhi di Cade quando Martha Kendall lo aveva riconosciuto; eppure, un attimo dopo era intento a farla cadere in deliquio con uno strabiliante balenio di denti e belle parole, come se essere in *quel* posto, insieme a *quella* donna, fosse il suo passatempo giornaliero preferito. Diamine, per un attimo quel sorriso aveva abbagliato anche lei...

Come ci si poteva fidare di tipi simili?

Stare al fianco di un uomo tanto bello e di successo doveva essere molto impegnativo. Ma stare con chi addirittura fingeva per mestiere, si prospettava un vero incubo. Non poteva essere un caso, se la maggior parte delle donne abbandonate dalle star cadevano in depressione.

La ex fidanzata di Harrison era l'esempio lampante di quella disgrazia: bella, ricca e famosa, piangeva lacrime amare per un belloccio che l'aveva illusa di essere amata e poi l'aveva rifiutata davanti a milioni di telespettatori.

Dopo il servizio andato in onda nel notiziario di tre giorni prima, Clover non aveva resistito alla tentazione di cercare notizie su quella vicenda. Quel che era emerso, fra le miriadi di voci incongruenti che giravano sul web, era che dopo sei mesi di relazione apparentemente priva di problemi, Alice Brown era stata così avventata da spingere Cade Harrison a farle una proposta di matrimonio in diretta TV. Ma l'uomo era caduto dalle nuvole – la sua espressione sconvolta si evinceva dalle immagini – e aveva temporeggiato, rimandando la discussione a un altro momento, possibilmente privato.

Che umiliazione doveva esser stata non veder cadere ai propri piedi un simile uomo... soprattutto davanti a tutta quella gente!

Alice era dapprima diventata paonazza, poi aveva dato in escandescenza, accusando Cade di averla ingiustamente illusa. A quel punto si era alzata tra le lacrime e gli aveva rifilato un sonoro ceffone, correndo fuori dallo studio televisivo. Cade era rimasto interdetto e imbarazzato, ma aveva dominato la rabbia; con estrema eleganza si era scusato ed era uscito a sua volta di scena, lasciando i due presentatori in fibrillazione per quel grosso scoop.

In seguito, gli animi si erano scaldati. Spinta dal dolore, dall'amor proprio ferito o forse dal rancore, Alice Brown aveva iniziato a rilasciare interviste al vetriolo, dipingendo Cade come un freddo e insensibile mostro che l'aveva usata, per poi spezzarle il cuore davanti a tutti, come se non contasse nulla.

Harrison, dal canto suo, aveva regalato molto poco ai giornalisti, ma si era lasciato sfuggire una frase che aveva fatto il giro dei tabloid: «Certi argomenti dovrebbero restare privati, ma forse la mancanza di talento della signorina Brown la costringe a queste sceneggiate così poco eleganti per sopperire alla mancanza di un pubblico e di un ingaggio serio, cose che pare incapace di procurarsi senza il supporto di un aggancio importante».

Inutile dire che la sua ex aveva reagito molto male a quella bassa insinuazione.

E così la guerra fra loro era andata avanti per oltre un mese, arrivando a costringere il bel californiano a cercare un posto isolato in cui nascondersi.

Non doveva essere facile, per lui, subire i continui attacchi dei giornalisti; ma era altrettanto vero che liquidare così in fretta una storia d'amore non gli aveva fatto onore.

Il semaforo scattò e l'autobus ripartì, distogliendo lo sguardo di Clover dal cartellone pubblicitario.

Uomini! Sapevano farti toccare picchi di beatitudine impareggiabili e poi lasciarti cadere come un calzino usato senza alcun rimpianto, una volta perso l'interesse. Meglio tenersene alla larga.

E in ogni caso, ciò che Cade Harrison faceva della sua vita era esclusivamente affar suo. Clover non aveva nemmeno idea del perché stesse perdendo tempo indugiando col pensiero su quel tale.

Ciò su cui doveva concentrarsi, in quel momento, era il suo lavoro. Doveva essere più rapida ed efficiente del solito, quel giorno, perché di lì a poche ore l'attendeva il momento più bello di tutto l'anno: l'accensione del gigantesco albero di Natale al Rockefeller Center.

Portare a termine i suoi impegni e tornare a casa per prepararsi alla serata era di vitale importanza.

Avrebbe dovuto incastrare alla perfezione ogni appuntamento e non sforare con i tempi, ma poteva farcela… *Doveva* farcela.

Non si sarebbe persa quell'evento per nessun motivo al mondo.

Stanco di guardare la televisione sdraiato sul divano, Cade abbassò il volume e afferrò il cellulare. Dopo aver composto il solito numero si appoggiò alla spalliera, in attesa di sentire una voce amica.

Quando era partito da Los Angeles non aveva pensato ad altro che ad allontanarsi dai suoi problemi e a rilassarsi, ma dopo una settimana passata in quella casa iniziava seriamente ad annoiarsi. New York offriva di certo molti svaghi, forse anche più di Los Angeles, ma il freddo incredibile smorzava il suo entusiasmo e, anche se era relativamente lontano dal caos cittadino, il pensiero di essere riconosciuto per strada lo dissuadeva da ogni iniziativa che comportasse il mettere naso fuori di casa.

Bastava pensare a qualche giorno prima…

Aveva imparato da tempo che incantare le donne era un modo piuttosto sicuro per assicurarsi i loro favori – di qualunque genere –, perciò, pur non andandone particolarmente fiero, anche in quell'occasione aveva usato il proprio fascino per "comprare" il silenzio della sua fan…

Il tutto davanti alla faccia nauseata della sua dirimpettaia.

Il pensiero della piccola e linguacciuta testa rossa lo spinse ad alzarsi e avvicinarsi alla finestra, dalla quale aveva una visuale perfetta sull'ingresso della casa di fronte.

Dopo il loro ultimo incontro non l'aveva più vista, se non di sfuggita proprio da quella finestra, e mai una volta lei aveva puntato lo sguardo nella sua direzione. Questo lo aveva confuso: di solito le donne facevano a gara per farsi notare da lui, o quantomeno si mostravano incuriosite. Ma quella ragazza sembrava disprezzare davvero la sua fama e pareva del tutto indifferente anche a lui come uomo.

Per qualche strana ragione, invece, Cade provava sempre più curiosità nei suoi confronti.

Non era una questione fisica: era graziosa, poco appariscente e nemmeno una bellezza classica. L'aveva sempre vista infagottata in abiti ingombranti e perciò non aveva intuito molto del suo aspetto, ma sapeva che non poteva essere più alta di un metro e sessanta e che sembrava esile. Il viso era la parte più interessante di lei: nonostante i suoi grandi occhi nocciola screziati di verde fossero perfettamente in grado di incenerire una persona, le simpatiche fossette che le spuntavano sulle guance quando sorrideva la rendevano adorabile, e la massa ribelle di capelli infuocati, naturalmente mossi, la facevano somigliare a un folletto, o a una fata dispettosa. Se il suo agente l'avesse vista, le avrebbe sicuramente trovato una parte in uno dei tanti film fantasy che le case cinematografiche sfornavano ogni anno in quel periodo.

Ma la cosa che più lo aveva colpito era il profumo di biscotti alla cannella che le vorticava intorno. Un odore buono, dolce e rassicurante.

Se non avesse avuto quella lingua impertinente, sarebbe stato piacevole averla intorno. Non che lui volesse compagnia femminile, in quel periodo: dopo gli ultimi mesi, la voglia di passare del tempo con una donna si era drasticamente ridotta.

«Oh, il mio caro figlio esiliato! Che piacere sentirti!», esclamò la voce di sua madre al telefono, distogliendolo da quei pensieri.

«Ce ne hai messo di tempo per rispondere, stavo per rinunciare. Non vivi più in simbiosi con il cellulare, nell'attesa che il tuo figlioletto preferito ti telefoni?»

«Non fare lo sbruffone, non sei più il figlio preferito. Ora è Jake il prescelto».

«Jake? Quella mezza sega che non fa altro che stare chino sul suo notebook a scrivere romanzetti sdolcinati?», scherzò Cade, appoggiandosi al davanzale.

«I suoi *romanzetti sdolcinati*, come li chiami tu, sono bestseller in tutta l'America e a breve verranno tradotti in altre quattro lingue! Non sei l'unica celebrità in casa Harrison, Cade: mettiti l'anima in pace», lo redarguì scherzosamente sua madre, l'affetto palpabile anche a distanza. «E poi è diventato il mio preferito perché ha avuto un'idea a dir poco geniale per salvare le feste».

«E sarebbe?»

«La sua attuale ragazza, Monique, ha una casa a Brooklyn. I suoi genitori partono per le vacanze e la lasciano libera, così lei ha pensato bene di invitare Jake e tutta la nostra famiglia a festeggiare lì il Natale. Sai, lei non può muoversi da New York in questi giorni, ma ci teneva a festeggiare con Jake, e lui con noi, perciò...».

«Perciò, dal momento che io sono a New York, sarà più facile che mi unisca a voi. Che coincidenza».

«Proprio così! Il cielo non voglia che le famiglie restino separate il giorno di Natale».

Cade ridacchiò. «Quanto ti è costato organizzare tutto, mamma?»

«Tesoro, mi offendi se credi che pagherei per passare le feste tutti insieme!».

«Allora devi aver recitato la tua parte in modo egregio, per spingere Jake nella direzione giusta».

«Tuo fratello è così sensibile, altrimenti come potrebbe scrivere romanzi tanto toccanti?»

«Capisco ogni giorno di più da chi ho ereditato il talento per la recitazione, sai?»

«Di certo non da quell'orso di tuo padre», borbottò Grace Harrison.

«Scommetto che non ha tanta voglia di venire a New York».

«Ha iniziato a lamentarsi di tutto, del freddo che distruggerà le sue povere ossa e del fuso orario che lo lascerà inebetito. Dice anche che, ricco come sei, potevi noleggiare uno stupido jet e trascorrere a casa almeno il giorno di Natale, senza costringermi a tutta quella sceneggiata con Jake», sbuffò lei, scoprendosi del tutto.

«Forse lo avrei fatto».

«Comunque sono contenta di partire. Sarà bello cambiare aria, vedere un po' di neve, e poi le tue sorelle non vedono l'ora di fare shopping sulla Quinta Strada».

«Se volevate venire a New York avrei potuto pagarvi il viaggio e l'albergo in qualunque momento, lo sai. Non avete che da chiedere», disse Cade, con voce dolce. «Che gusto c'è ad avere tanto denaro da spendere se non posso condividerlo con voi?»

«Che figlio esemplare...».

«Sono di nuovo il tuo preferito?»

«Non mi comprerai con così poco!», esclamò sua madre. «Siamo perfettamente in grado di pagarci un viaggio, tesoro, lo sai bene. Ma spendere soldi per passare del tempo in un albergo avrebbe innervosito tuo padre, che crede ancora di dover risparmiare ogni spicciolo com'era costretto a fare da ragazzo. La casa completamente gratis di Monique è stata la soluzione perfetta».

Cade sorrise. Il suo adorato, burbero papà si era costruito una vita dal nulla, passando dall'essere povero a un'esistenza benestante con le sue sole forze. E anche se da anni, ormai, non aveva problemi economici, la mentalità da risparmiatore attento era rimasta ben radicata in lui. Non sopportava gli sprechi e Cade aveva cercato di seguire il suo esempio non sperperando il denaro guadagnato con il suo lavoro. Non tutto, almeno.

«Quando arrivate?»

«La mattina della vigilia. E, considerando il fuso orario, credo che tuo padre non si alzerà dal letto per almeno dieci ore, quindi ci vedremo direttamente per cena».

«Va bene, mamma». Lo sguardo di Cade venne attratto dalla figura scura che sopraggiungeva lungo la strada, e il suo interesse si impennò. «Ci sentiamo nei prossimi giorni. Saluta tutti!», disse, sbrigativo, salutando la madre.

La sua vicina di casa camminava con passo deciso verso il proprio cancello, le mani ingombre di pacchetti e borse firmate, il cappellino di lana storto sul capo e la sciarpa rosa pericolosamente vicina a impigliarsi fra i tacchi dei suoi stivali. Era quasi ora di cena, era buio e le strade erano umide e ghiacciate per via della pioggia e delle temperature in picchiata.

Ebbe un brutto presentimento ancor prima di vederla scivolare sulle scale.

Senza pensarci, afferrò il giaccone appeso accanto alla porta e uscì, diviso fra ilarità e preoccupazione. Quella ragazza non riusciva proprio a stare in posizione eretta!

La raggiunse in un lampo e si fermò al cancello. «Avrò modo di vederla ben salda sulle gambe un giorno di questi?», le chiese, sorridendo quasi teneramente nel vederla inginocchiata a terra, intenta a osservare con aria ansiosa il contenuto di ogni sacchetto colorato.

Lei sollevò il viso di scatto, sentendo la sua voce, e lo guardò per un istante con i suoi grandi occhi nocciola. Poi tornò a concentrarsi sugli acquisti.

«La speranza è l'ultima a morire, o così dicono», sbottò infastidita.

Cade entrò. «Ha bisogno di aiuto?»

«Sì, di un corso di sopravvivenza per goffi cronici!», la sentì bofonchiare. «Ma prima d'ogni altra cosa devo assicurarmi che questi sacchetti siano salvi».

«Forse prima dovrebbe occuparsi del suo ginocchio. Sta sanguinando».

La ragazza lanciò un'occhiata alla calza strappata e all'escoriazione sul ginocchio sinistro, e imprecò sottovoce. Cade l'aiutò a rialzarsi.

«Penso io a raccogliere tutto».

«Grazie», borbottò lei, salendo i gradini senza perderlo di vista.

Sentendosi scrutato, Cade raccolse gli acquisti con estrema attenzione e si avviò dietro di lei, ritrovandosi sulla scia del suo dolce profumo. Lo assaporò a pieni polmoni quasi senza rendersene conto.

La ragazza aprì la porta e lo fece entrare. «Li lasci pure sul divano».

Cade obbedì, poi si guardò intorno. La casa, vista dall'esterno, era piuttosto malconcia, ma l'interno era accogliente. C'erano diversi mobili antiquati e usurati, ma era pulita e abbastanza ordinata e con qualche piccolo accorgimento avrebbe potuto diventare graziosa. Se fosse dipeso da lui, come prima e assolutamente necessaria miglioria avrebbe dato fuoco al brutto divano bitorzoluto e dall'aria scomoda che occupava il soggiorno.

«Non ha paura di sprofondarci e non riuscire a rialzarsi?», chiese, indicandolo con un cenno del capo.

La ragazza seguì il suo sguardo e scrollò le spalle. «Ha un brutto aspetto, è vero, ma ci sono affezionata. Tutto qui dentro ha un fascino antico, o almeno è quel che mi racconto per evitare di considerare la mia eredità per ciò che realmente è: una topaia. Sto aspettando di potermi permettere uno di quei bellissimi divani ad angolo, magari di un bel color lavanda…».

«Se non spendesse così tanto in shopping natalizio, avrebbe già da parte un bel gruzzolo». Cade indicò i sacchetti sul divano ma lei scosse la testa.

«Quelli non sono miei», disse sfilandosi il cappotto. Sotto indossava un abitino a scacchi rossi e neri, una calzamaglia e gli immancabili stivali alti, e Cade poté finalmente soddisfare la propria curiosità.

Come aveva immaginato era snella e delicata, ma aveva curve seducenti e un seno pieno, e gli abiti non celavano del tutto le sue forme. Aveva un gusto eccentrico nel vestire, soprattutto nell'accostare i colori alla sua capigliatura di fuoco, ma tutto sommato quello stile le si addiceva.

La vide avvicinarsi zoppicando e i suoi sensi si misero in allerta, per poi protestare silenziosamente quando lei lo sorpassò senza degnarlo di un'occhiata, preoccupata soltanto dei suoi acquisti.

«Dovrebbe medicare quel ginocchio, anziché perdere tempo con quei sacchetti», disse allora, con una punta di fastidio nella voce.

«Voglio solo controllare che sia tutto a posto».

Cade studiò in silenzio ogni dettaglio della sua persona, fin quando non la vide sedersi sul divano tirando un sospiro di sollievo. «Sono i suoi regali di Natale?»

«Sono regali destinati a persone che nemmeno conosco, ma che dovrò tenere qui per almeno un paio di giorni».

«Non la seguo. Fa regali agli estranei?»

«Inutile spiegarlo a chi non crede a Babbo Natale», scherzò lei, facendogli l'occhiolino.

Cade si sentì confondere da quello sguardo birichino, ma non fece in tempo ad analizzare quella reazione perché lei spalancò gli occhi, voltandosi di scatto verso un orologio appeso al muro.

«Accidenti, è tardissimo! Devo andare!», esclamò, provando ad alzarsi.

Per colpa del divano quasi sfondato, e del ginocchio dolorante, il gesto si rivelò più complicato del previsto. Cade allungò le mani a prendere quelle esili e fredde di lei, aiutandola a sollevarsi senza difficoltà.

«Ha ancora il ginocchio sanguinante e la calza rotta. Dove pensa di andare conciata così?»

«Al Rockefeller Center, per l'accensione dell'albero di Natale!».

«Almeno si disinfetti e si cambi».

«Perderò il traghetto e arriverò in ritardo», protestò la donna, zoppicando fuori dalla stanza. Cade la seguì.

«Ci sono buone probabilità che arrivi tardi comunque, vista la sua andatura».

«Lei non ha idea di come può essere veloce una persona con un obiettivo ben chiaro in testa».

«E il suo obiettivo sarebbe beccarsi un'infezione e rischiare di farsi davvero male per andare a vedere un albero di Natale che resterà fermo immobile nello stesso punto fino a gennaio?»

«Il mio obiettivo non è *un albero*, ma *l'Albero*! La cerimonia di accensione è un rito cittadino, non posso perderla».

«L'avrà vista decine di volte».

La ragazza si fermò, voltandosi a guardarlo con un'espressione quasi nauseata. «Oh, lei è uno di *quelli*».

«Vale a dire?»

«Uno snob insensibile allo spirito natalizio».

Cade esitò, non sapendo bene cosa risponderle. In realtà non dava troppo peso a quelle tradizioni, non da quando era diventato maggiorenne.

«Non è vedere l'albero che mi interessa», proseguì lei, determinata. «Quello che non voglio perdere è il momento in cui verrà acceso e la gente si incanterà a fissarne i bagliori colorati. Quell'interruttore segna l'inizio del periodo più bello dell'anno, la città si trasforma, diventa magica. Lei non resta mai incantato davanti alle luci natalizie?»

Cade fece una smorfia ironica. «Non è mai stata a Las Vegas, vero?».

Lei sbuffò. «Non è la stessa cosa, ma penso resterei ugualmente a bocca aperta se dovessi andarci». L'occhio le cadde sull'orologio e la delusione che le si dipinse sul volto sembrò oscurare l'intera stanza. «Be', ormai è tardi, comunque».

«Trasmetteranno l'evento in televisione», disse Cade, gentilmente. Lei annuì e tornò indietro, sorpassandolo.

«Vado a disinfettarmi e accendo la TV. Grazie dell'aiuto… Può andare, adesso».

Nel vederla così abbattuta, Cade agì d'impulso e le si parò davanti. «A che ora accendono l'albero?»

«Alle nove, ma per raggiungere Rockefeller Plaza occorre più di un'ora, partendo da qui, e il traghetto parte fra meno di venti minuti. Avevo programmato tutto, minuto per minuto, ma ne ho persi parecchi e adesso nemmeno il teletrasporto mi farà arrivare al molo in tempo per il Ferry delle otto».

«In macchina avremmo tutto il tempo di arrivare». Nel vedere il suo sguardo farsi confuso e speranzoso, le sorrise. «L'accompagno io al Rockefeller Center, così si risparmia la traversata».

«È molto gentile a offrirsi, ma non è il caso…».

«Non ho mai assistito personalmente alla cerimonia, e la sua appassionata descrizione mi ha incuriosito. Venga con me», insistette lui. Adesso desiderava davvero partecipare a quell'evento!

«Non c'è mai stato prima?». Sembrava sconvolta. «Ma è una cosa inammissibile!».

«Mi aiuti a rimediare, allora».

Dopo un momento di silenzio, lei annuì. «D'accordo. Non se ne pentirà, mi creda».

Nel veder rinascere il sorriso su quelle labbra rosse, Cade si sentì già pienamente soddisfatto. «Ne sono sicuro», disse, ricambiando il sorriso. Fece un passo indietro e indicò l'orologio. «Ci vediamo qui fuori fra dieci minuti… O ha bisogno di più tempo?»

«Stavo per strisciare lungo la strada con una calza strappata e un ginocchio sanguinolento. Le sembro il tipo che impiega molto tempo a farsi bella?».

Cade la studiò da capo a piedi. «Non credo ne abbia bisogno», disse, sincero. Ebbe il piacere di vederla restare interdetta e nascose il proprio compiacimento dirigendosi verso la porta. Ridacchiò piano quando la sentì urlare: «Si camuffi in modo da rendersi irriconoscibile! Non voglio finire sul giornale accanto a qualcuno che firma i sederi di mezza New York!».

Accidenti a quella psicopatica che lo aveva inseguito con la gonna alzata per le vie di Los Angeles! Avrebbe dovuto farle causa, invece di firmarle quella dannata chiappa, ma lo aveva fatto solo per togliersela dai piedi il più velocemente possibile. Non si era accorto del paparazzo appostato fuori di casa, altrimenti avrebbe trovato un altro modo per levarsi da quell'impiccio. Quel gustoso pettegolezzo aveva fatto il giro dei tabloid, e la sua irriverente vicina di casa sembrava trovarlo esilarante…

Strano a dirsi, ma iniziava a trovarlo divertente anche lui.

Aveva quasi strappato l'abito nella furia di sfilarselo. La porta di casa non si era ancora chiusa del tutto e Clover era già mezza nuda e diretta in bagno per una doccia fulminea.

Escludendo i capelli, che le avrebbero portato via troppo tempo, si sfregò energicamente per tre intensi minuti, poi fu di nuovo fuori. Medicò il ginocchio e vi applicò un grosso cerotto, maledicendosi per essere caduta un'altra volta sotto lo sguardo del Principe di Hollywood, poi passò in camera da letto per vestirsi. Finì per scegliere il morbido abito di lana dai simpatici ricami che indossava ogni anno in occasione del concerto di Natale, e impiegò meno di un minuto per truccarsi. Spazzolò i capelli e afferrò il cappotto, indossandolo mentre si avviava alla porta.

Mancava un minuto all'ora prestabilita. Era puntualissima.

Lui uscì un attimo dopo e, nel vederlo, Clover sentì la salivazione azzerarsi. Era fantastico, sexy da morire ed elegante al tempo stesso.

Si vide improvvisamente scialba e insignificante. Chissà quante e quali belle donne era abituato a frequentare, in California! Di sicuro non era mai uscito con una ragazza che indossava un vestito con ricami a forma di pupazzi di neve, agrifogli e abeti luminosi, e che zoppicava come il Gobbo di Notre Dame.

Avrebbe dovuto mettersi qualcosa di più sexy ed elegante per uscire con un uomo come lui…

Uscire? Lei non stava *uscendo* con Cade Harrison. Lui stava solo facendo un'opera di carità, portandola al Rockefeller Center. Probabilmente aveva suscitato la sua pena.

Infilò il cappellino di lana in tasca, anziché indossarlo, e si strinse addosso i lembi del cappotto per nascondersi il più possibile, sollevando la testa con tutta la dignità che le era rimasta.

Ma quando lui le fu davanti, con quel suo sorriso irresistibile, Clover dimenticò ogni altro pensiero.

«Puntualissima, sono sorpreso!», le disse.

«In realtà sono pronta da qualche minuto, ma non volevo metterle fretta. Immagino che per mantenere quell'aspetto da divo le occorra del tempo».

«Quello necessario a una doccia veloce», ribatté Cade.

"Quindi sei stupendo al naturale", pensò fuggevolmente Clover, incamminandosi insieme a lui verso il garage, dal quale spuntava per metà un lucido fuoristrada nero.

«Posso sapere almeno come ti chiami?», chiese Cade, passando a un tono più personale.

«Clover O'Brian», rispose lei, porgendogli la mano.

«Molto piacere». Cade la strinse, una stretta gentile ma decisa e calda. Incredibilmente calda.

Clover non disse nulla, né lo ringraziò per la cortesia che stava usando nell'adeguare il passo alla sua andatura incerta.

Qualcosa dentro di lei, però, cambiò in modo impercettibile. D'un tratto non vedeva più la star del cinema accanto a sé, ma un uomo attraente e premuroso disposto a un bagno di folla per farle un favore. Quel dettaglio non poteva non colpirla.

Perciò si ripromise di comportarsi in modo più consono a una ragazza ben educata e di essere più gentile con lui.

Capitolo 4

Il Rockefeller Center era gremito al punto da risultare caotico. Il concerto era iniziato da più di un'ora e ogni anno mobilitava vere e proprie carovane di spettatori.

Di solito, Clover trovava un posto il più possibile isolato per assistere allo spettacolo, ma sembrava che quella sera non ci fosse un solo punto disponibile nel raggio di un chilometro.

Cade si guardava intorno, sorpreso di vedere tanta gente eppure del tutto a proprio agio: doveva essere abituato a quell'assembramento di persone. Stava comunque attento a non dare nell'occhio e Clover si ritrovò a comportarsi di conseguenza, sperando di passare inosservata per non attirare sguardi sul suo compagno.

«I fotografi sono tutti concentrati sugli ospiti della serata. Sul palco ci sono Mariah Carey, Rod Stewart e Billy Crystal. Sono più famosi di te, giusto?», chiese, per sdrammatizzare.

«Sicuramente», sorrise Cade, educato nel non precisare che quei nomi altisonanti non erano le "star del momento". E Clover sapeva bene che Harrison suscitava molto più interesse delle vecchie glorie. Del resto, perfino lei iniziava a sentirsene vagamente attratta.

Gli era continuamente addosso, spintonata dalla folla, e quella forzata vicinanza, unita al suo profumo speziato, iniziava a farle uno strano effetto.

Si domandò cosa pensassero gli altri nel vederli insieme. Immaginavano forse che fossero una coppia?

Solo per un momento, che però fu davvero intenso, sperò di essere immortalata insieme a lui da un fotografo fortunato, magari in una posa ambigua e fuorviante che l'avrebbe etichettata come la sua nuova, misteriosa fiamma. Una simile notizia avrebbe suscitato mille domande e molta invidia... soprattutto quella di sua madre, così convinta che lei non fosse in grado di attirare l'attenzione di un uomo con la U maiuscola.

Dio, sarebbe stato bellissimo!

Quelle vane illusioni, la musica alta e l'entusiasmo palpabile risollevarono il suo umore, e nemmeno il ginocchio dolorante la frenò dal gironzolare felicemente per Rockefeller Plaza, in cerca di una postazione adeguata da cui godersi la serata.

Quando sentì il braccio di Cade circondarle la vita, il cuore le balzò in gola.

«Ti piacerebbe assistere allo spettacolo dall'alto e lontana da questa ressa?», le sussurrò all'orecchio. Il respiro caldo sul collo le provocò brividi in alcuni punti del corpo che non ricordava più di avere.

"Scatta, fottuto paparazzo! ORA!", pensò in un lampo di follia, riempendosi i polmoni con l'odore intenso di quell'uomo. Non sapeva cosa la spingesse a desiderare di essere associata a lui su uno squallido tabloid, ma in quel momento era quello che voleva. Quando mai le sarebbe ricapitato di essere immortalata a spasso per New York in compagnia di un tipo simile? Avrebbe incorniciato qualunque foto rubata per ricordare a se stessa, nei momenti più bui, che le cose belle capitavano davvero e non solo nelle favole…

Cercò di riscuotersi da quella sorta di suggestione mentale. Diavolo, quel tipo aveva più talento di un incantatore di serpenti, e forse neanche se ne rendeva conto!

Si guardò intorno per distrarsi dalla improvvisa e sconveniente eccitazione che quella vicinanza suscitava in lei, e cercò di richiamare alla memoria la domanda che Cade le aveva posto.

Ti piacerebbe assistere allo spettacolo dall'alto?

Puntò lo sguardo su un bambino appollaiato sulle spalle del padre. «Avevi in mente una cosa del genere?», scherzò, indicando la coppia.

Cade ridacchiò. «Non proprio, ma se preferisci…».

«Che vuoi fare?»

«C'è un albergo con un'ottima visuale sulla piazza, poco più avanti. Potremmo prendere una camera».

«Puoi farlo davvero? Senza preavviso?».

Cade ammiccò. «Sono Cade Harrison. Non ho solo il privilegio di autografare chiappe!».

Mentre Clover rideva, lui la prese per mano e la guidò fuori dalla folla, con un occhio di riguardo al suo ginocchio rigido.

Clover lo seguì, muovendosi come in un sogno: non era solita ricevere simili attenzioni. E se a offrirgliele era un uomo splendido, abituato a essere venerato, l'incredulità non poteva che aumentare.

La sua mano divenne rovente, e fu quello il momento in cui iniziò a capire perché stuoli di adolescenti americane lo mettessero al primo posto nella lista degli amori impossibili. Era carismatico, sensuale, eppure aveva quell'aria da bravo ragazzo che colpiva al cuore. Era pieno di attenzioni e gentile, perfino divertente, e solo quando era in imbarazzo o in difficoltà tirava fuori l'espressione da star fredda e altezzosa che forse aveva affinato col tempo.

Difficile non sentirsi inesorabilmente irretite da lui.

Il silenzio che accolse il loro arrivo all'hotel la colse impreparata, dopo l'assordante rumore della piazza. Si guardò intorno ammirata, apprezzando ogni dettaglio della lussuosa hall. Non era mai entrata in quel posto, anche se aveva spesso fantasticato di soggiornare in un albergo del genere almeno una volta nella vita. Nei suoi sogni a occhi aperti c'era sempre stato il Plaza, ma era comprensibilmente lontano in quel momento.

«Vado a chiedere se ci danno una stanza. Torno subito», disse Cade, facendola accomodare su un'elegante sedia.

Scambiando la sua cortesia per prudenza, Clover fece una smorfia. «Sì, resterò qui buona buona, non temere. Non ti farò fare brutta figura minando la tua reputazione con la mia sola presenza. Anzi, facciamo così: stabiliamo un codice segreto da usare per far sì che io possa raggiungerti in camera senza che nessuno mi veda!».

«In realtà volevo solo che facessi riposare il ginocchio». Con un sospiro esasperato, Cade la prese per un braccio e la guidò verso la reception, dove un uomo e una donna parlavano a bassa voce.

La receptionist intuì immediatamente chi fosse il nuovo arrivato, Clover lo capì dallo sguardo famelico che rivolse a Cade. Anche l'uomo vestito di scuro parve riconoscerlo, perché si drizzò dietro il bancone di lucido legno scuro e sorrise cortese.

«Signor Harrison, è un piacere averla di nuovo qui».

«Buonasera James», sorrise Cade, allungando una mano per stringere quella dell'azzimato concierge. «So che arrivo senza preavviso, ma avrei bisogno di una camera».

Sia il signor James che la donna alla reception rivolsero un discreto sguardo in direzione di Clover, che si irrigidì.

Che avevano da guardare? Trovavano così strano che uno degli uomini più desiderati d'America fosse in compagnia di una ragazza normale come lei? O forse, abituati a vederlo arrivare insieme a una donna sempre nuova, volevano solo saziare la loro curiosità in merito alla preda odierna?

Clover iniziò a sentirsi a disagio e strinse le braccia al petto.

«Controlliamo subito come esserle d'aiuto». Il concierge prese il posto della receptionist in modo garbato ma deciso e, mentre scorreva lo schermo del computer con gli occhi, continuò a porre domande a Cade. «Ha intenzione di trattenersi a lungo, signore?»

«Non più di un'ora, al massimo».

All'ennesimo sguardo curioso nella sua direzione, Clover diede una gomitata a Cade, che si sforzava di non ridere.

«Puoi chiarire perché siamo qui, prima che si facciano un'idea completamente sbagliata?», sibilò. Poi sorrise rivolta al concierge. «Questi personaggi famosi! Sempre al centro dell'attenzione sul posto di lavoro, tendono a essere troppo riservati nella vita privata. Non crede anche lei?».

Divertito, Cade si appoggiò al banco con sciolta familiarità. «Io e la mia amica vorremmo assistere all'accensione dell'abete, ma la piazza è troppo affollata per i miei gusti. Non sono in città per essere infastidito da fan e paparazzi. Mi capisce, James?»

«Naturalmente, signor Harrison».

«Se potessimo goderci lo spettacolo dalla vostra stanza migliore, ve ne sarei grato. Pagherò a prezzo pieno per il disturbo, naturalmente».

«Nessun disturbo. La camera con la vista migliore è prenotata per domani, per cui posso lasciarvela usare senza alcun problema. Mia figlia è una sua accanita ammiratrice, non mi perdonerebbe mai se sapesse che le ho rifiutato qualcosa».

Cade sorrise gentilmente, abituato a essere adulato.

Sbrigare i dettagli pratici era semplicissimo, quando a fare richieste era un personaggio celebre e pieno di soldi.

Terminata la registrazione e saliti in camera, Clover si ritrovò a guardarsi intorno nella favolosa suite dai caldi toni dorati e crema, incantata dall'eleganza degli arredi.

«È grande quasi come un piano di casa mia, ma molto più glamour!», esclamò, ammirata.

«È un bel posto, sì. Spero non ti dispiaccia non vedere lo spettacolo dalla piazza. Preferivi qualcosa di più vicino?», chiese Cade, avvicinandosi alla vetrata per scostare le tende.

La vista strabiliante dei grattacieli illuminati la lasciò senza fiato, come sempre. Viveva a New York da anni ma non si era ancora abituata alla bellezza di quella città vista dall'alto. E godersi lo spettacolo dalla camera di un hotel elegante, con un uomo come quello accanto, era quasi troppo bello per essere vero.

«Andrà benissimo», disse, avvicinandosi a lui e aprendo le finestre. La musica e il coro di voci in festa la raggiunsero, strappandole l'ennesimo sorriso. «Di solito mi metto in un angolino, abbarbicata a un palo della luce per vedere meglio sopra le teste dei presenti, quindi questo è decisamente un bel salto di qualità, principino».

«Ti riesce così difficile chiamarmi con il mio nome?», sospirò Cade, appoggiandosi al davanzale.

«Non violo qualche codice etico da star? Un principe e una semplice plebea: tanta familiarità può essere pericolosa, potrebbero esserci delle microspie sparse nella camera», temporeggiò Clover. In realtà moriva dalla voglia di assaporare il suo nome sulle labbra ma temeva che farlo equivalesse a stringere una sorta di legame con lui, e non era certa che fosse una buona idea. Un paio di gesti gentili e qualche sorriso affascinante l'avevano già spinta a desiderare cose sciocche... Non voleva ritrovarsi a sbavargli addosso come una delle tante figure ridicole che generalmente gli ronzavano intorno.

Cade Harrison non faceva per lei. Avrebbe fatto bene a tenerlo a mente.

Ma quando le sorrideva, come in quel momento, mandava in fumo tutti i suoi ragionamenti sensati, e con un blando dispendio di energie.

«Se ci fossero delle cimici qui dentro, il mio nome pronunciato dalle tue labbra sarebbe il dettaglio meno interessante per i paparazzi, Clover».

Il significato di quelle parole, insieme all'immagine di Cade Harrison stagliata sullo sfondo di uno splendido letto matrimoniale, generò inevitabilmente pensieri peccaminosi che Clover scacciò in tutta fretta. Si concentrò allora sulle mani, grandi e dalle dita lunghe, che penzolavano nel vuoto oltre la finestra, ma fu un altro errore: la sua mente si ritrovò a fantasticare su come sarebbe stato bello poter accarezzare quelle dita, sentirne la consistenza sulla propria pelle...

E rieccola su quel grande letto, preda consenziente di carezze appassionate e baci languidi...

Accidenti!

Chiuse gli occhi e si concentrò sulla musica. Pian piano, le note di *White Christmas* calmarono i suoi bollenti spiriti, ricordandole dov'era. «Sei stato gentile a regalarmi tutto questo», sospirò. «Non so quanti avrebbero fatto la stessa cosa, soprattutto per una pazza inopportuna come me».

«Non è stato poi così difficile. Sei molto diversa dalle persone che incontro di solito, è vero, ma in fondo non sei male», disse Cade, una luce calda negli occhi.

«La gente si inginocchia al tuo passaggio, vero?», chiese Clover.

Cade si strinse nelle spalle. «Sono tutti un po' più… accomodanti».

«Vomitevoli leccapiedi, insomma».

Lui rise piano e Clover sentì contorcersi le viscere a quel suono sensuale. "Ha un fascino che uccide lentamente", pensò. Un bel modo per morire, comunque.

«C'è anche il rovescio della medaglia», aggiunse Cade. «Privacy quasi inesistente, invidiosi, personaggi potenzialmente pericolosi. E non sai mai quanto sincero sia l'affetto della gente. Pensi che le ragazzine urlerebbero di gioia, nel vedermi, se fossi un semplice meccanico?».

Clover lo immaginò con indosso abiti da lavoro sporchi di grasso e odorosi di benzina e si lasciò quasi sfuggire un gemito di piacere. Era certa che le donne sarebbero cadute ugualmente ai suoi piedi, anche coperto di olio per motore.

Scosse la testa per schiarirsi le idee e riprese il filo del discorso. «Sì, posso capire. Io sono sempre alla ricerca di attenzioni, nel mio piccolo mondo privato, ma non riuscirei mai ad accettare una simile invasione della mia intimità. E probabilmente mi fiderei pochissimo di tutti i miei cosiddetti amici, se avessi fama e soldi in abbondanza». Diede le spalle al concerto e lo osservò, sempre più avida di particolari. «Perché hai deciso di fare proprio l'attore?»

«Non è stata una vera e propria scelta. Ho partecipato a un casting per mettermi alla prova, insieme a due compagni del corso di recitazione che frequentavo al college. Ho iniziato con piccole parti in diverse serie televisive, poi ruoli più importanti in qualche film. Quattro anni fa è arrivata la parte da protagonista in una pellicola largamente pubblicizzata, ed eccomi qui. La notorietà si è trasformata in una valanga inarrestabile, ed è difficile mantenere una parvenza di normalità quando si diventa personaggi pubblici. Anche se ci provo in ogni modo».

«Ti sei mai pentito di aver intrapreso questa carriera?»

«Non proprio. Ogni passo che ho fatto nel mio percorso, giusto o sbagliato, mi ha portato a ciò che sono adesso».

«Ma se non fossi famoso non dovresti nasconderti dagli altri».

«Ma forse non sarei qui con te a godermi questo evento cittadino», sorrise lui.

Clover distolse lo sguardo dal suo viso, sperando di dare il tempo al proprio battito cardiaco di tornare a un ritmo più regolare. «Considerando quanto poco spirito natalizio hai, non so se puoi considerarlo un vantaggio», scherzò.

«Forse grazie a te tornerò a guardare le feste con gli occhi di un bambino. Chi lo sa?».

La voce di Mariah Carey che intonava *All I Want For Christmas* attirò l'attenzione di Clover, facendole brillare gli occhi. «Questa è una delle mie canzoni preferite!», gioì, canticchiando sottovoce e muovendo la testa a tempo di musica.

«Che mi dici di te, invece?», chiese Cade, a brano ultimato. «Durante il tragitto in auto mi hai inondato di informazioni sull'abete in piazza e sulla storia di questa tradizione, ma hai detto poco o niente sul tuo conto. So solo che ti chiami Clover O'Brian. Hai origini irlandesi?»

«Mio nonno era irlandese di nascita, ma americano di adozione. Non sono mai stata in Irlanda, anche se mi piacerebbe molto». Clover lo osservò. «Qualche altra curiosità? Non sono un soggetto così interessante».

«Ho tantissime curiosità».

«La mia vita è piatta e noiosa, paragonata alla tua».

«Con il tuo carattere, sono sicuro che ne hai vissute parecchie di avventure divertenti».

Clover rise, scuotendo la testa. «Credimi, il mio caratteraccio mi ha portato solo delusioni. Non a tutti piace avere a che fare con una testa calda come me».

«Sei a caccia di complimenti?», domandò lui, perplesso.

«Non di quelli che vengono bene a te, non saprei che farmene di un po' di vuota adulazione. Io vado a caccia solo di ammirazione sincera», disse Clover, con assoluta tranquillità. «Anzi, *andavo*. Ho smesso da un pezzo», aggiunse. Non gli lasciò il tempo di replicare, perché la musica era cessata da qualche minuto e il vociare ininterrotto indicava che stava per iniziare il conto alla rovescia. «Ci siamo quasi!», disse, sbottonando il cappotto e lanciandolo sul letto. Non si accorse dello sguardo di Cade fino a quando non udì il suo commento.

«Bel vestito».

Dannazione, si era tolta la giacca senza pensare! Aveva deciso di non rivelare la sua mise poco affascinante in presenza di Harrison, ma se n'era dimenticata. Gli lanciò una veloce occhiata di sottecchi, preparandosi a cogliere uno sguardo ironico, invece non vide altro che sincera ammirazione sul viso di Cade.

Sollevata, fissò fuori dalla finestra, fingendosi indifferente. «È la mia tradizione personale: metto sempre questo vestito per l'accensione dell'abete. Non è un granché e forse è anche ridicolo, ma è propiziatorio... o almeno lo spero!».

«Ho detto che è bello. Non *simpatico,* né *strano.* E ti sta bene», precisò Cade. «Perché devi sempre leggere un significato negativo nelle mie parole?»

«Forza dell'abitudine. Sono reduce da anni e anni di battutine ironiche, ho imparato ad anticiparle. Ora sta' zitto, mancano quindici secondi».

Cade si portò alle sue spalle e mise le mani sul davanzale, imprigionandola nel cerchio delle sue braccia. «Hai altre tradizioni particolari da rispettare?».

Di sicuro si era spostato per avere una visuale migliore, ma Clover trattenne ugualmente il fiato sentendolo così vicino. «Esprimere un desiderio prima che l'albero venga acceso», rispose, schiarendosi la voce. «Quindi lasciami concentrare».

Troppo distratta dal calore di quel corpo, non si mosse per i successivi secondi. Quando la folla iniziò a scandire gli ultimi cinque, tuttavia, si lasciò trascinare dall'entusiasmo e chiuse gli occhi.

Rifletté un solo istante, poi il profumo di Cade si insinuò nella sua mente e il desiderio nacque spontaneo.

"Vorrei che un uomo come questo mi volesse, almeno una volta nella vita...".

«Tre, due, uno... Wow...», gioì Clover, gli occhi lucidi.

Cade osservò il suo viso anziché l'abete, trovandolo molto più interessante. Vide le migliaia di luci riflettersi nelle iridi splendenti di quella ragazza e avvertì tutta l'eccitazione racchiusa in quel piccolo corpo così vicino al suo.

Non aveva pensato di godersi la serata fino a quel punto, quando si era gentilmente offerto di accompagnarla.

Quando Clover si girò, abbracciandolo con slancio, la strinse di riflesso come se la conoscesse da sempre. Non si era lasciato incantare dai discorsi sulla magia del Natale che lei gli aveva propinato per tutto il viaggio, ma doveva ammettere che lo spettacolo di quella sera aveva creato un'atmosfera di gioia contagiosa, anche se irreale e momentanea.

Inaspettatamente, si sentì coinvolto nel clima della serata.

«Grazie», la sentì dire, contro la sua spalla.

«Grazie a te», le rispose sincero. Non passava una serata come quella da molto tempo.

Attraverso il morbido tessuto del vestito natalizio, Cade avvertì ogni curva di quel corpo e la tenerezza che aveva provato fino a pochi istanti prima si trasformò in qualcosa di diverso, più intimo. Aveva ammirato la delicatezza di quel volto fin dal loro primo incontro, apprezzato i suoi grandi occhi espressivi, il suo profumo e le dolci fossette sulle guance, ma non si era reso pienamente conto di quanto Clover O'Brian fosse *donna*. Il seno pieno contro il suo petto accese scintille nel suo sangue, la consistenza di quei capelli setosi contro la guancia diede il via a tutta una serie di pensieri conturbanti e il respiro caldo sul collo gli suscitò piccoli fremiti sulla pelle.

Lei dovette percepire la tensione improvvisa del suo corpo, perché si staccò in modo deciso, facendo un passo indietro. Senza guardarlo si voltò verso la finestra. «Scusami... è un momento che mi emoziona sempre».

«Non scusarti, ero piuttosto emozionato anch'io», le disse, velatamente allusivo. Lei sembrò sforzarsi per non ridere e Cade si rilassò all'istante: era più facile trattare con lei quando non era imbarazzata.

Era così abituato alle donne che gli si gettavano fra le braccia, da non far quasi più caso al contatto fisico con un corpo femminile. Ma Clover aveva inaspettatamente risvegliato i suoi istinti maschili, forse aiutata anche dall'atmosfera suggestiva.

«Vuoi guardare il resto del concerto?», le chiese.

Clover lasciò vagare lo sguardo attorno a sé. «Quello che volevo vedere l'ho visto, perciò possiamo andare.

Anche se mi sembra uno spreco lasciare questa camera così presto, visto quanto l'hai pagata».

«Potremmo sfruttarla di più», propose Cade. Lo sguardo sospettoso di Clover lo divertì, spingendolo ad avanzare. «Sai, inizio ad avere una certa fame», mormorò, suadente, guardandola con occhi socchiusi ma attenti. «E tu?».

Clover incrociò le braccia sotto il seno. «Ora che mi ci fai pensare, ho fame anch'io. Di *cibo vero*», puntualizzò.

Cade ammiccò. «Hai subito pensato male, che maliziosa! Mi stavo riferendo al servizio in camera».

«C'è tutto un mondo in festa, là fuori, e tu vuoi mangiare in una stanza d'albergo?». Clover rifuggì il suo sguardo e afferrò il cappotto, indossandolo in tutta fretta. Cade seguì ogni suo movimento imitandola.

«Dove ti piacerebbe cenare?»

«Un hot dog al primo banchetto ambulante andrà benissimo».

Sorpreso, le aprì la porta. «Vai in giro per la città con un attore ricco sfondato e vuoi un hot dog?»

«Hai qualcosa contro gli hot dog?»

«No, li adoro. E tu? Hai qualcosa contro gli attori ricchi sfondati?»

«Se anche li adorassi, non mi andrebbe comunque di approfittarne», ribatté lei, con un sorriso angelico.

Cade provò l'impulso irresistibile di baciarla, ma fu, fortunatamente?, distratto dall'arrivo dell'ascensore. Decise che continuare a parlare fosse meno pericoloso e così la guardò, appoggiato alla parete metallica. «Non mi è mai capitato di incontrare una donna intenzionata a rifiutare una cena in un ristorante di lusso».

«Io penso che tu non abbia mai incontrato una donna capace di rifiutarti una qualunque cosa», ribatté Clover.

Cade inarcò un sopracciglio. «Ed è per questo che non vuoi venire a cena con me? Per distinguerti?».

Clover scostò i lembi della giacca, attirando la sua attenzione sul vestito ricamato. «Credo di essermi distinta già abbastanza, non ho bisogno di dimostrarti altro».

Cade sorrise dolcemente. «Guarda che se è per il vestito che indossi…».

«Non è per il vestito, né per fare complimenti. È che non sono il tipo da ristorante di lusso, tutto qui». Clover uscì dall'ascensore non appena le porte si aprirono, per poi fermarsi a guardarlo con un sorrisetto malizioso. «Comunque, se proprio ci tieni a offrirmi la cena, gli hot dog puoi pagarli tu».

Cade non fece in tempo a rispondere, né a soffermarsi sul nuovo fremito che quel sorriso aveva provocato in lui, perché il concierge venne loro incontro non appena misero piede nella hall.

«Siete in anticipo», disse, ansioso di compiacerli. «Possiamo fare qualcosa per voi?»

«No, James, grazie. Avete già fatto molto». Cade estrasse la chiave dalla tasca. «Può dire a sua figlia che sono molto soddisfatto del trattamento che mi ha riservato. E le porti i miei saluti».

«Puoi fare di meglio, gran divo», intervenne Clover. Brandì il cellulare e spinse Cade delicatamente al centro della stanza. «Fermo lì, guardami e sorridi con convinzione».

«Che stai facendo?», chiese lui, sbigottito.

«Sono certa che il signor James farà un figurone se sua figlia troverà una tua foto con autografo sotto l'albero di Natale. Non è vero?», sorrise Clover, rivolta al perplesso concierge.

«Oh, naturalmente... Lisa impazzirebbe di gioia».

«Sorridi, Cade», mormorò Clover, guardandolo.

Sentirle pronunciare il suo nome gli diede una scossa, e il sorriso apparve spontaneamente sulle sue labbra.

«Ecco fatto», Clover si incamminò verso il banco della reception. «Se ha un cellulare, James, le invierò il file. Dovrà far stampare e incorniciare la fotografia, e all'interno della cornice aggiungerà l'autografo che il signor Harrison le consegnerà fra poco». Dalla sua borsa apparve un piccolo blocco di carta da lettere natalizia e una penna, che porse a Cade. «Su, collabora, principino».

«Perché lo fai?», le chiese piano, mentre firmava il foglio dorato.

«Perché è il mio lavoro». Clover inviò la foto al concierge, gli consegnò l'autografo e gli lasciò anche un biglietto da visita. «Se avesse bisogno di una cornice speciale per il regalo di sua figlia, a Giftland può trovare tutto ciò che le serve».

«Non so come ringraziarla, signor Harrison», disse James, felice ma controllato.

Cade lanciò un'occhiata a Clover. «Non è me che deve ringraziare. Ho solo eseguito un ordine».

«Lei farà felice mia figlia, signorina».

Clover sorrise. «È quello che spero».

Una volta fuori dall'hotel, Cade si fermò a chiudere meglio la giacca per proteggersi dal freddo. «Quindi ti occupi davvero di scegliere regali per estranei, non scherzavi...», disse incuriosito, studiando il volto della compagna.

«Sono una *personal shopper*. Dare consigli e individuare i regali perfetti per le persone è il mio lavoro, e anche un dono naturale, lo ammetto...».

«Fare un regalo a una persona come te dev'essere faticoso. Chi può competere con un Babbo Natale in gonnella?»

«Nessuno si pone il problema», disse lei, amara, infilando le mani in tasca.

Cade vide spuntare il cappellino di lana da una di esse e glielo mise in testa perché non prendesse freddo. «I tuoi amici avranno l'ansia da prestazione», disse, indugiando con le dita sulle morbide ciocche rosse.

«Io ho pochissime pretese. Mi basterebbe essere sorpresa, ma non succede quasi mai. Eppure è strano: come si fa a non cogliere indizi da una persona che parla ininterrottamente di ogni cosa che le passa per la testa?». Clover agitò una mano per accantonare l'argomento e Cade dovette scostarsi da lei. «In ogni caso sono contenta di aver avuto un'idea geniale per la figlia del concierge. Se quell'uomo aveva anche solo una piccola intenzione di dire in giro che sei stato al suo hotel con una donna misteriosa, ora si sentirà troppo grato nei tuoi confronti per spifferarlo».

«Che mente astuta», l'ammirò Cade, anche se da ore non pensava più alla possibilità di essere visto e riconosciuto, tanto meno immortalato in compagnia di quella ragazza. Eppure sapeva che i giornali avrebbero pagato oro per un simile scoop.

«Poco tempo in compagnia di un attore in incognito e ragiono già come una guardia del corpo!», scherzò lei, incamminandosi.

«Se funziona davvero così, alla fine di questa serata dovrò pregare mia madre di confezionarmi maglioni con slitte di Babbo Natale ricamate!».

La risata argentina di Clover lo scosse nel profondo. «Ti prego, se succede... chiamami!».

Quando la catapecchia in cui abitava apparve dietro una curva, Clover trattenne a stento uno sbuffo frustrato.

Sapeva di non somigliare a Cenerentola, di non essere in compagnia di un vero principe né di stare seduta su una carrozza in procinto di trasformarsi in zucca, ma si sentiva proprio così. La bellissima serata che aveva appena vissuto volgeva al termine e il pensiero di non riviverne di simili le provocava una stretta al cuore.

Non avrebbe mai immaginato di divertirsi tanto. L'accensione dell'albero natalizio le lasciava sempre addosso una certa euforia, ma quell'anno in particolare le avrebbe concesso ricordi ben più emozionanti. Assistere all'evento con un famoso attore sarebbe stato di per sé sufficiente, ma se l'attore in questione era anche bellissimo, simpatico, sexy e premuroso, il grado di soddisfazione spiccava il volo.

Quante donne potevano vantarsi di aver camminato per le vie illuminate di New York, mangiando hot dog roventi, al fianco di un uomo completamente concentrato su di loro? Di sicuro parecchie, ma Clover si era sentita lo stesso speciale, quella sera. Ogni sorriso che aveva strappato a Cade Harrison era stato un toccasana per il suo lato malinconico, un lato che mostrava di rado e al quale preferiva la maschera da goffo pagliaccio. Quell'uomo riusciva, con un semplice sguardo, a insinuarsi nelle falle della sua armatura ma, anziché sentirsi minacciata, Clover era serena in sua compagnia.

Poteva essere uno sbaglio rilassarsi tanto. La mattina seguente, Cade avrebbe dimenticato quelle ore passate insieme e alla fine delle vacanze sarebbe tornato in California senza un attimo di esitazione. Lei, invece, avrebbe ricordato ogni minuto con struggente nostalgia.

A pochi metri da casa, si costrinse a rialzare la testa e a mantenere un'espressione tranquilla. Non aveva nessuna intenzione di mostrare quanto fosse rimasta colpita da quella serata. In fondo, come aveva detto a Cade, era una persona dalle scarse pretese. Abituata a ricevere ben poche attenzioni, anche un unico giorno da favola era in grado di restarle nel cuore. Per questo era così triste all'idea che fosse giunto al termine. Nient'altro.

«Come va il tuo ginocchio?».

Clover guardò il profilo in ombra dell'uomo alla guida e si strinse nelle spalle. «Non lo sento quasi più, anche se sono sicura che spunterà un grosso livido».

«Mettici del ghiaccio sopra. Un consiglio da chi di lividi se ne intende».

«Dimmi che anche tu sei goffo e inciampi di continuo, e farai la mia felicità! Un tipo come te deve avere almeno un difetto imbarazzante per riportare il giusto equilibrio in quest'universo sbilanciato!».

«No, non inciampo facilmente», disse Cade, con una smorfia sussiegosa. «Ma da bambino ero la vittima sacrificale di un paio di bulletti, a scuola. Contenta?»

«Abbastanza», ridacchiò Clover. «Saranno morti di invidia una volta scoperto chi sei diventato».

«Ci ha pensato mia madre a informarli. Li minacciava perché smettessero di infastidirmi, ma senza grossi risultati. È caparbia ma non farebbe del male a una mosca, e ha un aspetto troppo innocente per incutere timore. Così si è vendicata dopo anni, nel modo migliore».

La voce di Cade trasudava amore e Clover si sentì scaldare al pensiero dell'affetto che lo legava alla sua famiglia. «Passerai le feste lontano da loro o tornerai a Los Angeles?»

«Mia madre ha fatto in modo di trovarsi qui in città, pur di avermi a cena per Natale». Cade scosse la testa, divertito. «Non mi avrebbe costretto a tornare indietro, sa bene che ho bisogno di calma dopo quello che è successo negli ultimi mesi. Ma festeggiare senza un membro della famiglia le risulta inconcepibile, perciò ha mosso le pedine giuste per ottenere ciò che voleva».

«Dev'essere bello avere una famiglia così unita».

Cade fermò l'auto in garage e spense il motore, ma non accennò a scendere. «I tuoi non lo sono?»

«Hai visto che tempo? Credo, e spero, che nevicherà presto!». Clover sbatté gli occhi, cercando di cambiare argomento.

Cade inarcò un sopracciglio. «Bel tentativo».

«Che vuoi che ti dica, la mia famiglia è molto diversa dalla tua. Ho solo un paio di parenti e un numero imprecisato di nipoti che non vedo mai. Non andiamo particolarmente d'accordo».

«E quindi passi il Natale da sola?».

Clover aprì la portiera e scese, sperando ardentemente che lui non le offrisse di unirsi alla sua famiglia. Poteva sopportare la sua gentilezza, ma non la sua compassione. «No. Li vedrò fra qualche giorno per il mio compleanno, poi riceverò un invito per la vigilia di Natale che rifiuterò in favore di una cena più divertente a casa di amici», mentì.

«Compi gli anni fra poco?»

«Tra una settimana esatta».

Cade accelerò il passo per raggiungerla. Una volta accanto a lei, la sorresse per il gomito sentendo l'asfalto scivoloso. Clover gli lanciò un'occhiata perplessa e lo vide stringersi nelle spalle.

«Sei già caduta tre volte. Meglio prevenire».

«La mia autostima te ne è grata», ribatté lei, sarcastica.

Raggiunta la porta, Clover fece un profondo respiro. «Grazie ancora per la bella serata».

«È stato un piacere».

Ci fu un attimo di silenzio, in cui entrambi sembrarono imbarazzati. Clover aveva atteso quel momento per tutta la sera ed era stupita che fosse arrivato così tardi. Aveva immaginato di vedere Cade sparire lungo il vialetto, una volta riaccompagnatala, invece sembrava che lui aspettasse di vederla rientrare in casa.

Gli uomini e i loro codici cavallereschi!

Aprì la porta, fece un ultimo cenno di saluto ed entrò. Il cuore mancò un battito quando lui la richiamò, salendo un gradino.

«Sì?», chiese, cercando di mantenere la voce salda.

«Hai tempo per me, nei prossimi giorni?».

"Tempo per un fico stratosferico? Quando mai non lo avrò?".

«Ehm… sì, forse. Perché?», chiese curiosa.

«Come ti ho detto, i miei verranno a New York tra qualche settimana e io non ho pensato ai loro regali di Natale. Mi aiuteresti a cercare qualcosa di speciale?».

Interdetta, Clover sbatté le palpebre un paio di volte. «Oh. Sì, potrei. Ma hai ancora un sacco di tempo per pensare a cosa regalare alla tua famiglia. Perché ti serve il mio aiuto?».

L'improvviso sorrisetto di Cade le mozzò il fiato. «Non so se mi va di dirti come ho risolto la questione dei regali negli ultimi quattro anni».

«Hai staccato assegni per i tuoi?!»

«Be', sai… Sono un tipo piuttosto impegnato».

«Balle». Clover appoggiò il fianco allo stipite della porta, incrociando le braccia al petto. «La gentilezza di stasera mi aveva quasi fuorviata: non sei affatto sensibile come pensavo! Il lavoro non è una buona scusa per dimenticarsi di cercare un regalo per i propri cari. Parte del fascino di questo periodo sta proprio nel rendere felici le altre persone».

«I miei assegni sono molto generosi», tentò di protestare Cade, ancora con quell'odioso sorrisetto all'angolo delle labbra carnose. Clover non riusciva a capire se in lei prevalesse la voglia di baciarlo o quella di prenderlo a schiaffi.

«Un dono non dev'essere costoso, ma venire dal cuore».

«Per fortuna non sei tu ad avere tra le mani lo sviluppo economico del Paese», scherzò lui.

Clover si lasciò andare a un sospiro di rassegnazione. «Sei senza speranza. D'accordo, ti darò una mano. A chi devi fare i regali?»

«Mamma, papà, fratello e sorelle».

«Quanti siete in tutto?»

«Sei, me incluso».

«Però! Complimenti ai coniugi Harrison», biascicò Clover, chiedendosi distrattamente se il fratello e le sorelle di Cade fossero belli quanto lui.

«Si sono dati da fare, è vero». Cade salì un altro gradino. «Allora? Quando avrai tempo per me?».

"Non mi guardare così… È sleale!".

«Martedì alle tre, da Giftland. Ho un pomeriggio poco impegnativo, posso essere a tua disposizione».

«Perfetto», sorrise Cade.

Lei si allontanò dalla tentazione fatta uomo, rientrando in casa. «Buonanotte».

«A presto», rispose lui, allontanandosi con aria soddisfatta.

Clover chiuse la porta e si attaccò allo spioncino per godersi gli ultimi minuti di quella visione superlativa.

Cade Harrison era appena sparito dietro la porta e lei già non vedeva l'ora di passare altro tempo in sua compagnia...

«E questo potrebbe rivelarsi un grosso guaio, cara Clover», mormorò sospirando.

Capitolo 5

«Oh, santi numi! Sto per svenire…», mormorò Zoe, sventolandosi il viso.

Eric alzò il naso dal computer lanciandole un'occhiata inquisitoria. «Che ti prende?»

«Credo che quell'adone di Cade Harrison sia arrivato con un po' di anticipo».

Eric allungò il collo per guardare fuori dalla porta dell'ufficio, e notò immediatamente un uomo alto e attraente. Zoe aveva visto giusto. «È ben mimetizzato grazie alla mise invernale, ma sembra proprio lui».

«Pensa all'effetto che può fare in piena estate, se già con tutti quei vestiti addosso è perfettamente in grado di mandare in tilt gli ormoni femminili». Zoe si lasciò andare a un esagerato sospiro di piacere, poi si alzò, ritoccando l'acconciatura allo specchio, sotto lo sguardo confuso di Eric.

«Che stai facendo?»

«Vado a chiedergli se ha bisogno di qualcosa. Così gli do un'occhiata».

«Anche se Clover non ha detto niente in merito, la sua ansia nel ricordarci che oggi Harrison sarebbe venuto qui mi fa pensare che si sia presa una cotta per lui», precisò Eric, salvando i dati sul computer e preparandosi a seguirla. «Quindi è territorio proibito».

«Non voglio chiedergli di uscire, voglio solo capire che tipo è. E comunque, finché Clover non arriva, qualcuno dovrà pur intrattenerlo, no?». Zoe mandò un bacio all'amico e uscì ancheggiando dall'ufficio.

Cade la vide ancor prima che la porta si spalancasse e seppe d'istinto che era lì per dare un'occhiata attenta all'attore di Hollywood più che all'uomo.

«Salve», disse la ragazza, con uno sguardo intenso e una voce ben modulata. «Non stia lì a prendere freddo, venga dentro».

«Ho un appuntamento con Clover...».

«Non è ancora tornata, ma arriverà a breve. È in anticipo».

Cade si guardò intorno. «Ero in zona e così sono venuto a vedere se per caso non fosse già qui».

«La faccio avvisare». La donna si inclinò verso la porta dell'ufficio alle sue spalle, senza smettere di osservarlo. «Eric, ci pensi tu?»

«Già fatto. Sta arrivando». Un ragazzo con gli occhiali li raggiunse, tenendosi a portata d'orecchio. Cade lo vide fermarsi davanti a uno scaffale e sistemare oggetti che non avevano un apparente bisogno di essere riordinati, e si chiese se restasse nei paraggi per sbirciare lui o per tenere d'occhio quella bellezza bruna.

«Piacere di conoscerla, signor Harrison, io sono Zoe Mathison, un'amica di Clover», si presentò la mora, porgendogli la mano.

Cade la strinse, studiandola a sua volta. Era molto attraente e ne era consapevole. Aveva il tipico atteggiamento della donna che sa cosa vuole e come prenderselo. Non era sicuro di essere oggetto di interesse per lei, ma il modo di fare di Zoe poteva risultare equivoco. Doveva confondere e illudere parecchi uomini, con quel suo atteggiamento da donna fatale. Se casuale o voluto, Cade non riusciva a capirlo, ma restava il fatto che ogni movenza di quella ragazza sprigionava una forte sensualità.

In ogni caso, Cade non era interessato a nessun tipo di incontro ravvicinato con una donna, per quanto bella fosse. O, per essere più precisi, non era attratto da quella in particolare. Aveva recentemente scoperto che erano altre le caratteristiche femminili in grado di stuzzicare la sua curiosità...

Si guardò intorno, con un certo interesse. Giftland era un negozio su due livelli, pieno zeppo di oggetti, luci e colori. Sui ripiani degli scaffali si trovava di tutto: cornici, elettrodomestici, giocattoli, e poi libri, abiti di foggia strana, CD, DVD, articoli di cancelleria e tanto altro ancora. Una sorta di paese dei balocchi per tutte le età. Era certo che, qualunque cosa avesse chiesto, lì dentro l'avrebbe trovata.

Un cartellone colorato alle spalle della cassa avvisava la clientela che il negozio offriva diversi servizi su richiesta, come book fotografici, realizzazione di videostory, poesie e racconti personalizzati. Naturalmente, le consulenze di Clover erano incluse nel servizio.

Aveva atteso quasi con trepidazione quell'appuntamento. In realtà era stato più volte sul punto di far visita alla sua vicina di casa, negli ultimi giorni, ma non aveva voluto rubare tempo al suo lavoro, né darle l'impressione di essere ansioso di rivederla. Tuttavia, lo era stato fin troppo e la novità lo aveva indotto a qualche riflessione.

Ricordava come ci si sentiva a invaghirsi di una ragazza, ma non gli succedeva da un pezzo. La sua ultima relazione, nonostante fosse durata diversi mesi, non lo aveva mai reso felice come un bambino davanti a una montagna di regali sotto l'albero… E nessun paragone poteva essere più calzante di quello, per spiegare come si sentiva di fronte a Clover O'Brian.

Lo aveva davvero istupidito con tutte quelle chiacchiere sulla magia del Natale!

«E così lei abita vicino a Clover?», chiese Zoe, distraendolo.

«Temporaneamente, sì».

«Ho sempre pensato che le celebrità passassero le loro vacanze in posti più alla moda».

«Passo gran parte del mio tempo in posti del genere, perciò quando posso preferisco tornare alla vita reale».

«Capisco». Zoe ridacchiò. «Si pensa sempre di avere tante domande da rivolgere a una star, ma poi ci si ritrova ad averne una davanti, in carne e ossa, e non si sa che cosa dire».

«Perché pensate a noi come a entità superiori, e allora siete inibiti. Invece siamo semplici esseri umani». Cade infilò le mani in tasca. «In ogni caso, dovrebbe chiedere a Clover di compilarle una lista di domande imbarazzanti da rivolgere alle star: ha fantasia da vendere».

«Clover è speciale», sorrise Zoe, gli occhi grigi tanto attenti da sembrare spilli sulla carne. Cade non fece in tempo a domandarsi cosa significasse quello sguardo, perché la porta del negozio si aprì di scatto con un forte scampanellio e Clover piombò all'interno come un tornado.

«Eccomi. Ci sono!», esclamò, affannata. Aveva il cappellino storto, la sciarpa infilata malamente nella tasca della giacca e le guance soffuse di rosso. Cade la trovò adorabile e il sorriso gli spuntò sulle labbra.

«Non volevo metterti fretta».

«Fretta? No, niente affatto. Ho solo fatto una corsetta per scaldarmi. Brrr... Fa' un freddo cane là fuori!», disse, d'un fiato, chiudendosi la porta alle spalle. «Due minuti e sono da te», aggiunse, prendendo Zoe per un braccio e trascinandola via senza troppe cerimonie.

Sparite le due donne, Cade si ritrovò a fissare il volto serio di Eric e si sentì solidale nei suoi confronti. «Sei l'unico uomo qui dentro?»

«La mia espressione da maschio stressato è così evidente?»

«Un po'!», rise Cade. «Non conosco la terza collega, ma se somiglia alle altre due non devi avere vita facile».

«Liberty è la più normale delle tre, il che è tutto dire».

«Zoe è la tua ragazza?».

Eric alzò subito la guardia. «Vuoi chiederle di uscire?».

Cade sorrise. «No. L'ho pensato per via del modo in cui sei rimasto a sorvegliarla».

«Zoe ha il dono, in parte inconsapevole, di istigare gli uomini a calarsi i pantaloni dopo un solo sorriso. Quindi preferisco vigilare».

"È pazzo di lei", pensò Cade, e d'istinto provò simpatia per quel ragazzo.

Quando entrarono alcuni clienti Cade lasciò Eric al proprio lavoro, mettendosi da parte per non farsi notare. Una donna gli lanciò qualche occhiata incuriosita e lui capì che non avrebbe tardato molto a riconoscerlo. Fortunatamente Clover lo raggiunse.

«Vogliamo andare?»

«Portami via alla svelta o sarò costretto a firmare qualche autografo. E non garantisco sulle modalità», le sussurrò all'orecchio, nascondendo parzialmente il volto fra i suoi capelli.

Clover si guardò intorno, colse gli sguardi curiosi di una donna e si appese al suo braccio, trascinandolo fuori dal negozio. «Per carità! Non voglio assistere alla marchiatura del bestiame in diretta», bofonchiò, facendolo ridacchiare.

Una volta fuori si incamminarono lungo Lincoln Street, in silenzio. Cade si rese conto, con piacere, che Clover era rimasta appesa al suo braccio e sperò che non se ne accorgesse troppo in fretta. Era bello camminare per strada con lei, era *normale*. Un ragazzo e una ragazza come tanti, in giro per New York a fare acquisti natalizi.

«Che ci facevi in negozio mezz'ora prima dell'appuntamento?», chiese Clover.

«Ero in anticipo e sono passato a vedere se ti trovavo. Spero non ti dispiaccia». Cade attese il suo cenno negativo, poi sorrise. «Sono simpatici i tuoi colleghi. Non ho conosciuto Liberty, però. Dovrò rimediare».

«Oh, non è il caso che torni in negozio. È un posto pericoloso!».

«Parli delle ammiratrici?»

«Anche». Clover lo studiò attentamente. «Zoe ci ha provato con te?»

«Non ne sono sicuro. L'atteggiamento della tua amica sembra parlare chiaro, ma in realtà non mi ha fatto nessuna avance».

«Non so come ci riesce», borbottò Clover, staccandosi da lui. Cade sentì subito freddo, ma non si permise di riavvicinarla a sé.

«A fare cosa?»

«A essere così... *donna*! È bellissima e intelligente, e ha la capacità di irretire ogni uomo che posa gli occhi su di lei».

«Non mi sembri realmente ostile nei suoi confronti».

«Non riesco nemmeno a odiarla, accidenti a lei. Mi suscita solo una sana invidia».

Cade sorrise del suo broncio. «Siete due ragazze totalmente diverse».

«Questo lo noto tutte le volte che capitiamo insieme davanti a una superficie riflettente».

«Intendo dire che siete attraenti entrambe, ma in modi opposti. Attirate di sicuro due generi di uomini molto diversi fra loro».

«Puoi ben dirlo. Io vado forte fra vecchi e bambini, con la rara eccezione dei padri di famiglia che, chissà per quale assurdo motivo, pensano che io sarei una madre fantastica».

«Sarà perché ispiri dolcezza». Cade le scostò una ciocca di capelli dal viso, non resistendo all'impulso di toccarla. «E a giudicare da come si divertivano i bambini con cui giocavi il giorno del Ringraziamento, ci sai davvero fare».

Clover fece una smorfia, continuando a guardare dritto davanti a sé. «Zoe invece fa colpo sugli sportivi, sui musicisti, o sui ricchi rampolli sexy... Pensandoci, tu rientri proprio nella sua categoria».

«Non è detto che i radar maschili funzionino come pensi tu. C'è sempre una voce fuori dal coro».

«Che intendi dire?», chiese Clover, cauta.

«Lei è molto bella e sa di esserlo. Forse esagera un po' con questa sua dote, ma non la conosco abbastanza per giudicarla. In ogni caso, fa colpo anche sui bravi ragazzi».

«Quindi ti piace».

«Un attimo fa mi hai inserito in quella che aveva tutta l'aria di essere la categoria "tanti muscoli e poco cervello" e ora mi reputi un bravo ragazzo?». Cade fece una smorfia, a metà fra il divertito e l'accusatorio. Poi scrollò le spalle. «Comunque non sono interessato, parlavo di Eric. Ha una cotta per lei, ne sono certo».

Clover si fermò di botto. «Come lo hai intuito?»

«Mi è sembrato di vedere me a sedici anni. Sbavavo per la capo cheerleader della scuola, l'assecondavo in tutto e guardavo storto chiunque osasse avvicinarla. Eric faceva la stessa cosa, poco fa. Mi è sembrato molto protettivo».

«Zoe non sospetta nulla. Io l'ho capito da un pezzo, ma Eric mi ha pregato di non farne parola con nessuno. Pensa di non avere la minima possibilità con lei e si accontenta di esserle amico. Se Zoe dovesse scoprirlo e il rapporto si guastasse, ci resterebbe malissimo».

«Non dev'essere facile soffrire in silenzio, vedendola attorniata da dozzine di ragazzi ogni giorno».

«Si consola vedendo le storie di Zoe naufragare in partenza. Lei ha un pessimo gusto in fatto di uomini, ma sospetto che miri di proposito ai tipi senza cervello, perché crede di non saper attrarre un uomo con un quoziente intellettivo più alto del suo».

«E invece ne ha uno proprio sotto il naso», disse Cade, guardandola con complicità.

«Che fine ha fatto la tua cheerleader?», chiese Clover, di punto in bianco.

«Mi ha spezzato il cuore dicendomi che non ero il suo tipo. E poco dopo si è fatta mettere incinta, ha sposato un cretino e ha perso gran parte della sua bellezza. Deve aver messo su almeno venti chili».

«Giustizia è stata fatta», scherzò lei.

«Dieci anni dopo, a una riunione di ex alunni, l'ho rivista. Ovviamente ero diventato molto più interessante ai suoi occhi – la mia faccia valeva già migliaia di dollari –, così ci ha provato con me».

«E ci ha guadagnato qualcosa?»

«Un elegante ma secco rifiuto».

«Ottimo lavoro». Clover gli sorrise, sbarazzina, e Cade immaginò di chinare la testa e sfiorarle il naso con il proprio, prima di baciarla. Lì, davanti a tutti...

Poi lei si fece seria. «E per quanto riguarda la tua ex fidanzata?».

Cade si irrigidì, come succedeva ogni volta che ripensava alla scenata plateale di Alice. «Una storia nata più per noia che per vero interesse. Inizialmente sembrava che stessimo bene insieme, fare lo stesso lavoro accomuna in un ambiente come quello del cinema. Ma lei mirava solo a farsi pubblicità e sapeva che, accalappiando un personaggio in vista come me, ne avrebbe avuta più di quanta ne meritasse».

«Ne ha ricavata comunque parecchia, con quello che è successo».

«Spero che le scaldi il letto, la notte».

Clover lo guardò di sottecchi. «Quindi non soffri più per lei...?»

«Soffrire?». Cade scosse la testa. «Soffri se ci sono in ballo sentimenti ancora vivi, e non è il mio caso. Alice è attraente, all'inizio era stimolante, ma niente di più. Nel giro di tre mesi ho iniziato a domandarmi cosa mi avesse spinto a chiederle di uscire... E dopo che mi ha reso ridicolo davanti a mezza America, l'unico sentimento che posso provare per lei è pietà. Sa bene di essersi spinta troppo oltre e sta già iniziando a giocare la carta del pentimento, ma non funzionerà».

«Finirà come la cheerleader. Ma più grassa e con un marito più stupido», decretò Clover, facendolo ridere.

«Peggio per lui!».

«Forza, mettiamoci al lavoro. Da chi vuoi cominciare?»

«Da mio padre. È l'osso più duro».

Tre ore dopo, Clover conosceva in modo piuttosto dettagliato la storia della famiglia Harrison, le difficoltà affrontate dal capofamiglia, William, e i particolari della sua storia d'amore con la biondissima ed eterea Grace Cooper, un vulcano di energie, sensibile ma determinata, capace di addolcire i tratti ruvidi del marito. Avevano quattro figli, dei quali Cade era il più grande. Dopo di lui era nato Jake, che da qualche anno era uno scrittore affermato, poi era stata la volta di Heather, designer di interni, e di Cecile, che frequentava ancora il college.

Cade aveva parlato a lungo di ognuno di loro, offrendole un quadro ben preciso delle loro personalità, ma alla fine del pomeriggio non avevano acquistato ancora nulla e Clover ne era stupita. Cade sembrava conoscere bene i gusti e i desideri dei suoi familiari, e in situazioni analoghe il lavoro sarebbe terminato nel giro di un paio d'ore.

«Sembrava semplice, e invece credo sarà più complicato del previsto trovare qualcosa di speciale per la tua famiglia», disse, mentre attraversavano Central Park senza fretta.

«Voglio che questa volta i regali abbiano davvero un senso». Cade camminava a capo chino. «Comunque le tue idee sono davvero buone».

«Non abbastanza, razza di precisino, dal momento che siamo stati in decine di negozi e siamo ancora a mani vuote!», precisò Clover. «Sei passato dallo staccare anonimi assegni, a trovare in tutto il pelo nell'uovo».

Cade le mise un braccio sulle spalle. «È colpa tua, mi hai iniziato ai piaceri del Natale e ora non posso più farne a meno», commentò, rivolgendole un sorriso disarmante.

Per evitare l'iperventilazione, Clover sgusciò dal suo abbraccio e si piantò davanti all'insegna di un bar. «Ti va una tazza di paradiso?»

«Sarebbe a dire?»

«Lo vedrai».

L'interno del locale risultò deliziosamente caldo, dopo il freddo gelido che soffiava nel parco, ma Clover preferì sedersi a uno dei tavolini sistemati sulla terrazza, che offriva una romantica vista del tramonto su uno dei laghi artificiali che punteggiavano quell'angolo verde della città.

«Mi dico sempre che dovrei affittare una barca e fare un bel pic nic sul lago. Ma chissà perché finisco sempre per venire qui quando l'acqua è quasi ghiacciata», disse Clover, sorseggiando la sua cioccolata calda cosparsa di *marshmallow.*

«Nessuno dei tuoi fidanzati ti ha mai portato a fare una gita romantica?».

Clover quasi si strozzò. «Ti prego! Chi farebbe una cosa simile? Se mai qualcuno dovesse propormelo, penserei a un tentato omicidio più che a una gita romantica. Annegarmi nel lago potrebbe essere un valido espediente per mettermi a tacere».

«Fai tanto la gradassa, ma sotto sotto sei una sentimentalona. Un giorno qualcuno ti chiederà di sposarlo proprio su una di quelle barchette, e tu ti scioglierai in lacrime per la felicità».

"Oh Signore, non alimentare la mia follia", pensò Clover, sforzandosi di non immaginarsi in una situazione del genere. Ma la visione aveva già iniziato a prendere forma nella sua mente: il silenzio rotto dal lieve rollio della barca e il cinguettio degli uccellini facevano da scenografia perfetta alla proposta di matrimonio più dolce che avesse mai immaginato. Un uomo biondo, bello come un dio, si chinava su di lei, tanto emozionata da sentirsi svenire, porgendole una scatoletta di velluto contenente un solitario dal perfetto taglio a cuore, mentre una leggera brezza li sospingeva sull'acqua verso l'arcata di un suggestivo ponte semi nascosto da fiori colorati…

Si concentrò sulla sua bevanda, finendola in un solo sorso. «Cioccolata calda: il rimedio per ogni male», disse per cambiare argomento.

«Dopo un pomeriggio passato in mia compagnia, ne avevi così tanto bisogno?».

"Se penso che un giorno te ne andrai e non ti ricorderai nemmeno di me, sì", pensò Clover. Meglio iniziare a fare scorta di zuccheri e soffocare sul nascere qualunque pensiero romantico avesse iniziato ad attecchire nel suo stupido cervello.

«In un certo senso sì. Essere brava a svolgere il mio lavoro è una delle poche certezze che ho, ma con te non ha funzionato», sospirò. «La cioccolata mi aiuterà a digerire il fallimento».

«Non c'è stato nessun fallimento, volevo solo rifletterci sopra... Ma so già che finirò per seguire i tuoi consigli. Mio padre impazzirà per il cofanetto completo di *Star Trek* autografato da Leonard Nimoy, e lo stesso vale per Cecile: i biglietti per il concerto di David Garrett a Napoli la renderanno felice».

«Sarà un concerto indimenticabile, per lei, soprattutto se riuscirò a farle ottenere un pass per il backstage. E probabilmente per quello dovremo sfruttare la tua faccia, cara la mia stella del cinema».

«Lo farò volentieri, per la mia dolce sorellina», sorrise Cade.

«È una ragazza fortunata. Non tutte possono vantarsi di avere un fratello in grado di esaudire i desideri come il genio della lampada».

«L'idea è stata tua, non mia».

«Vero, ma tu hai avuto l'accortezza di chiedere il mio aiuto. Di sicuro a mio fratello non è mai venuto in mente di fare una cosa del genere», disse Clover, con un pizzico di amarezza nella voce.

«Povera piccola...», mormorò Cade, teneramente.

«Non fare lo sdolcinato con me, non ho ancora dimenticato la puntigliosità con cui hai bocciato le mie idee!», borbottò Clover, cercando di non dar peso alla voglia irrefrenabile che aveva di farsi avvolgere in un caldo abbraccio. Più Cade parlava della sua famiglia e più si sentiva sola e triste.

Quanto avrebbe desiderato essere considerata importante tanto quanto ogni singolo membro degli Harrison lo era per lui!

«Non ho bocciato niente, sto solo temporeggiando. Potrebbero venirci altre idee, da qui a Natale». Cade la fissò coi suoi splendidi occhi azzurri, un sorrisetto malizioso sulle labbra. «Quindi dovrai trovare altro tempo per me, per convincermi che ho già ottenuto il meglio e che non mi pentirò di averti chiesto aiuto».

"Ma come ci riesce, maledizione?", si chiese, restando incatenata a quello sguardo penetrante. Possibile che bastassero un sorriso e un'occhiata di quell'uomo per mandarla in brodo di giuggiole? Non era diversa da tutte quelle fan scatenate che giuravano amore eterno alla sua immagine in TV...

Poggiò la tazza con uno scatto deciso e si alzò. «Facciamo due passi?», chiese, affrettandosi verso l'uscita.

Cade parve perplesso, ma lasciò alcune banconote sul tavolo e la seguì.

Camminarono in silenzio per alcuni minuti, sfiorati dalla marea di gente che si preparava a tornare a casa. Central Park era un posto meraviglioso alla luce del giorno, ma non si poteva dire lo stesso dopo il tramonto.

«Qualcosa non va?», chiese Cade all'improvviso, scrutandola.

«No, affatto. Ma è ora di rientrare», mentì Clover.

«Ti sei alzata così all'improvviso... Credevo di averti messa in difficoltà chiedendoti un altro appuntamento».

Clover incespicò. «Appuntamento? Noi non avevamo un appuntamento, oggi: stavo solo lavorando per te», precisò, con voce incerta.

Cade infilò le mani in tasca con un sorrisetto storto. «Già, dimenticavo. Non usciresti per nessun altro motivo con me, perché disprezzi il mio modo di guadagnarmi da vivere».

«Non lo disprezzo, però... Be', fidarsi di chi finge per mestiere è come mettere una pistola carica in mano a un bambino».

«Non è facile stare nemmeno dall'altra parte, sai? Distinguere tra chi tiene davvero a me e chi vuole solo approfittarsi del mio personaggio è più difficile di quanto tu possa pensare».

«Mi dispiace», mormorò Clover, fermandosi su un ponticello di pietra. «Sei un bravo ragazzo, in fondo, e meriti di avere accanto persone che sappiano apprezzare le tue doti nascoste».

Cade sembrò compiaciuto. «Le mie orecchie hanno davvero udito un complimento uscire dalle tue labbra?»

«Non ti abituare, faccio in fretta a cambiare idea», bofonchiò lei, con una smorfia.

«Hai cambiato opinione su di me e adesso ti piaccio, ammettilo», ammiccò lui.

Clover si rifiutò di rispondere e indicò un banchetto di souvenir. «Oh, guarda! Le palle con la neve!».

«Stai evitando la mia domanda?». Cade sembrava scandalizzato e Clover ci prese gusto.

«Anni fa le collezionavo. Ogni volta che facevo un viaggio in un posto nuovo, ne portavo a casa una...».

Cade socchiuse gli occhi azzurri e avanzò minaccioso verso di lei, che scartò di lato e si avviò verso il piccolo chiosco.

«Ora che ci penso, quella della California mi manca».

«Te ne farò avere una».

«Allora devo ricambiare il favore».

«Puoi farlo rispondendo alla mia domanda».

Clover osservò le palle di vetro esposte, ignorandolo volutamente. Si sentiva leggera come una ragazzina intenta a giocare con il ragazzo che le piaceva, ed era divertente tenerlo sulla corda.

Acquistò quella che le parve più adatta a ricordargli il suo soggiorno in città: la base in metallo riportava l'incisione dello skyline di Manhattan e, all'interno della sfera di vetro, la neve artificiale vorticava su una perfetta miniatura dell'albero di Natale del Rockefeller Center. La porse cerimoniosamente a Cade, con un gran sorriso. «Per te. Così, quando tornerai a Los Angeles, ti ricorderai di me e di New York».

Cade afferrò il souvenir, sfiorandole le dita. «Non potrei dimenticarvi neanche volendolo».

Con il cuore in gola, Clover gli diede le spalle e si incamminò verso l'uscita del parco. «Tornerai in una città piena di sole, palme e bellezze seminude, comprese le attrici stupende che frequenti ogni giorno per lavoro… Quindi, perdona il mio scetticismo al riguardo, ma non credo che ricorderai a lungo questi giorni newyorkesi. Comunque posso sempre fingere di crederci, per farti un favore…».

Il suo monologo venne interrotto quando si sentì stringere alla gola. Cade aveva afferrato i lembi svolazzanti della sua sciarpa per fermarla e tirarla verso di sé.

Clover lasciò che la facesse indietreggiare fino a quando non sentì il suo ampio petto contro la schiena. Era un bene che non potesse vederla in volto, perché era certa di non riuscire a nascondere la forte attrazione che provava per lui. Sperava soltanto che il frastuono di voci che li circondava fosse sufficiente a nascondere il battito forsennato del suo cuore.

Cade la bloccò tenendole un braccio attorno alla vita e accostò la guancia alla sua. «Puoi crederci tranquillamente, perché io non ho nessun problema a dire quello che penso… A differenza di qualcun altro, che sorvola sulle domande scomode», insinuò divertito.

Clover desiderò ardentemente sfregare la guancia contro quella di Cade, che iniziava appena a ricoprirsi di barba chiara. Non lo fece, ma si lasciò inondare dal calore di quella vicinanza e dal pensiero di essere in mezzo alla gente, fra le braccia di una star che stava buttando al vento ogni prudenza per flirtare con lei in un parco pubblico.

«Se non avrò una risposta entro breve, ti venderò ai giornalisti come la perfida newyorkese che ha snobbato il Principe di Hollywood. Ti staranno addosso ogni giorno, non avrai più pace!», minacciò lui con una risata, stringendola più forte.

«Questo è un colpo basso», ghignò lei, liberandosi dal suo abbraccio. Finalmente lo guardò, con espressione solenne. «E va bene, se serve a ringalluzzire il tuo ego... Mi piaci *abbastanza*, Harrison. Tutto sommato c'è di peggio, in giro».

«Tu sì che sai cedere con stile». Cade le diede un buffetto sul naso, poi la sua mano si allargò a coprirle una guancia. I loro sguardi rimasero a lungo avvinti e Clover ebbe la sensazione che l'intera città svanisse attorno a loro.

Ma l'incanto si ruppe fin troppo presto.

Distratto dalle voci di alcuni passanti, Cade sembrò risvegliarsi improvvisamente. Intercettò le occhiate incuriosite fisse su di lui e, rendendosi conto dello spettacolo che doveva aver offerto negli ultimi minuti, il suo viso parve oscurarsi.

«Merda», imprecò a bassa voce. La prese per un braccio e la sospinse sulla via più breve per raggiungere la strada; apparentemente tranquillo, anche se il suo passo denotava una certa urgenza.

«Quanta fretta! Ormai ti hanno visto, se è questo che ti preoccupa», sospirò Clover, cercando di non arrancargli dietro.

«Ma non hanno ancora avuto modo di fotografarmi. E poi, se la voce dovesse spargersi velocemente, ci ritroveremmo con un paparazzo alle costole in men che non si dica. Vorrei proprio evitarlo». Cade sbucò sulla via trafficata e fermò un taxi. Dopo averla aiutata a salire la seguì, dando al tassista l'indirizzo di casa sua.

Lasciandosi andare contro la spalliera, le rivolse uno sguardo contrariato. «Sei troppo diversa dalle donne con cui giro di solito, Clover O'Brian. Non mi sono mai ritrovato a comportarmi come un liceale in mezzo alla strada, con le altre. Con te, invece, per un attimo ho dimenticato chi sono. E questo può diventare… rischioso».

Fu come ricevere una secchiata d'acqua gelida sulla testa.

Clover sentì il proprio entusiasmo spegnersi, lo sguardo raffreddarsi e i muscoli irrigidirsi.

Dio, come si sentiva stupida…

Era ovvio che Cade non volesse farsi vedere insieme a un tipo come lei, *troppo diversa* dalle donne che frequentava abitualmente: non era alla sua altezza. Lui aveva una reputazione da difendere.

Per un attimo aveva dimenticato che Harrison era un divo hollywoodiano abituato a ben altre compagnie. Come aveva potuto?

Aveva giocato a fare il latin lover con lei per provare a se stesso di essere in grado di affascinarla, visto che non era caduta così facilmente ai suoi piedi come tutte le altre donne sulla terra. Ma una volta ottenuta la sua vittoria, la celebrità aveva ripreso il sopravvento sull'uomo, ricordandole la triste realtà.

Una ragazza come lei non sarebbe mai stata in grado di conquistare un tipo simile.

Avrebbe fatto meglio a tenerlo a mente e a non dimenticarlo più.

Capitolo 6

Cade vide gli occhi di Clover farsi di ghiaccio e ne restò confuso. Ciò che le aveva appena detto era più di quanto avesse intenzione di confessare, ma non era riuscito a trattenersi. E di certo non immaginava di provocare una simile reazione.

«Hai ragione», disse lei, freddamente. «Neanche a me piacerebbe finire sui giornali con qualche etichetta indesiderata cucita addosso. Preferisco continuare a vivere la mia vita *anonima*».

«Ho come la sensazione di essermi perso per strada», borbottò Cade, scrutandola. «Perché sei arrabbiata, adesso?»

«Arrabbiata?! Ti sbagli. Per essere arrabbiati si deve provare interesse per una discussione. E non è il mio caso». Clover incrociò le braccia al petto e puntò lo sguardo fuori dal finestrino, chiudendosi in un ostinato silenzio.

«Cosa ho detto per farti irritare così?»

«Niente».

«E allora dov'è finita la complicità che c'era fra noi fino a poco fa?»

«È sparita quando hai iniziato a imprecare in preda al panico al pensiero di essere sorpreso insieme a una *come me*!», sbottò la ragazza, tornando a fissarlo. Il gelo nei suoi occhi lasciò il passo a un fuoco incandescente.

Mentre Cade cercava di seguire il suo ragionamento, Clover alzò le mani. «Io mi facevo gli affari miei, tutta tranquilla, quando tu te ne esci fuori con la brillante idea di fare i regali di Natale ai tuoi genitori. Mi chiedi aiuto, io accetto e passo tre ore della mia giornata a farti da balia per le vie di New York, sentendo persino bocciare ogni mia idea. Poi all'improvviso ti metti a fare il pagliaccio con me, a caccia di complimenti zuccherosi – altrimenti il tuo ego largo quanto il Texas va in astinenza –, e come finisce la favola? Ci ritroviamo a scappare come ladri e la colpa è *mia*, che con la mia idiozia ti ho fatto comportare da liceale in mezzo alla strada, mentre il Principe di Hollywood ha bisogno di qualcuno che gli ricordi chi è!».

Cade lanciò un'occhiata preoccupata in direzione del tassista, che seguiva l'alterco dallo specchietto retrovisore, ma Clover se ne accorse e gli puntò un dito contro.

«E adesso che c'è? Ti stai chiedendo se il tassista ti venderà ai giornalisti?», sbottò. Poi fissò l'uomo al volante. «Perché lei lo sa chi ha caricato sul taxi, vero? Non dica che non lo conosce, potrebbe ferire il suo amor proprio!».

«Lo conosco», confermò il tassista, con un mezzo sorriso.

«Ecco, mi faccia un favore: non dica in giro di avermi visto insieme a lui! Perché non voglio avere la stampa tra i piedi, io sono una persona *normale*, ben felice di esserlo! E per la cronaca: *non* sono la sua amante, *né* intendo diventarlo. Non vorrei mai ledere la sua immagine pubblica!».

«Ledere l'immagine...». Cade aggrottò la fronte. «Ma che diavolo stai blaterando?»

«E così vuoi accanto qualcuno che ti faccia sentire un attore, eh? Va bene, posso provarci, se è questo che vuoi», proseguì Clover, spedita come un treno fuori controllo. Finse concentrazione, poi batté le mani. «Ci sono! Dimmi un po': è vero che gli attori si truccano più delle attrici, per girare le scene dei film? È una cosa che mi sono *sempre* chiesta!».

«Che cosa c'entra adesso con...».

«Ed è vero che Julia Roberts ha una controfigura che le presta le gambe?»

«Clover, che stai dicendo?». Cade alzò la voce, afferrandole un braccio per farsi ascoltare. Ma lei si divincolò.

«Provo a ricordarti chi sei e ti tratto come tale: sei una celebrità e hai bisogno di avere accanto qualcuno che non te lo faccia dimenticare. Lo hai detto tu, giusto? Bene, parlami delle feste delle star: dicono che siano davvero sfrenate...».

«Tu non hai capito niente», sospirò Cade, lasciandosi andare contro il sedile.

Non sapeva se mettersi a ridere o sbattere la testa contro il finestrino.

«Cavolo, ho già esaurito le domande idiote. Forse hai ragione: sono *troppo diversa* dalla gente che frequenti di solito». Clover si rivolse al tassista, che a Cade sembrò palesemente divertito. «Mi aiuti, la prego. Cosa si può domandare a un attore famoso, strapagato e arrogante?»

«Se si baciano davvero nelle scene d'amore».

«Ottima domanda». Clover lo fissò, incitandolo a rispondere con un cenno del mento, e Cade si trattenne a stento dal ridere.

«No, sono tutti baci scenografici».

«Che significa "scenografico"? Sono pur sempre due labbra che si sfiorano, si assaggiano, si mordicchiano... Vi baciate e basta».

«Vuoi che ti mostri la differenza?», chiese Cade, piano, avvicinando i loro volti. D'un tratto, l'idea di baciarla divenne irresistibile.

Clover lo fulminò con un'occhiata. «Osa soltanto».

«Non mi sfidare».

«Ha altre domande, signore?». Clover allontanò il viso quanto poté, costretta com'era contro la portiera del taxi.

«Gli chiederei quanto guadagna per un film o quante donne si è portato a letto, ma non mi sembra educato», rise il tassista.

«Non credo servano gli zeri precisi per farsi un'idea di un suo cachet medio. E il numero delle donne non sarà molto più basso», sbuffò Clover, fissando Cade con aria falsamente annoiata. «Ho indovinato?»

«Vuoi davvero saperlo?», ridacchiò lui. Quello scoppio d'ira iniziava a divertirlo.

«Figuriamoci. Mi sto già sforzando da morire per comportarmi come un'oca priva di argomenti, non costringermi a subire anche i dettagli scabrosi della tua vita sessuale».

«Quante volte girate una scena prima che venga fuori come quella che vediamo al cinema?», buttò lì il tassista, guadagnandosi un'occhiata piena di gratitudine da parte di Clover.

Cade si scostò a malincuore da lei, concedendole un po' di spazio, e si mise a chiacchierare con l'uomo al volante per il resto del tragitto. Alcune sue risposte fecero aggrottare la fronte della ragazza, e Cade represse più volte la voglia di tacitare i suoi borbottii a suon di baci.

Non voleva affatto insultarla, con le sue parole. Anzi, intendeva farle un complimento, dicendole che riusciva a fargli dimenticare chi era. Ma Clover lo aveva decisamente frainteso e non sembrava disposta a chiarire la cosa.

A Cade non restò che osservare il suo profilo rigido, sentendo un peso sul cuore.

Non sopportava l'idea di averla ferita, anche se inconsapevolmente.

Il tassista esaurì le domande sulla vita delle star a pochi minuti dall'arrivo a destinazione. Nel passare davanti a una casa esageratamente illuminata, emise uno sbuffo divertito. «Certa gente risparmia tutto l'anno per poi sbizzarrirsi a Natale e rendere le proprie abitazioni più luminose di una pista d'atterraggio».

«Non sa come invidio quelle persone», sospirò Clover, fissando rapita la casa in questione. «Illuminerei tutto il quartiere, se ne avessi la possibilità, ma per ora mi accontento delle luci alle finestre. Le sistemo in modo che sembrino una bocca, per illudermi che la casa mi accolga con un sorriso al mio rientro...». Le parole le morirono in gola quando svoltarono nella loro via e vide le proprie finestre buie. «Ecco, appunto», borbottò. «Pare che nemmeno lei abbia voglia di sorridere, stasera».

Cade alzò una mano pensando di accarezzarle una guancia, ma la vide ritrarsi e capì, con costernazione, di aver rovinato una giornata indimenticabile con un'unica, stupida frase. Ce ne sarebbe voluto, di tempo, per riconquistare la sua fiducia!

Non appena l'auto accostò al marciapiede, Clover mormorò un saluto e scese rapidamente.

«Mi dispiace per la scenata a cui ha dovuto partecipare», disse Cade al tassista, lasciandogli una generosa mancia. «Le sarei davvero riconoscente se potesse dimenticare quest'ultima mezz'ora».

«È stata una delle corse più divertenti degli ultimi mesi», sorrise l'uomo intascando le banconote. «Non andrò in giro a spiattellare i fatti tuoi, amico, ma lasciati dare un consiglio: tieniti stretto quella testa rossa. È il tipo di donna con cui non ci si annoia mai. Io la sposerei all'istante!».

Cade sorrise. «Lo terrò presente».

Mentre il taxi filava via, Cade vide Clover chiudere il cancello della sua abitazione, escludendo qualunque possibile chiarimento. Si avviò allora, rassegnato, verso la propria porta.

Era appena entrato quando udì tonfi e imprecazioni soffocate provenire dalla casa di fronte. Gettò uno sguardo fuori dalla finestra e ciò che vide gli procurò un fremito di tenerezza mista a eccitazione.

Forse la serata non era ancora finita, dopotutto.

Lo sentì arrivare ancor prima di scorgerlo dietro il cancello, le dita strette alle sbarre e il volto non abbastanza serio.

Quella faccia da schiaffi! Stava forse ridendo delle sue disgrazie?

Seduta sui gradini ghiacciati, la testa fra le mani, Clover gli lanciò un'occhiataccia, poi tornò a fissare il graffio sullo stivale, quello che si era appena procurata prendendo a calci la porta di casa.

«Che cosa vuoi?», scattò. «Non sei stufo di vedere la mia faccia, per oggi?»

«Io no. E tu?», rispose Cade, con un sorriso nella voce.

«Francamente sì. Ti ricordo che il tuo muso di plastica è già stato visto e stravisto, inizia ad annoiarmi», inveì lei, acida.

La sua pungente ironia non suscitò l'effetto desiderato.

Cade rimase attaccato al cancello, le mani fra le sbarre. «Che succede?»

«Niente, va tutto benissimo».

«Quando va tutto bene prendi a calci la porta e poi ti siedi sulle scale al freddo e al gelo?»

«Esattamente, è il mio modo per ricaricare le pile. Dopo una giornata di merda non c'è rimedio migliore, per scaricare lo stress!». Clover sollevò appena gli occhi, guardandolo storto. «Perciò puoi andare, grazie».

«Clover, apri questo dannato cancello».

«Non ne vedo il motivo».

«Se mi fai entrare te lo spiego».

«Parla pure, se credi. Ci sento benissimo». Clover si sentì infantile e ostinata, ma non voleva averlo vicino. Le parole che aveva pronunciato su quel dannato taxi le martellavano ancora nelle orecchie, mandando in pezzi la sua già misera ragionevolezza.

Si era lasciata andare, aveva esagerato con la fantasia senza rendersene conto. Pensare di essere speciale solo perché un bellissimo attore flirtava con lei? Che assurdità! Per Cade Harrison amoreggiare doveva essere facile come respirare; gli veniva istintivo, lo faceva continuamente, sia nella vita privata che sugli schermi televisivi. Lui era questo: un incantatore professionista.

Come aveva potuto dimenticarlo?

«Clover, si gela qui fuori. Se non vuoi aprirmi né starmi a sentire va bene, ma almeno entra in casa», sospirò Cade, infilando le mani in tasca.

«Sei gentile a preoccuparti per me, ma non posso entrare in questa stupida casa!», gemette lei, dando un pugno alla porta senza nemmeno voltarsi. «Brutta catapecchia cadente che non sei altro!».

«Se apri questo cancello posso provare ad aiutarti, qualunque sia il problema», tentò Cade, suadente. Clover si alzò di scatto, raggiungendolo in un lampo. Sollevò la mano arrossata dal freddo, mostrandogli una chiave spezzata.

«La vedi, saputello? L'altra metà è rimasta dentro la serratura! Quindi no, non credo si possa fare niente, a meno che tu non sia un ex fabbro esperto, con una serratura di riserva nel taschino!».

Cade approfittò di quella vicinanza per circondarle, in modo deciso, la vita con le mani. «Fammi entrare».

«No».

«Non puoi restare qui fuori tutta la sera, congelerai!».

Clover tentò di fare un passo indietro, ma Cade strinse più forte. «Sono nata a dicembre, non soffro il freddo, sono nel mio elemento!», protestò, allora.

«Dio, sei più cocciuta di un mulo!», sbottò Cade, le dita sempre più serrate sulla stoffa del suo cappotto. Quando fu certo di averla ben salda, alzò una mano per afferrarle i capelli sulla nuca. «Non hai capito niente di quello che intendevo prima», mormorò, guardandola negli occhi. «Non ho pensato neanche per un momento alla possibilità che tu mi rovinassi l'immagine, è un pensiero che potrebbe venire soltanto a una testa matta come te».

«È il tormentone della famiglia da anni, non sono matta!», scattò Clover. «Comunque non preoccuparti, mia madre sarebbe d'accordo con te: anche lei si vergogna di farsi vedere in mia compagnia. È fissata con l'apparenza, e io sono una ragazza sciatta, con la lingua troppo lunga e i modi ineleganti!».

Consapevole di aver fiaccato almeno in parte la sua resistenza, Cade mollò la presa al cappotto e infilò anche l'altra mano tra i suoi capelli, circondandole il viso con i palmi caldi. «Non mi interessa cosa pensa tua madre, ti dico quello che penso io», mormorò. «Sei stupenda, Clover. Chiassosa, irriverente, ostinata e logorroica... ma speciale».

Clover provò a fare un passo indietro ma Cade rafforzò la stretta, impedendoglielo. «Lasciami andare», lo pregò, desiderosa di allontanarsi da quella subdola, irresistibile insidia.

«Quando avrò finito», sentenziò lui, cercando il suo sguardo. Una volta agganciato, riprese a tessere la sua tela. «Dicendo che mi fai dimenticare chi sono, non volevo offenderti: era un dannato complimento! Hai idea di quante poche volte io mi sia sentito un uomo *normale*, negli ultimi anni? Vago per il mondo sapendo di essere seguito, fotografato, studiato in attesa di un passo falso. Sono costretto a stare sempre in guardia per evitare che la mia vita, le mie abitudini e le mie debolezze finiscano in pasto ai giornali! Con te mi sono completamente scordato di guardarmi le spalle e questo potrebbe far nascere pettegolezzi... E ne saresti oggetto anche tu, stavolta, perché tutti vorrebbero scoprire chi è riuscita a trasformare il Principe di Hollywood in un ragazzino che amoreggia nel bel mezzo di un parco pieno di gente!».

«Non stavi amoreggiando», mormorò Clover, sfuggendo il suo sguardo.

«Hai ragione, non del tutto. Ma adesso sì», sospirò lui, prima di avvicinare i loro volti e baciarla.

Clover trattenne il fiato. Le labbra di Cade erano morbide, calde e dolci, e sciolsero in parte il gelo che l'avvolgeva. Non riuscì a muovere un solo muscolo, rimase immobile a godersi il momento, le chiavi strette in una mano, il cappello di lana nell'altra, gli occhi fissi sulla parte del viso di Cade visibile attraverso le sbarre. Quando il bacio si fece più insistente i suoi occhi si chiusero e la bocca si ammorbidì. Con una mano riuscì ad afferrare il cancello, sentendo girare la testa per la confusione. Un solo bacio di quell'uomo e stava già per cedere, accidenti! Ma come si poteva resistere a quella seducente persuasione?

Aveva i sensi invasi da Cade. Il calore delle sue mani, sul viso e tra i capelli, sembrava penetrare fin sotto la pelle, e il suo profumo le accendeva i sensi. Il sibilo del suo respiro rompeva il silenzio irreale della via. Un silenzio particolare, che lei sapeva riconoscere...

Clover aprì gli occhi. Fiocchi leggeri vorticavano attorno a loro, ben visibili all'interno del cono di luce proiettato dai lampioni stradali, rendendo l'atmosfera ovattata...

Nevicava!

Clover *adorava* la neve. Attendeva sempre con ansia la prima magica nevicata dell'anno, e i primi fiocchi stavano cadendo proprio in quel momento, mentre Cade la baciava.

Poteva essere più semplice, per una donna romantica e sognatrice, credere che fosse tutta opera del destino?

Era tutta una cospirazione contro di lei. Il periodo natalizio, il clima pungente, la città stessa: tutto sembrava adoperarsi per minare la sua resistenza! Ma nonostante le belle parole e la magica atmosfera, non poteva dimenticare chi le stava di fronte.

Fece un passo indietro, staccando le labbra da quelle di Cade e sforzandosi di mantenere il controllo. «Wow», mormorò.

Lui la fissava con uno sguardo così appassionato da farle tremare le gambe. Doveva averlo perfezionato lavorando sui vari set…

«Clover», lo sentì sussurrare, mentre le sfiorava le guance con i polpastrelli.

Brividi caldi le corsero lungo la schiena, ma non cedette. Non poteva permetterselo.

«Una scena quasi perfetta, e non hai avuto neanche bisogno di provarla! Sei davvero un bravissimo attore».

Le mani di Cade scivolarono via dal suo viso, ricadendo lungo i fianchi. La sua espressione si raffreddò, ma rimase comunque lì, fermo davanti a lei.

Clover si strinse le braccia attorno al corpo, sentendo il freddo penetrarle nelle ossa. Aveva un unico punto della pelle ancora caldo ed erano le labbra, sulle quali indugiava ancora il sapore di quell'uomo. «Che cosa volevi dimostrare?», gli chiese, un nodo in gola.

«Sarebbe finita così, oggi, se non mi fossi accorto che troppa gente ci stava guardando», rispose lui. «Se lo avessi fatto, avresti visto la tua faccia accanto alla mia su tutti i telegiornali locali e sulle copertine dei quotidiani di domani. Ma forse era quello che volevi…».

«Non penso proprio».

«Io però non posso cancellare ciò che sono, Clover. Il rischio di venir risucchiati nella mia vita esiste e non è sempre piacevole, perciò devo stare attento a ogni passo falso. Questo ci riporta dritti a ciò che ti ho detto in taxi: se tu fossi come le donne che frequento di solito, io non dimenticherei chi sono. Invece sei molto diversa… ma questo non significa che io preferisca la loro compagnia alla tua».

Clover alzò una mano per porre fine alla discussione. «Va bene, ho capito. Mi spiace di aver esagerato. Dimentichiamo tutto e non parliamone più».

Rimasero a fissarsi in silenzio per qualche istante, poi Cade alzò gli occhi al cielo. «Vuoi restare qui, sotto la neve, ad assiderare?»

«Devo chiamare un fabbro».

«Se rimani dove sei ti si congelerà la lingua». Cade fece una smorfia. «A pensarci bene, potrebbe essere un evento positivo».

Trattenendosi a stento dal fargli una linguaccia, Clover iniziò a guardarsi intorno con aria impotente. Cade strinse una delle sbarre di ferro.

«Puoi stare da me fino a quando non avranno cambiato la serratura».

Esitante, Clover aprì il cancello. «Inizio a pensare che porti sfortuna, *principino*», bofonchiò. «Da quando sei arrivato qui sono caduta tre volte, rimasta chiusa fuori di casa e le mie illuminazioni natalizie si sono fulminate. Per non parlare della figura da psicopatica su quel taxi…». Gli lanciò un'occhiata torva mentre lo sorpassava. «Spero tu abbia pagato profumatamente il silenzio di quel tassista».

«Gli hai chiesto di tacere, quindi lo farà. Ha un debole per te».

«Un debole per me? E da cosa lo avresti dedotto?»

«Mi ha detto che ti sposerebbe all'istante».

Clover si concesse un sorriso compiaciuto. «Che forza, ho uno spasimante! Peccato che lo abbia già perso di vista».

Cade la sospinse nel vialetto della sua casa temporanea. «Sa dove abiti, non temere. Se vorrà, tornerà a cercarti».

«Come se fosse vero», disse lei. «Nessuno desidera una pedante rompipalle come me».

«Sono d'accordo», bofonchiò Cade, acido. Aprì la porta e la fece entrare. «Vai a scaldarti e ad asciugarti i capelli, mentre io chiamo un fabbro».

«Usa il tuo superpotere da star e fallo arrivare il più in fretta possibile», sospirò Clover.

Cade inarcò un sopracciglio, ironico. «Oh, adesso la mia fama ti fa comodo? Ti ricordo che, se io non avessi insistito a portarti qui da me, saresti ancora lì a battere i denti senza sapere cosa fare».

Lei strinse i pugni. Non aveva nessuna intenzione di dargli ragione. Tuttavia, Cade parve leggerle nel pensiero.

«Allora, che vuoi che faccia? Che chiami e dica chi sono, smuovendo cielo e terra per facilitarti le cose, o che finga di essere un comune cittadino?»

«Meno persone sanno chi sei, e che io ho a che fare con te, meglio è. Perciò lascia perdere i superpoteri». Clover lo lasciò nell'atrio con il suo sorriso tronfio e andò alla ricerca di una stanza in cui asciugarsi, cercando di non pensare alla pericolosa situazione in cui si trovava.

Essere in una casa confortevole con Cade minava la sua già debolissima volontà di tenersi a distanza da lui. Aveva ancora il suo sapore sulle labbra, maledizione... Non era facile dimenticarlo.

Non le restava che sperare nell'arrivo tempestivo del fabbro.

Peccato che le sue preghiere mancassero di convinzione.

Cade riattaccò il telefono con un sospiro soddisfatto. Con una sola telefonata al suo segretario avrebbe potuto avere un fabbro in zona nel giro di pochi minuti, lo sapeva bene. Ma Clover non voleva approfittare di quel beneficio... e non lo voleva neanche lui. Non quella sera.

Ora che l'aveva di nuovo a portata di mano, non intendeva rimandarla a casa tanto presto.

Tuttavia, anche chiedere un aiuto poco precipitoso si era rivelato complicato. Aveva dovuto tergiversare molto, al telefono, per convincere il fabbro a prendersela comoda. Con una scusa era riuscito a ottenere un paio d'ore, e in quel lasso di tempo sperava di riuscire a far tornare il sorriso sul volto splendido della sua...

Cosa?

Amica? Vicina di casa? Personal shopper?

Non sapeva più come pensare a lei, una sensazione strana per chi era abituato ad avere sempre tutto sotto controllo. Nel suo ambiente, un momento di incertezza poteva rappresentare un problema. E, di sicuro, il bacio che aveva dato a Clover O'Brian era da considerarsi sia un momento di incertezza *che* un problema.

Ma lo avrebbe rifatto altre mille volte.

Mentre la cercava, ripensò alle labbra morbide sotto le sue e avvertì un intenso calore pervadergli il corpo. Clover non aveva approfittato della situazione, era rimasta immobile come una statua mentre il mondo intorno a lui svaniva. Però, per un attimo l'aveva sentita sciogliersi, desiderosa di cedere, e la sensazione di gioia che lo aveva colto gli aveva dato il capogiro.

Se un simile, casto bacio era riuscito a suscitare tutte quelle emozioni in lui… cosa avrebbe provato nel dargliene uno vero, profondo e passionale?

Sentì i sensi incendiarsi all'istante ma cercò di frenare il proprio desiderio. Se voleva ritrovare la complicità che avevano vissuto fino a un'ora prima, doveva rilassarsi e non guardarla come un piatto prelibato da divorare in un solo boccone.

La trovò seduta in salotto, rigida e a disagio, gli occhi fissi sul camino spento. «Che fai lì? Non ti sei asciugata».

«Non è casa mia, non mi metto a frugare fra le cose di un estraneo».

«Ti avevo autorizzata».

«Tecnicamente non è neanche casa tua, perciò non so quanto valga la tua autorizzazione».

Cade sorrise e si avvicinò al caminetto, dandosi da fare per accenderlo. Clover seguì i suoi movimenti con espressione guardinga.

«Allora? Quando arriva il fabbro?»

«Non prima di un paio d'ore».

«*Due ore?!*». Clover si alzò di scatto, prendendo a camminare avanti e indietro per la stanza. «Che diavolo dovrei fare, io, per due ore? Stare qui a fissare il muro? E se non ci fosse stato nessuno disposto a ospitarmi, avrei dovuto aspettare due ore seduta sulle scale, sotto la neve? Che razza di servizio è?»

«Non hai voluto il mio aiuto, zuccona che non sei altro, perciò dovrai accontentarti».

«Niente affatto, lo richiamo e gliene dico quattro!».

Cade la fermò mentre si dirigeva come una furia al telefono, afferrandola per una mano. «Perché tanta fretta? Non vuoi restare qui con me?»

«No».

Cade ignorò il proprio disappunto. «E per quale motivo? Hai detto che non sono tanto male…».

Clover lo fissò, truce. «Quello era *prima*».

«Prima di cosa?», sorrise lui, accarezzandole le nocche con il pollice.

«Lo sai».

«Mi sembrava che avessimo chiarito. Tu ti sei scusata per aver frainteso e hai detto che non dovevamo più parlarne. Perciò problema risolto».

Clover voltò la testa verso la finestra. «Ok, ma vorrei comunque andare a casa mia. Ho fame e freddo, e ho camminato tutto il giorno. Sono stanca».

«Il camino sarà caldo fra poco, possiamo cenare qui e puoi riposarti sul divano per tutto il tempo che vuoi. Puoi guardare un film, scegliere un libro, fare quello che preferisci».

La vide guardarsi intorno a lungo, poi lanciargli un'occhiata interessata. «Posso fare ciò che voglio?»

«Assolutamente. Purché non sia stupido, o pericoloso… e naturalmente deve restare entro queste mura», precisò lui, improvvisamente sospettoso.

«Cucineresti per me?»

«Sarò al tuo servizio».

«D'accordo».

Il ghigno all'angolo delle labbra rosse lo mise in allerta. «Inizio ad avere un po' d'ansia…».

Sul viso di Clover comparve finalmente un vero sorriso, quello completo di fossette che aveva iniziato ad adorare.

«Ho visto due scatoloni interessanti, l'altra sera, nel garage del tuo amico. Posso prenderli? Non farò nulla di pericoloso, promesso».

«Ok», rispose Cade, cauto. «Vuoi una mano?»

«No, penso di farcela. Tu occupati della cena, sto morendo di fame».

Cade annuì e la lasciò scendere in garage dalla porta interna, poi si diresse in cucina.

Mentre preparava qualcosa di poco impegnativo, pensò a quanto fossero repentini i cambiamenti d'umore di Clover. Bastava saperla prendere, trattarla con tenerezza, e lei abbandonava immediatamente il suo broncio.

Nonostante il suo caratterino caparbio e focoso, non era in grado di tenere il muso, né di portare rancore. Grondava dolcezza e Cade sospettava che fosse incapace di ripicche o stupide vendette. Niente a che vedere con Alice.

Ripensando alla sua ex, Cade non riuscì a ripescare dai propri ricordi un solo momento di vera allegria o intesa nella loro storia. Fra loro non c'era mai stata un'autentica complicità, forse nemmeno un grande affetto. Tra le braccia di Alice non aveva provato nulla più di una blanda soddisfazione momentanea.

Un solo bacio di Clover, invece, era bastato a suscitare emozioni fortissime; poche ore in sua compagnia gli avevano trasmesso molto più di quanto Alice avesse fatto nell'arco di tutta la loro relazione.

Attraverso i suoi occhi, Cade aveva riscoperto piaceri che non ricordava più: quel periodo dell'anno, la neve, quella città così piena di vita...

A causa del suo successo aveva dimenticato troppe cose che contano.

Una volta tornato a Los Angeles avrebbe messo ordine nella sua vita, modificando alcune delle sue priorità. Voleva tornare a essere più presente per le persone che amava, rispolverare vecchi progetti e sogni, e non farsi più risucchiare completamente dal vortice del suo lavoro.

Quanto gli sarebbe dispiaciuto, però, lasciare New York...

Mezz'ora più tardi raggiunse Clover in salotto. Perso nei propri pensieri e nella preparazione della cena non si era preoccupato di ciò che lei faceva nell'altra stanza. L'unica cosa importante era che ci fosse, e i lievi rumori che aveva udito lo avevano rassicurato.

Non aveva idea di cosa avesse scovato Clover negli scatoloni prelevati dal garage di Philip, ma di sicuro doveva essere qualcosa abbastanza interessante da farle dimenticare il suo malumore.

Non appena entrò in salotto pensò che avrebbe dovuto sospettarlo, e un sorriso divertito e tenero gli si dipinse sulle labbra.

Clover era in piedi su una sedia, intenta a sistemare decorazioni natalizie alla finestra. Aveva sparso ogni genere di cianfrusaglia su mensole e scaffali, appeso fili di luci e palline colorate, e stava armeggiando con del vischio finto.

La stanza aveva assunto un altro aspetto, allegro e incantato. E quella ragazza contribuiva a illuminare tutto con la sua sola presenza.

Era maledettamente vicino a perdere la testa per lei.

Quel pensiero lo colse come un pugno in pieno stomaco, ma non riuscì a scacciarlo. Per la prima volta dopo tanto tempo si ritrovava a provare un'emozione sincera per una donna senza averla nemmeno sfiorata, o quasi. Non sapeva di preciso quando avesse iniziato a guardarla con occhi diversi, forse durante l'accensione dell'albero di Natale al Rockefeller Center. In ogni caso, il suo interesse aveva spiccato il volo velocemente e sembrava continuare a salire.

Si avvicinò a lei con un unico obiettivo in testa: toccarla. Ne sentiva il bisogno, le dita gli formicolavano per la voglia di sfiorare la sua pelle morbida. Non importava in che modo, voleva solo sentirla, viva e calda, fra le sue mani.

A pochi passi da lei, il suo sguardo venne attratto dalle gambe snelle fasciate dai pantaloni scuri e aderenti. Percorse avidamente con gli occhi le caviglie sottili, i polpacci ben torniti, le cosce snelle e i glutei armoniosi, raggiungendo il busto coperto da un morbido maglioncino arancione che, nella posizione in cui si trovava, si era sollevato scoprendo una piccola, invitante parte della sua schiena color latte.

Tutto sommato, un'idea di *come* toccarla ce l'aveva eccome…

«Fermo lì!», gli intimò Clover alzando le mani, gli occhi vigili.

«Che c'è?»

«Sei un tipo che rispetta le tradizioni?».

Il vischio appeso sulla sua testa rossa lo attirò come una calamita. «*Molto* rispettoso», disse, con un tono solenne, il fuoco negli occhi e un ghigno diabolico sul viso.

«Allora resta dove sei». Clover scese rapidamente dalla sedia, allontanandosi dalla finestra. «Non vorrei ti balenassero per la mente strane idee», borbottò.

Cade ridacchiò. «Arrivi tardi, tesoro, i miei pensieri sono già in pieno delirio». Allo sguardo ammonitore che lei gli rivolse, indicò il vischio. «Perché lo hai appeso, se temi ripercussioni?»

«Non ci sono abbastanza decorazioni in quelle scatole, speravo in qualcosa di meglio. Ho dovuto dar fondo a tutto ciò che ho trovato. Era inconcepibile vedere questa stanza completamente spoglia… Non hai nemmeno un albero finto!».

«Se questo ti sembra poco, non oso immaginare come hai trasformato casa tua».

«E se quel fabbro non arriva in fretta, non lo scoprirai mai», sbuffò Clover, incrociando le braccia al petto. Quel gesto attirò l'attenzione di Cade sul suo seno, deliziosamente delineato dal tessuto soffice.

Diavolo, non riusciva a pensare ad altro...

«Spero non ti dispiaccia», stava dicendo Clover.

«Dispiacermi?»

«Se ho trasformato il salotto del tuo amico in un caos natalizio».

«Se serve a farti sorridere, mi va più che bene».

Lei arricciò il naso, ma non riuscì a mascherare del tutto il luccichio nei suoi occhi. «Oh, ti prego. Non fare lo svenevole con me».

«Cercherò di contenermi», sospirò Cade. Le porse una mano e attese, con trepidazione, che lei l'afferrasse. Clover esitò, incuriosita, e lui si strinse nelle spalle, senza abbassarla. «Vogliamo andare a mangiare?».

Clover annuì e, dopo quella che parve una dura battaglia con se stessa, posò la mano sul suo palmo aperto.

Cade lo chiuse su quelle dita esili e lisce, godendosi il contatto. La portò in cucina senza dire una parola, concentrandosi su qualunque cosa tranne la vicinanza con quella ragazza. Clover non era più arrabbiata, ma era ancora a disagio. Quell'unico bacio aveva cambiato le cose fra loro, in modo non chiaro ma inconfutabile, e anche se non aveva nessuna intenzione di fare passi indietro, avrebbe almeno dovuto procedere con calma.

In fondo non aveva la più pallida idea di cosa passasse nella mente di quella donna. Forse era attratta da lui... ma che altro?

Le parole che gli aveva detto per strada, poco prima, lo avevano gelato. Essere accusato di fingere e recitare anche nella vita reale era un ritornello comune, per lui, ma lo scetticismo di Clover lo aveva ferito. L'aveva baciata perché lo desiderava, senza premeditazione né secondi fini. Non era ancora sicuro di dove quelle sensazioni li avrebbero portati, ma non voleva nemmeno soffermarsi a pensare troppo. Godersi quei momenti e ottenere la sua fiducia erano le uniche cose a cui mirava.

Dopo cena tornarono in salotto, decisamente più rilassati. Per arginare l'imbarazzo delle ultime ore, avevano evitato accuratamente ogni allusione al bacio che si erano scambiati e all'attrazione che correva fra loro. Ma se la tensione emotiva delle ultime ore si era un po' allentata, il legame nato in quei giorni si era invece rafforzato, rendendo difficile a entrambi l'idea di porre fine alla serata.

Il fabbro sarebbe arrivato da un momento all'altro, ormai. Clover aveva beccato Cade a guardare l'orologio più di una volta, nell'ultima ora, senza sapere come interpretare quel gesto. Aveva fretta di vederla andare via? O, come lei, sperava di avere ancora tempo per stare in sua compagnia?

Nonostante i suoi buoni propositi, non riusciva proprio a evitare di sentire le gambe tremanti al solo guardarlo. Non poteva essere solo una questione estetica: aveva conosciuto molti uomini attraenti, nella sua vita, senza per questo sentirsi sciogliere sotto i loro sguardi. Cade Harrison possedeva qualcosa di più: carisma, schiettezza e quel tocco di premura a cui lei non era abituata. La osservava e l'ascoltava con grande attenzione, riuscendo a spiazzarla. Un uomo come lui avrebbe potuto passare il proprio tempo con qualunque donna, eppure si trovava proprio con lei!

Da quando avevano avuto quella discussione in taxi, poi, sembrava che Cade fosse diventato più ansioso di averla intorno. E non proprio in termini amichevoli. Dopo il bacio che si erano dati sotto la neve aveva preso a guardarla con occhi diversi, più caldi, più insistenti.

Clover era più confusa che mai.

Inizialmente aveva creduto che il bacio fosse solo un espediente utile a blandirla, per questo lo aveva accusato di recitare. Ma più ripensava agli sguardi e ai sorrisi che lui le aveva lanciato per tutta la sera, e meno capiva.

Cade stava forse iniziando a provare qualcosa per lei? O voleva solo portarsela a letto? Non che l'idea le dispiacesse, ma non era il tipo di ragazza da storie occasionali. E Cade era a New York solo di passaggio…

«A cosa pensi?».

Quella voce la sottrasse alle sue elucubrazioni. Smise di fissare le fiamme del camino e si voltò verso Cade, che se ne stava appoggiato al davanzale della finestra, le braccia incrociate. Nel corso della cena si era tolto il maglione, restando in maniche di camicia e jeans, e Clover aveva faticato non poco a distogliere lo sguardo dal collo abbronzato che faceva capolino dal colletto azzurro.

Dio, avrebbe voluto posare le labbra su quel lembo di pelle, assaporarne il gusto, inspirarne il profumo, avvertirne il calore…

Si rese conto di essere intenta a fissarlo come una sciocca e cercò di schiarirsi le idee. «Che hai detto?»

«Avevi un'espressione corrucciata, poco fa, e mi chiedevo a cosa stessi pensando di così spiacevole. Ma ora è sparita».

Clover si sentì in subbuglio: Cade la osservava come un leone fissa la sua preda.

Distolse a forza lo sguardo da lui. «Stavo pensando al lavoro», improvvisò. «Da domani inizierà il periodo più caotico».

«Quando pensi di poter dedicare altro tempo ai miei regali?».

Avrebbe mandato all'aria tutti i suoi impegni, pur di stare con lui, ma non poteva dirglielo. Anzi, sarebbe stato un bene mettere una certa distanza tra loro.

«Non saprei proprio. I prossimi giorni saranno molto impegnativi», tergiversò. «In ogni caso, abbiamo discusso ampiamente dell'argomento: le idee non ti mancano e i miei consigli li hai ascoltati».

«Mi stai scaricando, ho capito», disse lui con finta noncuranza. Ma Clover riuscì a leggere un certo dispiacere nei suoi occhi, prima che si voltasse verso la finestra.

Voleva davvero farle credere di essere triste al pensiero di non vederla?

Qualunque fosse il suo scopo, Clover finì per sentirsi in colpa. Avrebbe voluto andargli vicino e abbracciarlo forte…

Trattieniti!

Non lo conosceva affatto, era azzardato scoprirsi troppo. Cade Harrison era un uomo abituato ad avere tutto e forse era solo quello a infastidirlo: non essere assecondato. Non doveva mai essergli successo…

«Hai visto come nevica? Era da un pezzo che non assistevo a una nevicata vera e propria. A Los Angeles è un evento più unico che raro».

Distratta da quelle parole, Clover si avvicinò alla finestra, incuriosita. «La neve in questo periodo è quasi d'obbligo! Il Natale ha bisogno della giusta atmosfera». Fissò i grossi fiocchi scendere silenziosi e posarsi sulla strada già imbiancata, e sorrise. «Guarda che spettacolo: basta una spruzzata di neve e il paesaggio cambia radicalmente. Tutto diventa poetico, anche le strade più brutte sembrano diverse sotto una coltre bianca! Non credi anche…».

Il resto del discorso si disperse quando le mani di Cade l'afferrarono per i fianchi, facendola voltare. In preda a una confusa emozione, Clover non riuscì a proferire parola.

Cade l'abbagliò con uno dei suoi famosi sorrisi. «Mi dispiace interromperti, ma siamo sotto il vischio… E se non ti bacio subito rischio di attirarmi un intero anno di sfortuna», mormorò, prima di posare le labbra sulle sue.

Non fu soltanto dolce.

Clover capì, dal tono roco della sua voce, dall'intensità del suo sguardo e dall'urgenza del suo tocco, che Cade aveva aspettato quel momento per tutta la sera e che stavolta non si sarebbe accontentato di una tiepida partecipazione. La strinse il più possibile e la baciò in modo impetuoso, travolgendola, invitandola ad abbandonarsi e sfidandola a opporsi.

Clover prese fuoco. I loro corpi aderivano alla perfezione, rendendole difficile pensare; i respiri si intrecciavano, le labbra si cercavano avide. Le mani di Cade vagavano sui suoi fianchi, carezze lente ma fameliche, quasi volesse immergersi nella sua carne. Clover avvertiva la pressione di ogni singolo dito e, quando Cade le insinuò tutte sotto il maglione, restò senza respiro. Il calore di quel contatto intimo le annebbiò la mente, i pensieri si sparpagliarono e solo alcuni riuscirono a farsi strada in quel piacere torrido e confuso. Il più insistente era quello di volerlo ancora più vicino e per questo sollevò le braccia, cingendogli il collo e aprendo di più la bocca. Cade ne approfittò immediatamente, invadendola e ritraendosi in un ritmo allusivo, facendole perdere la testa.

In cerca d'aria, le loro bocche si separarono appena, ma immediatamente Cade prese a baciarle le guance, le linee della mascella e il collo, mentre una mano le si insinuava fra i capelli. Clover lo imitò, immergendo le dita fra le corte ciocche bionde, mentre l'altra gli accarezzava la schiena. Sentì un basso gemito provenire dalla gola di Cade e il suo desiderio aumentò a quell'assaggio di potere. La sua mano si fece più audace, le unghie solcarono piano la pelle liscia e rovente, e la sua ricompensa fu uno sguardo bollente.

La valanga di emozioni contenute in quelle iridi cerulee la spaventò. Non solo per la loro intensità, ma per ciò che risvegliarono in lei.

Non aveva mai desiderato così tanto qualcosa in vita sua e aveva paura che nient'altro l'avrebbe più coinvolta nello stesso modo, in futuro.

Un futuro non troppo distante, dal momento che Cade aveva una vita a tremila miglia di distanza e un diverso fuso orario, e che le loro esistenze erano difficilmente conciliabili.

Il suo cuore si sarebbe spezzato nel vederlo andar via.

Voltò il viso, deviando la traiettoria delle labbra di Cade, e avvertì nettamente la sua confusione: il respiro cambiò ritmo, bloccandosi, per poi ripartire quasi ansioso; le mani si serrarono con più forza sulla sua nuca e gli occhi azzurri si aprirono di scatto.

Clover stava per aprir bocca e dar voce a una scusa qualunque, che la portasse lontana da lui, quando il rumore di un furgone ruppe il silenzio.

Ringraziò il cielo quando sentì il mezzo fermarsi proprio lì davanti e una portiera sbattere con poca grazia.

«È arrivato il fabbro», balbettò, con voce incerta.

Cade guardò fuori dalla finestra e Clover ne approfittò per sottrarsi alla sua stretta. Con le gambe tremanti si avvicinò all'appendiabiti accanto al camino, recuperò la giacca e la infilò in fretta. «Grazie per la cena e per l'ospitalità».

«Puoi restare finché non avranno finito», tentò Cade, guardandola con occhi ancora pieni di desiderio.

Lei scosse la testa. Se fosse rimasta in quella casa un solo momento di più avrebbe ceduto alla passione, pagandone il prezzo per un tempo lunghissimo.

«No», rispose, sentendosi un po' più protetta con la giacca addosso. «Preferisco andare. Buonanotte». Gli lanciò un ultimo sguardo, poi corse fuori.

Corpo, cuore e parte della mente si ribellavano a quella decisione: un uomo magnifico la desiderava, la faceva sentire come nessuno aveva mai fatto prima... e lei scappava a gambe levate! Non aveva tutti i torti chi la riteneva completamente pazza. Sua madre si sarebbe strappata i capelli a uno a uno, per la frustrazione, se lo avesse saputo.

Ma la parte ancora lucida e razionale del suo cervello la sollecitò ad andare incontro al fabbro, ripetendole che aveva fatto la scelta più saggia non lasciandosi trascinare completamente in quel gioco pericoloso.

Capitolo 7

Lo aveva evitato con cura per troppo tempo. In modo quasi naturale, doveva riconoscerglielo, ma non aveva più intenzione di restare in un angolo ad aspettare che lei capisse e accettasse quel che c'era fra loro.

Non pretendeva che Clover riuscisse a dare un nome a tutte quelle sensazioni, nemmeno lui era in grado di farlo, ma sperava almeno che non le rifiutasse. Cade non solo le aveva accettate, ma aveva desiderato riviverle per tutti i quattro giorni passati lontano da lei.

Non l'aveva costretta ad affrontarlo. Nei suoi occhi screziati aveva letto molta paura, dopo la loro ultima serata insieme, e l'idea di spaventarla lo rendeva nervoso.

La capiva. Anche se il desiderio di averla tra le braccia era fortissimo, neanche lui riusciva a prendere quella situazione del tutto a cuor leggero. Stava marciando dritto verso un vespaio e lo sapeva bene, ma non si era mai sentito più felice di correre un rischio in vita sua.

Tuttavia, quello era il giorno del compleanno di Clover e non aveva alcuna intenzione di farsi mettere da parte anche in quell'occasione. Voleva portarla fuori a cena, bearsi della sua compagnia e farle passare una bella serata.

Ma prima doveva riuscire ad allontanarla da casa per far sì che le persone con le quali aveva preso accordi potessero trasportare il suo regalo.

Andò da lei non appena vide le finestre aperte. Quella mattina Clover era andata al lavoro, come sempre, ma lui sapeva che sarebbe rientrata. Aveva telefonato direttamente in negozio per esserne certo, riuscendo a parlare con Eric. Il ragazzo gli aveva detto che Clover non lavorava mai il pomeriggio del suo compleanno, perché di solito si preparava per la cena con la sua famiglia. Questo aveva smorzato il suo entusiasmo e mandato in fumo i suoi piani per la serata, ma si era consolato al pensiero di stupirla con la sorpresa che aveva in serbo per lei.

Ansioso di vederla, affrettò il passo tra i cumuli di neve ai lati della strada. Il freddo era pungente ma splendeva un bel sole, una tregua luminosa prima della nuova nevicata prevista per la notte. Era il tipo di giornata che piaceva a Clover, bianca e soleggiata, e non aveva intenzione di lasciare che una cena con la sua famiglia gliela rovinasse del tutto. Aveva intuito dai suoi discorsi che i parenti la rendevano nervosa, e lui voleva farla ridere.

Bussò alla porta e attese. Dovette ripetere l'operazione più volte, senza risultato, e la cosa lo indispettì. Stava forse fingendo di non essere in casa?

Determinato, afferrò la maniglia e la fece ruotare. «Clover?», chiamò. Rumori soffocati e imprecazioni arrivarono da un punto imprecisato della casa, spingendolo a entrare. «Clover, sono Cade! Tutto bene?»

«Sì! No! Uffa, *che palle*!».

La voce affannata di Clover lo raggiunse, facendolo ridacchiare. Senza pensarci la seguì, notando con la coda dell'occhio decorazioni sparse in ogni stanza: Clover aveva trasformato quella casa in un santuario natalizio, proprio come aveva immaginato.

«Dove sei?»

«In cucina, a lottare con questo maledetto forno!».

Non appena entrò nella stanza, Cade sgranò gli occhi. Il caos regnava sovrano, sembrava che una bomba fosse esplosa gettando cibo ovunque. La stessa Clover aveva il naso sporco di farina, la maglietta e i jeans macchiati in più punti e i capelli arruffati. Stava davanti al forno, una pirofila di quelle che sembravano lasagne in una mano, mentre l'altra era impegnata a prendere a pugni ogni pomello sul quale posava gli occhi.

«Che è successo?»

«Non c'è mai limite alla sfortuna, ecco che succede! Non basta che io stia invecchiando, che la mia folle famiglia sarà qui fra tre ore e che abbia avuto la stupidissima idea di cucinare per loro! Doveva mettercisi anche il forno a complicare le cose!».

Cade spostò lo sguardo sul piano di lavoro, dove il tuorlo di un uovo colava lentamente su un cumulo di farina e altri ingredienti non ben definiti, e represse una risata. «Ah, è stato il forno a complicarle? Davvero maleducato da parte sua».

Clover si voltò nella sua direzione, lesse sul suo viso sarcasmo e ilarità trattenuti e gli lanciò uno sguardo omicida. «I miei guai ti fanno ridere, signor Divo?»

«Onestamente? Un pochino!», sghignazzò lui, avvicinandosi. Evitò le macchie di pomodoro sul pavimento e la raggiunse, trattenendosi a stento dal prenderla fra le braccia e baciarla. Non riuscì, comunque, a impedirsi di sfiorarle una guancia con il dorso delle dita. «Posso esserti d'aiuto?»

«Potresti, se sapessi preparare una cena per tre-barra-quattro persone in meno di due ore, e se sapessi pulire a fondo questo casino nell'ora restante. Allora io potrei dedicarmi alle altre pulizie e alla cura di me stessa. Anche se mia madre non si aspetta certo di trovare una donna di classe e una casa da rivista d'arredamento, *questo*», disse Clover, indicando ciò che la circondava e se stessa, «potrebbe scioccare perfino lei!».

«Tre-barra-quattro persone?», chiese Cade, perplesso.

Clover fece spallucce. «Non so mai quanto impegno metta mio fratello nel convincere sua moglie a venire qui. Credo non ci riuscirà nemmeno quest'anno, ma nel dubbio...».

Cade annuì, poi fissò la pirofila trasparente che lei teneva in mano. «Quelle sono lasagne?»

«Dovrebbero, sì. Ho registrato un programma di cucina in TV, tempo fa, e avevo deciso di mettermi alla prova in un'occasione speciale». Clover fissò, con sospetto e desolazione, l'accozzaglia di ingredienti all'interno del contenitore. «Ma non sono più così sicura che sia stata una buona idea tentare l'esperimento proprio oggi».

«Hai un'alternativa valida?», chiese Cade, sempre più intenerito dalla sua evidente ansia. Clover si mordeva il labbro inferiore e fissava la sua ricetta con la fronte aggrottata, ma a quella domanda il suo volto si illuminò. Alzò su di lui due occhi maliziosi e le fossette fecero capolino sulle sue guance rosee.

«La pizza. Un'enorme pizza con una pioggia di patatine fritte, disposte in modo da formare il mio nome! Avevo una mezza idea di ordinarne una per il mio compleanno, ma mia madre la detesta quasi quanto detesta questa». Estrasse da un cassetto una rotella per tagliare la pizza, rosa e dalla forma vagamente fallica. «La trova *così volgare*!».

Cade rise con lei. «Chissà perché?».

Scuotendo la testa, Clover appoggiò rotella e lasagne sul ripiano della cucina e si spazzolò le mani. «Credo che dovrà accontentarsi, comunque, perché il mio forno non funziona e ho perso del tutto la voglia di impegnarmi».

«E se ti dessi una mano io?», propose Cade. «So cucinare. Niente di raffinato, ma qualcosa di più elegante di una pizza».

Clover lo scrutò dal basso e Cade si rese conto solo allora che era scalza e che per la prima volta la vedeva senza tacchi. Dieci centimetri in meno le davano un'aria così vulnerabile da intenerirlo.

«Cosa ti ha portato qui?», stava domandando lei.

«Volevo augurarti buon compleanno», sorrise Cade.

«Grazie! Sei gentile». Clover sembrò imbarazzata ed evitò di guardarlo, ma così facendo dovette per forza concentrarsi sulla baraonda che regnava nella stanza. «Dovrò tenere mia madre lontana da qui», gemette.

«Allora, vuoi il mio aiuto o no? Consideralo un regalo di compleanno».

Clover sospirò e annuì. «E va bene, se proprio non hai niente di meglio da fare che passare il pomeriggio ai fornelli…».

«Sono in vacanza e in terra straniera, ricordi? È noioso stare chiuso in casa tutto solo».

«Allora d'accordo. Da dove cominciamo?»

«Iniziamo con l'andare a casa mia. Ho più ingredienti e utensili, e poi non riesco a cucinare senza il mio grembiule e il mio piano di lavoro immacolato!», scherzò, felice di aver trovato la scusa perfetta per allontanarla da lì.

Clover fece per protestare, ma Cade le mise un dito sulle labbra. «Vieni da me, il tuo forno nemmeno funziona. Porteremo tutto qui a cottura ultimata e ti aiuterò a pulire prima che arrivi la tua famiglia».

«Mmm… I giornalisti pagherebbero oro per vederti con indosso un grembiule e con in mano una scopa. Il Principe di Hollywood nella virile versione *Sguattero per un giorno*!», sghignazzò lei, avviandosi alla porta.

Cade si finse terrorizzato. «Non voglio neanche pensarci, andrebbero avanti per mesi!».

Mentre lei infilava un paio di scarpe e una giacca sopra la maglietta leggera, si impossessò delle chiavi con la scusa di aiutarla a chiudere la porta, poi la spronò a correre per non prendere freddo. Durante il tragitto mandò un SMS al suo tuttofare, Scott, che avrebbe dato il via alle operazioni necessarie per il trasporto del regalo di Clover.

Aggiunse qualche rapida ma precisa richiesta al suo messaggio e non pensò neanche per un momento che per Scott sarebbe stato difficile trovare la soluzione perfetta al nuovo ordine. Era un bravo ragazzo, pieno di iniziativa, abituato a trasformare in realtà ogni suo pensiero. Forse era il caso di accordargli un aumento…

Una volta giunti a casa distrasse Clover dal pensiero delle chiavi, ancora nella sua tasca, portandola in cucina e consigliandole un paio di piatti semplici da preparare, mettendo a sua completa disposizione ingredienti di ogni tipo. Lavorò con lei, insegnandole alcune ricette di sua madre, godendosi la sua vicinanza e l'intimo piacere di cucinare insieme. Si assentò solo per qualche minuto, il tempo necessario a consegnare le chiavi di Clover alle persone inviate da Scott e istruirle brevemente su ciò che voleva facessero per lui. Un messaggio del suo segretario lo avvertì, un'ora e mezza più tardi, che tutto era stato concluso e che le chiavi erano state lasciate nella cassetta della posta. Cade uscì a recuperarle mentre Clover si dava da fare con i piatti, e si rilassò per il resto del pomeriggio.

Mancava meno di un'ora all'arrivo della sua famiglia, quando Clover guardò l'orologio. «È meglio che vada a dare una pulita e a fare una doccia. La cena sarà sicuramente ottima, un vero evento in casa mia, e non voglio rischiare di rovinare tutto il nostro lavoro dando a mia madre l'opportunità di lamentarsi per altre cose».

«Ti aiuto», disse Cade, finendo di sistemare le pietanze in modo che restassero calde.

«Non è necessario, hai già fatto tanto. Mi aiuterai a stupire mamma e Patrick grazie alla tua cucina, e questo è davvero un grande regalo».

«Niente affatto, ho promesso di aiutarti e non ho intenzione di rimangiarmi la parola». Cade si avviò fuori prima che lei potesse protestare ancora, e a Clover non restò che seguirlo.

Attraversarono la strada in silenzio ma, a un passo dalla porta, Cade iniziò ad avere dubbi sul proprio regalo.

E se lei non l'avesse apprezzato? In fondo si era preso una libertà non indifferente. La casa di una persona è un luogo sacro e lui non era tenuto a prendere decisioni in merito. Orgogliosa com'era, Clover avrebbe potuto addirittura travisare.

L'eccitazione dovuta al desiderio di stupirla si trasformò lentamente in ansia e, mentre Clover apriva la porta, si tenne pronto a ricontattare Scott per far riportare ogni cosa al proprio posto in un battibaleno.

Clover si tolse la giacca e rabbrividì appena, sfregandosi le braccia per scaldarle. «Devo alzare il riscaldamento, si gela qui dentro. Però c'è un buon profumo, non credevo. Quando sono uscita avevo nel naso l'odore delle uova e delle mie schifose lasagne, e pensavo di ritrovarlo ancora. Mia madre me lo avrebbe fatto notare subito, dicendo che non è carino invitare gente in una casa dove regna un cattivo odore. A volte parla come una ricca snob, mentre invece proviene da una famiglia in cui si cucinavano cavoli alle sette del mattino. Forse è per questo che ora fa tanto la...».

Le sua voce si affievolì fino a svanire, quando varcò la soglia del salone. Cade lanciò un'occhiata veloce al nuovo divano color lavanda, ampio e semicircolare, davanti al quale facevano bella mostra di sé un tavolino in vetro lavorato e ampie tende in tinta alle finestre. La stanza aveva assunto un'aria diversa, allegra ma elegante, proprio come aveva sperato. Il suo pensiero, tuttavia, restava fisso su Clover.

Sembrava sconcertata. Continuava a osservare la stanza con gli occhi sgranati, come se non la riconoscesse, senza emettere un suono.

«Se non ti piace…», iniziò Cade, passandosi una mano fra i capelli, ma Clover si voltò di scatto, incredula.

«Ma… come…?»

«Portarti fuori di casa è stato più facile del previsto».

«Oh». Clover si avvicinò al divano, sfiorandone il tessuto morbido con un dito. «È *esattamente* come lo volevo», mormorò. «Come facevi a sapere che sognavo un divano di questo colore e con questa forma?»

«Ne hai parlato tu, la prima sera in cui mi hai fatto entrare».

«Sul serio?». Gli occhi di Clover brillavano e Cade iniziò a rilassarsi. Non l'aveva presa male, dopotutto.

«Ricordo che hai accennato a un divano di questo colore ma non ero sicuro di ricordare altro, così ho chiesto consiglio a mia sorella. La tua non è una stanza molto grande, perciò una coppia di poltrone avrebbe ridotto lo spazio. Un divano con questa forma, invece, permette agli ospiti di guardarsi in faccia comodamente… O almeno questo è quel che pensa Heather dall'alto della sua esperienza di arredatrice».

«Tua sorella ha un ottimo gusto», sorrise Clover, girando intorno al suo regalo. Fece per sedersi, poi ci ripensò. «Lo proverò quando sarò pulita, non voglio rischiare di rovinarlo».

«Quindi ti piace?»

«È stupendo». Clover lo raggiunse, fermandosi di fronte a lui. «Come dovrei considerarlo?»

«Un regalo di compleanno, naturalmente».

Lei si sollevò sulle punte e gli stampò un bacio sulla guancia. «Grazie, Cade. È il regalo più bello che io abbia mai ricevuto». Sorrise, le guance rosse per l'emozione. «Non ti ho nemmeno dovuto consegnare una lista di idee. Hai ricordato un commento buttato lì per caso, e non eri di certo tenuto a farlo. Non me lo aspettavo…».

«Non è questo lo scopo di un regalo?», chiese Cade piano, sfiorandole una guancia.

Clover annuì, poi tornò a guardare il suo salotto rivoluzionato. «Prima mi offri il tuo aiuto con la cena, poi trasformi la mia stanza preferita. Mia madre dovrà rimangiarsi tutti i suoi caustici commenti! Naturalmente, ora non posso permetterti di pulire la mia cucina, mi sentirei troppo in colpa».

«Anch'io mi sentirei in colpa se ti permettessi di faticare con le pulizie, quando potresti andare subito a fare una lunga doccia calda e poi tornare qui a goderti un momento di meritato relax sul tuo nuovo divano».

Il suo sguardo malizioso accese il sospetto nella mente di Clover, che si precipitò in cucina. Nel vederla linda e splendente si lasciò sfuggire un'esclamazione di piacere. «Io ti *adoro*!».

La soddisfazione di Cade era alle stelle. «Ero un po' preoccupato, a essere sincero», confessò, con una risatina. «Avevo paura che la prendessi male, che ti arrabbiassi per l'intrusione e mi gettassi in faccia tutti i piatti che abbiamo preparato con tanta cura».

«Come hai organizzato tutto?»

«Scott, il mio segretario, sa muovere i fili giusti meglio di un burattinaio esperto. Sono bastate poche indicazioni e lui si è occupato di ogni dettaglio, nonostante la distanza».

«Hai uno schiavo devoto al tuo servizio?», scherzò Clover. «Come minimo devi aumentargli lo stipendio».

«Ci avevo già pensato», disse Cade.

Clover si guardò intorno. «Be', non mi resta che andare a fare una doccia e poi vestirmi».

«Ti porto la cena fra qualche minuto».

«Non sei il mio cameriere personale, posso farlo da sola», protestò Clover, facendosi seria. «Hai già fatto tanto».

«Come vuoi», cedette Cade. Se non altro avrebbe avuto una scusa per rivederla, prima che si chiudesse in casa con la sua famiglia, e forse avrebbe potuto strapparle la promessa di un'uscita, una sera di quelle.

Clover lo fermò sulla porta. «Cade?»

«Sì?».

Sembrava a disagio, ma lo fissava con occhi attenti. «Ti andrebbe di restare a cena?». Non gli diede il tempo di rispondere e agitò una mano per accantonare l'argomento. «È un'idea stupida, lo so. Non conosci i miei, e ti assicuro che questo è un bene. Per di più, mia madre andrebbe a raccontare alle sue amiche che Cade Harrison è in qualche modo invischiato con sua figlia – così, giusto per risollevare la mia immagine – e tu ti ritroveresti in una situazione scomoda. Dimenticavo che sei qui in incognito… Fingi che io non abbia aperto bocca».

Cade sorrise, ignorando del tutto quel fiume di parole. «Mi andrebbe di restare a cena, sì».

«L'ho proposto perché mi sembrava davvero scortese averti fatto faticare tanto ai fornelli e poi lasciarti andare a casa da solo, neanche fossi al mio servizio… Scusa, cosa hai detto?». Clover sbatté le palpebre. «Ti va?»

«Sì. Dopo tanta fatica, è il minimo», scherzò.

«Guarda che i miei parenti sono davvero noiosi, e ti avverto fin d'ora che io sarò tesa come una corda di violino. Rischio l'esplosione dopo neanche quattro minuti, di solito, anche se forse la tua presenza placherà mia madre e inibirà mio fratello… Ma la possibilità esiste! Potrebbe essere imbarazzante».

Cade le prese il mento fra le dita, divertito. «Inizio a sentirmi confuso. Vuoi che resti a cena oppure no?».

Clover fece un profondo respiro e annuì. «Sì. Mi piacerebbe».

«Allora ci sarò». Cade le sfiorò le labbra, cogliendola impreparata, e si allontanò di un passo. «Vado a farmi bello».

«Non esagerare, fai già abbastanza danni così», borbottò Clover, imbarazzata.

La cena per il suo compleanno la rendeva sempre nervosa, ma quella sera lo era in modo particolare.

Non sapeva cosa le fosse saltato in testa. Invitare Cade, *Cade Harrison*, a cena era stata l'idea più idiota partorita dalla sua mente negli ultimi anni!

Sua madre sarebbe rimasta a bocca aperta, certo – ne sarebbe valsa la pena anche solo per gustarsi quell'unico momento! – ma, dopo quella sera, Nadia O'Brian avrebbe preteso di essere tenuta al corrente di tutto ciò che riguardava lei e Cade.

Giorno per giorno. Ora per ora. Minuto per minuto.

Era già successo in passato, ai tempi del college. Clover aveva frequentato per un certo periodo il figlio di un'amica di famiglia e Nadia l'aveva stressata per tutta la durata della loro relazione. Quando infine aveva lasciato Simon, sua madre aveva dato fondo a tutte le sue prediche preferite...

«Non troverai un altro ragazzo altrettanto meritevole e così paziente da sopportare le tue stranezze!».

«Non sei in grado di sceglierti gli uomini e, quando il destino te ne mette uno davanti, mandi tutto a monte senza motivo!».

«Non devi aspirare al principe delle favole, Clover, altrimenti resterai sola per sempre!».

Eccetera, eccetera.

Quella sera, dunque, Nadia avrebbe immaginato, *erroneamente*, che fra lei e Cade ci fosse una relazione. Come avrebbe reagito, non appena Cade fosse tornato a Los Angeles?

Le avrebbe dato il tormento per anni.

Doveva pensarci *prima* di invitarlo a cena. Stupire sua madre e Patrick con la presenza di un grande attore andava bene, ma dire loro che non ci sarebbe stata una "seconda volta" avrebbe solo inasprito le frecciatine.

Come se non fosse già abbastanza dura, per lei, pensare alla partenza di Cade.

Be', ormai era fatta. Non poteva rimangiarsi l'invito, né voleva farlo. Avrebbe tentato di spiegare a sua madre che Cade era solo di passaggio, che non stavano insieme e che non doveva raccontare in giro che lui era a Staten Island. Su quell'ultima richiesta Clover si sentiva abbastanza serena: l'idea di fare brutta figura con una simile celebrità avrebbe reso muta Nadia, anche se la sofferenza, al pensiero di non potersi vantare di quella serata di fronte alle amiche, sarebbe stata insopportabile.

Scacciando le proprie ansie, cercò di concentrarsi sull'arduo compito di scegliere cosa indossare.

Il letto era cosparso di vestiti presi e poi scartati. Aveva un menu semplice ma appetitoso da proporre agli ospiti, un nuovo salotto elegante e un invitato d'onore: non poteva rovinare tutto mettendosi addosso uno straccio qualunque.

Un colpetto alla porta socchiusa, e la voce profonda di Cade che la chiamava, la fece sobbalzare. «Un attimo!», esclamò, guardandosi e guardando attorno con un senso di frustrazione. Sembrava che l'armadio avesse espulso tutto il suo contenuto sul letto e sul pavimento; lei era struccata, con i capelli bagnati e con indosso un vecchio accappatoio che la copriva a malapena. Bell'immagine da regalare all'uomo più desiderato d'America!

«Ma non dovevi farti bello?», sbottò, stringendosi l'accappatoio in vita.

«Mi hai detto di non esagerare, quindi ho fatto presto. Ho anche portato i piatti in cucina». Cade sembrava divertito, come sempre quando lei era in difficoltà. «Sei presentabile?»

«Per così dire». Clover andò ad aprire la porta e rimase senza fiato. «Fortuna che non hai esagerato», mormorò, squadrando quell'esempio di virilità in camicia nera, jeans grigi e sorriso stupefacente. Si era sbarbato e i capelli erano ancora lievemente umidi sulla nuca. E il suo odore... *Dio*, aveva un profumo irresistibile!

Cade la stava squadrando a sua volta, dalla punta dei capelli rossi ai piedi nudi, passando per il succinto accappatoio. Clover sentì formicolare la pelle sotto quello sguardo attento.

Fece un passo indietro, fissando i suoi piedi nudi per distrarre gli ormoni impazziti. Non aveva il tempo di saltargli addosso.

«Non so cosa mettermi».

«A me non dispiace quello che hai indosso, ma non credo che tua madre approverebbe», disse Cade, facendola ridere.

«Per non parlare di mio fratello...!». Si avvicinò al letto, lasciando che lui entrasse.

“Potrò dire di aver avuto Cade Harrison nella mia camera!”, pensò, guardandolo. Sarebbe stata una bella storia da lasciare ai posteri.

«I vestiti non ti mancano», notò Cade, fissando la montagna sul materasso.

«Nessuno è adatto all’occasione, e la colpa è solo tua!», protestò Clover, puntandogli un dito sul petto. «Se non mi avessi aiutata a preparare una cena decente, non mi avessi regalato uno splendido salotto e non onorassi la mia casa con la tua illustre presenza, io ora sarei nella mia cucina caotica, con indosso un paio di jeans e la maglietta con su scritto “VERSAMI UN ALTRO BICCHIERE, VOGLIO SBRONZARMI!”. Ovviamente mia madre la detesta, ma secondo me esprime alla perfezione quello che penso tutte le volte che viene a trovarmi. Avrei ordinato una grossa pizza, che è rapida da mangiare e mi permette di porre fine in fretta alla serata, poi avrei cercato di convincere Zoe e Lib a portarmi in un locale qualunque, bevendo per dimenticare le ore trascorse con i miei e il pensiero seccante di essere invecchiata di un altro anno!».

Accanto a lei, Cade rimase impassibile. «Vuoi che me ne vada? Posso distruggerti il divano, sporcarti la cucina, riportare indietro la cena e mangiarla da solo, se questo può farti sentire meglio».

Placata dalla sua tranquillità, Clover sospirò e si chinò sul letto per rovistare fra i vestiti. «Aiutami almeno a sceglierne uno adatto…».

D’improvviso si ritrovò con il braccio di Cade attorno alla vita, stretta contro il suo ampio petto. Si raddrizzò di colpo nel sentirlo tanto vicino, il corpo forte e caldo contro la schiena e le gambe nude.

«In questo preciso momento non ho voglia di aiutarti a scegliere un vestito, preferirei sfilarti questo *fazzoletto* di dosso», lo sentì mormorare, vicino al suo orecchio.

«Cosa…?», balbettò lei, non osando quasi respirare.

«Sono un bravo ragazzo, Clover, ma non sono di legno. Perciò non chinarti più su quel dannato letto con addosso un ridicolo accappatoio per bambini, se non vuoi che ti salti addosso. Manca solo mezz'ora all'arrivo dei tuoi, e io preferirei avere più tempo…». Cade la baciò sulla tempia e si allontanò, andando a sistemarsi all'altro capo del letto.

Le tremavano così tanto le gambe che crollò seduta sul materasso. Azzardò un'occhiata al viso di Cade, per assicurarsi di non essere l'unica ad avere un desiderio sfrenato stampato in volto, ma fu un errore ancora più grande: lui aveva il fuoco negli occhi, e una vampata di calore la investì nel sentirsi tanto desiderata.

Tornò a fissare i vestiti e pescò a caso dal mucchio. Il caso volle che le capitasse fra le mani proprio la maglietta di cui gli aveva parlato poco prima, e il solo vederla stemperò la tensione. «Eccola qui, la mia armatura contro le cene con i parenti! Mi tenta come il diavolo». La lanciò a Cade, che la prese al volo e la osservò. Una fotografia sul retro la ritraeva con la faccia sul tavolo di un pub e una bottiglia di birra in mano, mentre sul davanti c'era la scritta tanto denigrata da sua madre.

Cade rise di gusto. «È fantastica».

Clover sorrise. «È stata un'idea di Zoe. Mi ha scattato quella fotografia la sera del mio ventiseiesimo compleanno, e poi l'ha fatta stampare su una maglietta. La metto da allora, e mia madre proprio non la sopporta».

«Allora dovresti indossarla». Cade gliela rilanciò, guardandola con occhi maliziosi.

«Vuoi scherzare? Offrire a mia madre l'occasione di una predica, proprio ora che sono a un passo dal diventare la figlia preferita per il solo fatto di avere *te* a cena?»

«È questo che vuoi? Essere la figlia preferita?».

Clover rifletté su quella domanda. Aveva spesso cercato, senza successo, di far colpo sulla madre, ma riuscirci poteva rivelarsi un'arma a doppio taglio. Quella serata era solo una parentesi della sua vita, l'anno successivo sarebbe stata nuovamente sola, nel giorno del suo compleanno, e sua madre non avrebbe perso occasione per ricordarglielo.

Non aveva senso impegnarsi tanto.

«Hai ragione», sospirò. «Meglio non abituarla troppo bene. Avere davanti agli occhi una figlia quasi normale accrescerebbe troppo le sue aspettative».

«Se quella maglietta ti mette a tuo agio, è giusto che tu la indossi. Non sei costretta a fare colpo su qualcuno che non rispetta la tua personalità», disse Cade, con dolcezza. «E poi non credo che una scritta spiritosa faccia di te una vergogna per la famiglia O'Brian».

"Devi avere un difetto che annulla tutte le tue stupende qualità", sperò Clover, frustrata, senza guardarlo. Era difficile resistere all'impulso di tuffarsi fra le sue braccia e baciarlo fino a stordirsi.

Optò alla fine per un paio di jeans aderenti, che le davano un'aria sexy, e un maglioncino viola da indossare sotto la maglietta. Alzò lo sguardo verso Cade e inarcò le sopracciglia. «Ho a disposizione meno di venti minuti per prepararmi. Pensi di riuscire a resistere ai tuoi bassi istinti mentre mi cambio, oppure preferisci aspettarmi di sotto?», scherzò, mettendo mano al nodo dell'accappatoio. Quando vide l'espressione combattuta di Cade, e l'occhiata veloce che lanciò all'orologio, scoppiò a ridere e gli lanciò un cuscino. «Sparisci! Scendo fra poco».

Mentre Cade usciva con aria abbattuta, Clover andò in bagno. Spazzolò i capelli fino a renderli lucidi e morbidi, si truccò con cura e si vestì. Una volta pronta, scese di sotto.

Cade era in salotto, in piedi davanti alla finestra, lo sguardo perso in chissà quali riflessioni, e Clover si fermò un momento ad ammirarlo. Continuava a sembrarle strano averlo in casa, essere in procinto di presentarlo a sua madre, sapere di piacergli. Temporaneo o no, quel "rapporto" fra loro aveva dell'incredibile. Sperò soltanto di riuscire a nascondere ciò che suo malgrado aveva iniziato a provare per lui, almeno fino a quando non fosse tornato in California.

In alternativa, le sarebbe bastato nasconderlo a sua madre.

«Ho cinque minuti per provare il mio nuovo, favoloso divano», disse attirando la sua attenzione. Cade si voltò, sorridendo.

«Bene, dimmi se ti piace».

"Mi piacerebbe anche se avesse i chiodi al posto dei cuscini, per il semplice fatto che è un tuo regalo", pensò lei, sedendosi cerimoniosamente al centro. Gemette di piacere nel sentire la morbidezza del tessuto e chiuse gli occhi, reclinando la testa sulla spalliera. «Che meraviglia», mugolò. Lo invitò a sedersi, battendo una mano accanto a sé. «Provalo anche tu».

Cade si accomodò accanto a lei, allargando le braccia sullo schienale. «Decisamente comodo».

«Sarebbe bello poter restare qui, senza far niente per il resto della serata».

La mano di Cade si immerse nei suoi capelli, massaggiandole la nuca con i polpastrelli. «Proprio niente?», chiese, piano, avvicinando i loro volti.

Clover aprì gli occhi, tuffandoli in quelli blu, pieni di desiderio di Cade, e lasciò che lui seguisse i contorni del suo viso con le dita.

«Hai un profumo meraviglioso», proseguì Cade, il naso sul suo collo. «È la prima cosa che mi ha colpito di te».

«La prima?», farfugliò Clover, sentendosi lentamente liquefare. «Ce ne sono molte altre?»

«Parecchie». Cade cercò il suo sguardo. «I tuoi occhi sono estremamente espressivi, grandi e luminosi. E i capelli… mi ispirano tutta una serie di pensieri impuri».

«Se vai avanti così, mia madre non resterà solo sorpresa ma decisamente sconvolta», sussurrò lei, irretita dalla sua voce suadente.

«Ho qualche possibilità di trascinarti di sopra e convincerti a fingere di non essere in casa?», tentò Cade, accarezzandole la schiena con una mano, il respiro caldo sulle sue labbra.

Eccitata, Clover gemette piano. «Più di una, in effetti».

Aprì gli occhi per osservare quel volto scolpito, acceso di passione, e la tentazione di mandare all'aria il buonsenso fu quasi travolgente. Ma un'immagine improvvisa di se stessa rannicchiata su quello stesso divano, in preda al pianto dopo il ritorno di Cade a Los Angeles, riuscì a restituirle un briciolo di lucidità.

Scostò la testa, lentamente. «Sarebbe una *pessima* idea», mormorò. «Una complicazione di cui è meglio fare a meno».

Cade trasse un profondo respiro e la lasciò andare, senza replicare.

Il suono del campanello li fece scattare in piedi. «Ci siamo. Preparati alla serata più lunga e noiosa della tua vita!», sbuffò Clover, avviandosi all'ingresso.

Andò ad aprire, sperando di non avere l'aria di chi ha passato gli ultimi minuti indugiando in pensieri peccaminosi.

Capitolo 8

«Mamma, Patrick. Ben arrivati!», esclamò, stampandosi un sorriso sulla faccia.

«Non puoi fare niente per il ghiaccio sul vialetto? Sarei scivolata se non mi fossi appoggiata in tempo a tuo fratello», disse sua madre, entrando in casa. «Detesto la neve».

«Mi dispiace, ma il tempo ha la cattiva abitudine di fare quello che vuole senza avvisarmi. Fa nevicare, abbassa le temperature e mi ghiaccia il vialetto. Non so più come fare con lui!», replicò Clover.

Suo fratello alzò gli occhi al cielo. «Non riesci proprio a essere meno acida?»

«Si chiama sarcasmo, fratellino. Ma non credo che chi ti circonda sappia usarlo, quindi capisco se non lo riconosci». Clover si alzò sulle punte per ricevere il tiepido bacio del fratello, poi lo osservò, trovandolo più magro del solito. Evidentemente quella sanguisuga della moglie aveva iniziato a succhiargli via anche l'energia vitale, oltre alla voglia di ridere. «Sienna e i bambini non sono venuti», affermò, per nulla sorpresa. Ogni anno sua cognata inventava una scusa sempre nuova pur di non presentarsi.

«Mattew ha qualche linea di febbre, così Sienna è rimasta a casa con lui. È una madre molto attenta. Ti manda comunque i suoi auguri», rispose Patrick, laconico.

«Ringraziala», *e dille che può metterseli nel…*

Clover si chiese se il fratello credesse realmente a quelle balle o se provasse a farlo solo per giustificare le proprie scelte sbagliate, ma evitò i commenti pungenti che si affollavano sulla punta della sua lingua.

«Santo cielo, indossi di nuovo quella maglietta!», sbuffò sua madre, con sguardo accusatorio. «Lo fai di proposito per urtare i miei nervi?»

«Mamma, così mi offendi!», protestò Clover, portandosi una mano al cuore. «È un rito, come la nostra cena per il mio compleanno. Sai, qualcuno la trova simpatica».

«Visto il genere di persone di cui ti circondi, non mi stupisce. Chi è stato a dire una cosa simile? La tua sfacciata amica Zoe, quella musona del tuo capo o l'intellettualoide che lavora con voi?».

"Oh, è così dolce la vendetta!", pensò Clover, spingendo la madre verso il salotto. «No, è un amico. Lo conoscerai stasera, perché si unirà a noi per la cena», disse, cercando di non gongolare in modo troppo evidente.

Tenne gli occhi fissi sul volto di Nadia, quando entrarono nella stanza e Cade si alzò dal divano, desiderosa di non perdersi neanche il più piccolo dettaglio della scena.

«Buonasera, signora O'Brian», lo sentì dire.

Il viso di sua madre divenne pallido, poi avvampò. Un'attenta lettrice di riviste di gossip come lei avrebbe riconosciuto una celebrità anche in mezzo a una vasta folla, ma non era preparata a trovarsi di fronte una star di quel calibro, soprattutto nel salotto della figlia! Sembrava che le avessero risucchiato l'aria dai polmoni.

Anche Patrick appariva confuso. Non era certo un tipo informato sui personaggi dello spettacolo, ma adorava i film d'azione e di certo aveva visto l'ultimo interpretato da Cade.

«Mamma, ti senti bene?», chiese Clover, con voce flautata.

Nadia si riprese dallo shock, allungando la mano verso l'attore. «Cade Harrison! È una vera sorpresa trovarla qui!».

Cade sorrise, stringendo educatamente la mano ai nuovi arrivati. «Mi spiace imbucarmi in una serata intima e speciale come questa».

«Non lo dica neanche per scherzo, è un onore averla con noi».

«Come vedi, Cade, ci sarà cibo a sufficienza nonostante tu sia giunto all'ultimo minuto, perché mia cognata non è riuscita a venire», tubò Clover, lanciandogli uno sguardo complice. Nel pomeriggio, mentre cucinavano, gli aveva parlato del suo pessimo rapporto con Sienna.

«Cibo?», chiese Patrick. «È un evento straordinario. Di solito mia sorella adora mangiare solo spazzatura».

«Un tentativo di sarcasmo, che bravo! Vedi che lentamente impari?».

Per un attimo nella stanza calò il silenzio, poi Clover si portò le mani allo stomaco. «Non so voi, ma io ho una fame tremenda! Andiamo a tavola?»

«Forse prima potresti servire un aperitivo ai tuoi ospiti, in salotto», disse sua madre, fra i denti. «Hai un attore di fama mondiale in casa tua, santo cielo, comportati con un pizzico di eleganza!», aggiunse, a bassa voce.

Mentre Clover frenava l'impulso di mettersi a fare le capriole solo per il gusto di imbarazzarla, Cade le venne in soccorso.

«Mangiare mi sembra un'ottima idea. Sua figlia ha cucinato tutto il pomeriggio e il buon profumo che aleggia qui dentro mi stuzzica da un pezzo», disse, guardandola con occhi pieni di significati nascosti.

"Oddio, sposami!", implorò Clover. Era meraviglioso avere un affascinante alleato.

«Ti sei messa ai fornelli?». Patrick si finse ammirato. «Hai un digestivo, vero?»

«Ma che spiritoso». Clover gli prese una guancia tra le dita e strinse. «Stare in mia compagnia inizia a farti bene».

Sua madre li guardò con malcelato biasimo, esattamente come faceva dopo averli beccati a combinare qualche marachella, da bambini. «Non avevo idea che mia figlia la conoscesse. Non me ne aveva parlato», disse poi rivolta a Cade, con una velata nota di rimprovero nella voce.

Cade non si scompose. «Non credo ne abbia avuto il tempo, e poi le ho chiesto di essere molto discreta al riguardo. Sono a New York in incognito».

«Oh, ma certo, capisco perfettamente. L'ambiente dello spettacolo è così stressante a volte!».

«Anche lei ne fa parte? Il suo viso non mi è del tutto nuovo».

Clover fece finta di vomitare, alle spalle di suo fratello, e Cade nascose un sorriso in un colpo di tosse.

«Presto il mio volto per la campagna pubblicitaria di alcuni prodotti di bellezza. Niente, paragonato al mondo scintillante in cui si muove lei, signor Harrison».

«Mi chiami Cade, la prego».

«Sarà un onore».

«Ancora un paio di queste frasi e avrà un orgasmo a tavola. Potresti evitarmi la scena?», mormorò Clover nel passargli accanto.

«Come vi siete conosciuti?», chiese Patrick, una volta seduti. Sembrava stranamente curioso e Clover inarcò le sopracciglia. Un tempo suo fratello era molto protettivo nei suoi confronti, ma una volta sposato e lobotomizzato le cose erano cambiate drasticamente, per questo la domanda la sorprese.

«Un amico che abita qui mi ha parlato dei servizi svolti da Giftland», mentì Cade. «Clover mi ha dato una mano con i regali di Natale».

«Bene. Spero che mia figlia abbia saputo consigliarla per il meglio».

«Assolutamente. Ha idee geniali e uno spirito natalizio davvero contagioso». Cade le lanciò un'occhiata e sorrise. «Erano anni che non mi divertivo così. È una ragazza estremamente simpatica e originale, anche se lei lo saprà molto meglio di me, signora».

Nel vedere sua madre quasi strozzarsi con un sorso di vino, Clover si sentì pronta a giurare amore eterno a Cade.

La cena proseguì tranquilla, meglio di quanto avesse sperato. Tuttavia, Clover continuò a guardare l'orologio nella speranza che finisse presto. La presenza di Cade fungeva da cuscinetto tra lei e sua madre, e intimidiva suo fratello, ma non evitava le sottili frecciatine che la sua famiglia era sempre pronta a scagliare contro di lei. Inoltre, Nadia le dava la nausea con il suo atteggiamento stucchevole. Era a un passo dal provarci spudoratamente con Cade, rischiando di farla morire di imbarazzo! Lo guardava con un'espressione così famelica che le avrebbe rovesciato volentieri la bottiglia di vino sulla testa.

La sua presenza divenne inutile, ridotta a poche battute nel corso della serata, il più delle volte ignorate o interrotte per qualcosa di decisamente più interessante della sua opinione. La vedova O'Brian teneva banco intrattenendo l'ospite, e il figlio ascoltava in totale silenzio. Clover si ritrovò a servire a tavola e a ritirare i piatti come una cameriera, assolutamente trascurata, non fosse stato per le continue occhiate di Cade.

Cena per il suo compleanno, un corno! Non le avevano nemmeno fatto gli auguri, e sua madre aveva portato per l'ennesima volta un banale assortimento di biscotti, come dessert. Mai una volta che pensasse a una vera torta completa di candeline!

Giocherellò con il cibo senza riuscire a mangiare più di qualche boccone, ma in compenso bevve molto. Era ben lontana dall'essere ubriaca, purtroppo, ma sperava succedesse presto per poter dimenticare le ultime due ore.

«Clover, non hai appetito? Non hai mangiato quasi niente», disse Cade. Almeno lui se n'era accorto.

Clover fece una smorfia e indicò la propria maglietta. Poi tese la mano verso la bottiglia di vino. Cade parve capire e sorrise, versandoglielo personalmente.

«Si tratterrà ancora molto in città?», chiese Nadia, ricatturando l'attenzione dell'uomo.

Cade esitò. «No, non molto».

A quel punto, Clover si alzò dalla sedia. L'ultima cosa che le serviva, in quel momento, era pensare alla partenza di Cade. «Volete il dolce?», chiese, girando intorno al tavolo.

«Sono molto felice di averla conosciuta», continuò sua madre, ignorandola. «Ha rallegrato la nostra serata in modo insperato».

"Grazie tante, mamma!", pensò Clover. Stizzita, afferrò il bicchiere di Cade e lo svuotò in un sol sorso, poi lo appoggiò con forza sul tavolo, attirando l'attenzione generale.

«Volete il dolce o devo mangiarlo da sola? Posso sedermi in un angolino del pavimento per non disturbare con i rumori della masticazione, se preferite».

«Clover!», la rimproverò Nadia, rossa in volto. «Ti sembra il modo?»

«Sei proprio sicura di volermi fare la predica in *questo* momento?», ribatté lei, posando una mano sulla spalla di Cade e sfidando sua madre a fare una scenata.

«Porta il dolce, Clo», si intromise Patrick, cercando di calmare gli animi.

«Subito, signori!», Clover marciò verso il piano di lavoro, accompagnata dalla voce sommessa di sua madre che si scusava con Cade.

«Non si preoccupi», rispose lui. Poi scostò la sedia e si alzò. «Volete perdonarmi? Ho appena ricordato di avere delle telefonate urgenti da fare».

Clover lasciò cadere uno dei biscotti che stava sistemando su un piatto. «Dove vai?!».

Cade la guardò con espressione tranquilla. «Il mio cellulare è rimasto a casa».

«Se è per quel che è successo...», iniziò Nadia, ma Cade scosse il capo.

«Assolutamente no, ci mancherebbe. Scusatemi».

Clover lo vide avviarsi fuori dalla cucina e lo seguì, correndogli quasi dietro. «Non te ne andare, ti prego!», disse a bassa voce, afferrandolo per un braccio.

«Devo davvero fare un paio di telefonate...».

«Tieni». Clover estrasse il cellulare dalla tasca e glielo mise in mano. «Ti presto il mio. Anzi, te lo regalo, basta che non te ne vai!».

«Non posso farle qui», sorrise lui.

«Ti prego, ti supplico! Non lasciarmi sola con quei due! Mio fratello si è ingoiato la lingua, stasera, ma *lei*... Lei mi azzannerà a morte se uscirai da quella porta!».

Cade scosse la testa ma Clover avanzò ancora.

«Cosa vuoi che faccia? Posso mettermi in ginocchio... Potrei addirittura attaccarmi alla tua gamba costringendoti a trascinarmi fino alla porta di casa tua». Cade ridacchiò, provando a inserirsi nel discorso, ma Clover era ormai partita per la tangente. «Dimmi ciò che vuoi, qualsiasi cosa... Ti aiuterò con i regali per la tua famiglia, ogni giorno, gratis!».

«Come se avessi problemi di soldi...».

«Ma con i regali sì!».

«Mi hai dato così tante idee che potrei rendere felice un intero esercito». Cade mise mano alla maniglia della porta, e Clover alzò un braccio per fermarlo.

«Verrò a letto con te!», buttò lì. Gli avrebbe promesso qualunque cosa pur di non farlo andare via. Lo vide voltarsi verso di lei, un sopracciglio inarcato e un'espressione terribilmente affascinante sul viso.

Lo aveva convinto davvero?!

«Uomini... siete tutti uguali!», protestò, incrociando le braccia al petto.

Ridendo sotto i baffi Cade le si avvicinò, prendendole il mento fra pollice e indice. «Sto solo andando a fare un paio di telefonate, tesoro», disse, con estrema dolcezza. «Ma ho intenzione di tornare presto».

Clover sbatté gli occhi, confusa. Poi fece un passo indietro. «E non potevi dirlo subito?!»

«Se mi avessi fatto parlare...».

«Sono così urgenti?»

«Sì».

«Puoi fare più in fretta che puoi?», borbottò lei.

Cade le cinse la nuca con la mano e l'attirò a sé, rubandole un bacio breve ma intenso. «Promesso».

Clover fu tentata di aspettarlo sulla porta, quando lo vide correre verso casa sua, ma si costrinse ad accostare l'uscio e a tornare in cucina.

Sua madre balzò in piedi non appena la vide.

«Sei davvero rozza! Come puoi comportarti in questo modo con una persona come quella in casa? Mi stupisce davvero che tu sia riuscita a convincerlo a venire a cena!».

«Io sarò anche rozza ma tu sei senza decenza, mamma. C'è mancato poco che non gli sbavassi addosso!».

«Come ti permetti?»

«Hai monopolizzato la conversazione, mi hai ignorata volutamente ogni volta che ho tentato di parlare!», sbottò Clover, gettando i biscotti sul piatto come bombe sul nemico. «Che cos'è che ti dà fastidio? Che io, proprio *io*, sia riuscita a conoscere una persona famosa come Cade mentre tu, nonostante i tuoi sforzi, non sei mai arrivata così lontano? Oppure temi che io risulti più interessante di te agli occhi di un uomo come lui? Be', mi dispiace offendere la tua vanità, ma credo sia proprio così, questa volta!».

«Perché ci vai a letto?», chiese Patrick, con aria seria.

«Perché io non ho l'età di *sua madre*!», scattò Clover. «E perché un tipo come Cade non sa più che farsene dell'adulazione della gente».

«Non so proprio da chi puoi avere ereditato questo tuo carattere fastidioso», borbottò sua madre, con aria seccata. «Ora che lo hai fatto andare via schifato, ti senti soddisfatta?»

«Cade si è solo assentato un momento, tornerà fra poco». Clover poggiò sgarbatamente il piatto sul tavolo. «Quindi rinfodera le zanne e ricomponiti».

«Perché un tizio famoso come quello dovrebbe cenare insieme a noi comuni mortali?», chiese Patrick, perplesso. «Lo hai aiutato con gli acquisti, ok. Ma non mi sembra un motivo sufficiente per partecipare a una festa di famiglia».

«Evidentemente mi trova simpatica abbastanza da accettare un invito a cena. Al contrario di tua moglie».

La stoccata ridusse al silenzio suo fratello, e Clover si godette i successivi minuti di quiete.

Dopo alcune telefonate e una decina di minuti, Cade riuscì a tornare a casa di Clover, piuttosto soddisfatto dell'idea che aveva avuto.

Quella cena di compleanno era stata un disastro, Clover non si era divertita per niente e aveva mangiato pochissimo. Cade la capiva, pur non avendo mai vissuto una situazione del genere. La sua famiglia era unita e caotica, nessuno sgomitava per avere attenzione, né screditava gli altri per emergere…

Non fosse stata l'età a frenarla, probabilmente Nadia O'Brian ci avrebbe provato con lui entro la fine della serata. E anche se l'ammirazione della gente non gli era nuova, si era sentito terribilmente in imbarazzo nel dover intrattenere la madre di Clover. La sua innata galanteria e la precisa intenzione di non inimicarsi quelle persone lo avevano spinto a essere sempre garbato, ma era stata dura non correre in difesa di Clover ogni volta che le era stata indirizzata una stoccata poco gentile. Aveva tentato più volte di riportare l'attenzione generale sulla festeggiata, com'era giusto che fosse, ma il tentativo era fallito e la stessa Clover non sembrava aver gradito. Era parsa piuttosto ansiosa di concludere in fretta la serata e si era estraniata dalla conversazione il più possibile, tranne quando non riusciva a fare a meno di rispondere per le rime alle parole della madre.

Le sue espressioni buffe e il tono denso di ironia avevano rischiato di farlo ridere in più di un'occasione, e si era trattenuto solo per estrema educazione.

Rientrato in casa si diresse in cucina, dove trovò gli O'Brian chiusi in un ostinato silenzio. Clover era in piedi accanto al frigorifero, le braccia conserte e un'espressione feroce sul bel viso. Si rilassò un po' nel vederlo rientrare e Cade le rivolse un sorriso incoraggiante.

«Perdonate la maleducazione, ma non potevo proprio rimandare», disse, a beneficio dei parenti di Clover. «Spero di non avervi fatto aspettare troppo».

«Non si preoccupi. Un momento di pausa ci ha dato il tempo di fare spazio per il dolce», sorrise Nadia, rianimandosi.

«Semplici biscotti», rimarcò Clover, sedendosi accanto a lui. «Le torte di compleanno sono diventate obsolete, lo sapevi?», aggiunse, acida.

«Non hai più dieci anni, tesoro. Tra poco smetterai perfino di festeggiare il tempo che passa, altro che torta», disse Nadia in un tentativo malriuscito di fare dell'ironia.

Cade fece scivolare una mano sul ginocchio di Clover, in un gesto di conforto. Quando sentì la piccola mano della ragazza posarsi sulla sua, ruotò il palmo, intrecciando le dita a quelle sottili e fredde di lei.

Anche lui non vedeva l'ora che la cena volgesse al termine.

Non durò più di mezz'ora, eppure parve un secolo. Quando finalmente si spostarono in salotto, Cade rimase in piedi accanto alla finestra proprio per non dare l'impressione di volersi mettere comodo. Clover si sarebbe rilassata solo quando avesse visto i suoi parenti uscire di casa, perciò anche lui era ansioso che succedesse.

«Hai cambiato i mobili?», chiese Patrick alla sorella, guardandosi intorno.

Clover lo guardò, insicura, e Cade gli fece un cenno di diniego con la testa. Non voleva che qualcuno gli attribuisse il merito di quella scelta. Che fosse Clover a prenderselo. In fondo lui aveva solo messo mano al portafogli.

«Era ora di farlo», la sentì rispondere, con un'alzata di spalle.

«Eccoti il mio regalo». Nadia afferrò un piccolo pacchetto dal grosso nastro variopinto e glielo porse. «Non mi hai dato molte scelte, quest'anno, perciò non sarà una sorpresa».

«Non importa, mamma». Clover strappò via la carta, scoprendo un profumo dalla bottiglietta colorata e il tappo ricoperto di strass. Cade lo aveva intravisto nella sua camera, perciò dedusse che fosse il suo profumo abituale e, a giudicare dalle parole della madre, doveva esser stato un suo chiaro suggerimento.

Lei non solo *si aspettava* quel regalo: lo aveva scelto personalmente.

Il cuore gli si strinse. Clover, così fantastica nel consigliare il regalo perfetto ai suoi clienti, dei perfetti estranei, era costretta a fare lo stesso con i propri familiari, ritrovandosi a scartare elaborati pacchetti senza nessuna luce o attesa negli occhi. Preferiva ricevere qualcosa di utile, piuttosto che scartare una sorpresa deludente che le dimostrasse, una volta di più, la poca considerazione che quelle persone avevano per lei.

Provò la voglia irrefrenabile di coprirla di regali.

Il pacchetto di suo fratello conteneva un libro, probabilmente anche quello scelto da Clover, e Cade trattenne a stento una smorfia. Non conosceva abbastanza Patrick per poter dare giudizi su di lui, ma di sicuro avrebbe potuto fare di meglio. O forse era lui a essere troppo diverso, cresciuto com'era in una famiglia in cui i sentimenti si esternavano senza alcun timore.

Quando finalmente gli O'Brian si congedarono, Cade trasse un sospiro di puro sollievo. Provò un guizzo di piacere perverso notando la loro curiosità nel vederlo rimanere dentro casa, e non appena la porta fu chiusa suggellò quel piacere prendendo Clover fra le braccia.

Lei gli nascose il viso sul petto, lasciandosi stringere. «Finalmente è finita», mormorò.

«Quando mi hai detto di avere un brutto rapporto con i tuoi, non esageravi», scherzò lui, accarezzandole la schiena.

«E non hai visto niente! La tua presenza ha fatto durare la cena un'ora più del previsto, però ha limitato le pugnalate».

«Sono contento di averti aiutata». Cade le sorrise. «Ora che il peggio è passato, che ne dici di andare a fare un giro?»

«Adesso? Sul serio?»

«Non è quello che fai di solito per cancellare il ricordo delle cene di famiglia? Non sono Zoe o Liberty, ma posso comunque dare una mano a distrarti».

«Sono sicura di sì», disse lei, regalandogli uno sguardo carico di sottintesi. Il sollievo di essersi liberata dei parenti, e forse l'alcol che aveva in corpo, rendevano i suoi occhi ancora più espressivi ed eloquenti del solito.

Fissandoli, Cade sentì il proprio corpo risvegliarsi, mentre una scarica di desiderio lo attraversava come un fulmine.

Dannazione, aveva già organizzato le cose, non poteva cambiare idea all'ultimo minuto...

Oppure sì?

Clover gli posò le mani sul petto, accarezzandolo piano. «È già una bella distrazione il fatto che tu sia ancora qui dopo l'orrenda serata che ti ho fatto passare».

«Proprio per questo devi uscire con me. Per sentirti meno in colpa», disse, cercando di concentrarsi sul presente e non sulla facilità con cui Clover destava i suoi sensi con quelle piccole dita. Forse, a fine serata, sarebbero potuti tornare sull'argomento...

«Va bene, portami fuori. Devo cambiarmi o vado bene anche così?».

Cade afferrò il bordo della maglietta spiritosa di Clover e gliela sfilò dalla testa. «Ecco fatto, ora sei perfetta».

«Quanta foga! Di' la verità, neanche tu sopporti la mia povera maglietta!».

«In questo momento non sopporto nessuno degli indumenti che hai addosso, ma farò il bravo e terrò il meglio per dopo».

Clover sgranò gli occhi. «Ci sarà un *dopo*?»

«Sbaglio o poco fa mi hai promesso qualcosa?»

«È stato prima di sapere che saresti comunque tornato!».

Cade le afferrò i fianchi, facendoli aderire ai propri. «Quindi hai cambiato idea?»

«Ehm... Non ragiono troppo bene, al momento. Poco cibo, tanto vino e la gratitudine per averti avuto come alleato durante la cena... sono elementi che giocano a tuo favore ma nettamente a sfavore della mia sanità mentale», disse lei, pur facendosi ancora più vicina. Cade dovette trattenersi per non cedere, anche se si sentiva come un uomo delle caverne in procinto di trascinare la sua donna fino alla grotta più vicina...

«Dal momento che ti voglio sobria, non approfitterò di questo vantaggio», sospirò. La prese per mano e la scortò all'ingresso, afferrando le loro giacche. «Andiamo».

Quando uscirono, diretti all'auto di Cade, il freddo pungente sembrò dare la giusta sferzata alle loro fantasie.

«Dove mi porti?», chiese Clover, nascondendo il volto nella sciarpa per scaldarsi.

«A mangiare qualcosa. Non hai toccato cibo e devi riempire lo stomaco per assorbire il vino che hai bevuto».

«E tu? Mi guarderai mangiare o hai ancora spazio in quel contenitore scolpito?»

«C'è sempre spazio, soprattutto per il cibo grasso e fritto».

«Grasso e fritto? Che notizia meravigliosa!», gioì lei, facendolo sospirare soddisfatto. Era proprio la reazione che aveva sperato.

Capitolo 9

La pizzeria nei pressi del Village sembrava un posto tranquillo e Cade sperava fosse all'altezza delle sue aspettative. Aveva fatto una sola richiesta per la serata: godere di una certa privacy nonostante il luogo pubblico.

«Pizza?», chiese Clover, con un largo sorriso, notando l'insegna luminosa.

«A quanto pare le cene formali non fanno per te», scherzò Cade, prendendola per mano.

«Sono quasi le undici, ormai starà per chiudere…».

«Non ti preoccupare». Cade le mise una mano sul fianco e la invitò a entrare.

«*Sorpresa!*», gridarono Zoe, Liberty ed Eric, da un tavolo in fondo alla sala. Gli altri presenti alzarono lo sguardo, incuriositi, e Cade sperò di non dare troppo nell'occhio. Per un attimo si pentì di non aver organizzato quella festa a sorpresa a casa sua. Chiunque avrebbe potuto riconoscerlo e fare una soffiata ai giornalisti, e a quel punto la sua pace sarebbe andata a farsi friggere.

Ma quando si voltò verso Clover, che fissava gli amici e la pizza gigante con occhi sgranati, pensò che ne fosse valsa la pena. Lei sembrava davvero colpita… Chissà quante altre feste a sorpresa erano state organizzate per lei, prima di quella. Da come le brillavano gli occhi, il numero doveva essere tristemente esiguo.

«Oh. Mio. Dio», scandì Clover, avvicinandosi al tavolo. «Questo proprio non me lo aspettavo!».

Eric, Zoe e Liberty la salutarono a turno, baciandola, facendole gli auguri e consegnandole piccoli pacchetti infiocchettati. Confusa ma felice, Clover ringraziò tutti, ma il suo sguardo venne attratto nuovamente dalla pizza. «C'è il mio nome scritto con le patatine», disse, guardando i volti dei presenti con aria imbambolata.

Zoe fece un cenno in direzione di Cade. «Idea sua».

Clover si voltò a guardarlo, senza parole, e Cade fece spallucce. «Anche questa informazione l'ho avuta ascoltando una delle tue solite tirate. Mi sembrava una cosa carina».

«*Tu* sei carino», mormorò lei, prendendogli il viso tra le mani e baciandolo con passione. Cade la strinse, felice come un bambino all'idea di averla emozionata tanto da spingerla a un gesto simile, e solo il tossicchiare imbarazzato di Eric lo convinse a lasciarla andare.

«Buon compleanno», disse piano al suo orecchio.

«Grazie Cade». Clover lo accarezzò, poi si voltò verso i suoi amici e prese posto a tavola.

Fu molto diverso cenare con loro. Clover e i suoi amici si conoscevano bene, erano perfettamente in sintonia e lo inclusero da subito nei loro discorsi, facendolo sentire parte del gruppo. Dopo un'ora di chiacchiere, e finalmente sazi di cibo spazzatura, erano tutti allegri e anche gli unici presenti nel locale. Una cameriera faceva spesso la spola per portare da bere e non perdeva occasione per lanciare occhiate a Cade, troppo impegnato a divertirsi per farci caso. Nessuno di loro lo aveva mai trattato come una celebrità, si erano comportati in maniera assolutamente naturale.

Nel corso della serata aveva iniziato a conoscerli. Zoe, per esempio, non era affatto la *femme fatale* che si sforzava di sembrare, ma piuttosto una ragazza che sperava di nascondere alcune insicurezze dietro una facciata maliziosa e sfrontata. Liberty, invece, si atteggiava a capo serio e inflessibile per sviare l'attenzione da una dolcezza e una sensibilità che forse la spaventavano. E infine Eric, con i suoi occhiali da saputello, oltre all'ironia e alla grande intelligenza, racchiudeva in sé così tanto amore da intenerire anche il cuore più duro. Davvero un bel gruppo.

Se ne andarono all'una inoltrata.

Clover salutò i suoi amici, dicendo loro che si sarebbero rivisti in negozio la mattina seguente, ma Liberty le diede il permesso di prendersela comoda. Cade ringraziò Zoe per la prontezza con cui aveva organizzato quella sorpresa, e salutò tutti.

«Sei sazia adesso?», chiese alla festeggiata, scortandola alla macchina.

«Sazia e molto contenta». Clover alzò il viso verso di lui. «Non so perché lo hai fatto, né come ringraziarti. So solo che non lo dimenticherò mai».

Cade stava per chinarsi sulle sue labbra quando scorse un movimento a lui fin troppo familiare. Un uomo su un'auto bianca, poco distante, sembrava in procinto di scattare una fotografia con un cellulare.

Maledizione!

Cade si irrigidì. Senza una parola, aumentò l'andatura per raggiungere il fuoristrada e si mise al volante, continuando a tenere d'occhio il tizio a bordo dell'utilitaria.

«Qualcosa non va?», chiese Clover, perplessa.

«Spero di no», rispose lui, controllando la situazione attraverso lo specchietto. L'uomo sembrava ora intento a fotografare i grattacieli, e Cade si domandò se non fosse stato troppo precipitoso nel pensare male. Forse non era un paparazzo, ma solo un cittadino o un turista del tutto ignaro di chi lui fosse.

Fece retromarcia e si immise nel traffico. Fino a quel momento era riuscito a non far trapelare la notizia della sua presenza a New York, nonostante i suoi vagabondaggi insieme a Clover. I media ne sembravano all'oscuro e sperò che la sua permanenza in città continuasse a passare sotto silenzio. Iniziava a piacergli quella vacanza e non voleva vederla rovinata dai giornalisti.

Dopo un paio di chilometri, però, nello specchietto retrovisore comparve proprio l'utilitaria bianca e a quel punto la coincidenza gli parve sospetta.

«Cristo», borbottò, pigiando il piede sull'acceleratore.

«Che succede?»

«Credo che qualcuno mi abbia riconosciuto e sia a caccia di uno scoop. Una macchina ci segue, la stessa che era nel parcheggio della pizzeria qualche minuto fa».

«Serata rovinata, dunque», sospirò Clover.

Cade si sentì in colpa. A causa della sua faccia la serata rischiava di finire esattamente com'era cominciata, ossia male.

Perché non lo lasciavano in pace? Aveva diritto anche lui a un po' di privacy!

Irritato, sterzò bruscamente, facendo un'inversione a U che fece sobbalzare Clover.

«Che stai facendo?»

«Se vuole uno scoop dovrà vedermi bene in faccia, giusto?», disse, tra i denti. «Bene, gli facilito le cose».

«Non sarebbe più semplice fermare l'auto e concedergli cinque minuti del tuo tempo? Puntare dritto su quel tale non mi sembra molto saggio», borbottò Clover, tenendosi stretta alla maniglia della portiera.

Cade la osservò. «Se mi fermo, domani tutti sapranno dove sono e chi frequento. Vuoi forse che mi metta a rilasciare dichiarazioni per la stampa?».

Clover esitò, poi scosse la testa. «Certo che no».

Cade tornò a fissare l'auto bianca. La strada era praticamente deserta, perciò poté giocare senza troppi rischi. Quando fu sicuro di aver allarmato a sufficienza il suo inseguitore, si riportò sulla giusta carreggiata, passandogli accanto in direzione opposta. Pensò quasi di abbassare il finestrino e mandarlo al diavolo, ma lasciò correre.

Clover, invece, no.

Senza perdere tempo, abbassò il finestrino e sporse fuori la testa. «Ritenta, sarai più fortunato! Fino ad allora… Buon Natale!», gridò.

Poi rimase per un istante in silenzio a fissare la strada e lanciò a Cade un'occhiata mortificata. «Scusa, non sono riuscita a trattenermi. Spero non abbia fatto in tempo a fotografarmi...».

Cade si strinse nelle spalle. «Una testa che spunta da una macchina che non è nemmeno mia è facilmente contestabile. E poi non sono sicuro che sia un paparazzo; aveva in mano un telefonino, la qualità di quelle foto sarà pessima. È buio e ha iniziato a nevicare... Non dovresti essere troppo riconoscibile», rifletté.

Certo, se quel tale li aveva tenuti d'occhio fin dal loro arrivo in pizzeria, allora le cose erano ben diverse...

«Non importa», scherzò lei. «Male che vada, da domani avrò una clientela più vasta in negozio». Poi sorrise, maliziosa. «Mia madre diventerebbe verde per l'invidia, se ottenessi una copertina su una delle sue riviste preferite. Quasi varrebbe la pena di sperarci!».

Cade avvertì una fitta di disagio a quelle parole. Quando l'aveva conosciuta, Clover sembrava piuttosto refrattaria alla pubblicità, i gossip e i pettegolezzi, mentre in quel momento appariva molto meno preoccupata di lui all'idea di finire in prima pagina su un giornale scandalistico.

Stava forse iniziando a prenderci gusto? Forse sfruttare la sua fama non le dispiaceva così tanto, soprattutto se poteva diventare un modo per fare un dispetto alla madre o per incrementare i suoi affari...

"Che vai pensando? Lei non è come le altre. È più probabile che stia minimizzando per non farti innervosire", gli suggerì una voce, mentre osservava il suo profilo dolce.

Sospirò, deciso a non pensarci. Non voleva farsi rovinare la serata da presunti paparazzi né da dubbi dettati da passate esperienze negative. Avrebbe deciso cosa fare solo nel caso in cui si fosse presentato il problema. Fino a quel momento aveva ogni intenzione di godersi quei giorni di vacanza… E *quella* donna.

Afferrò il cellulare e compose velocemente un numero.

«Chiami i rinforzi?», chiese Clover, incuriosita.

«In un certo senso».

«Hai alle tue dipendenze forze di polizia, o un killer professionista?»

«No, ma ho un amico pasticciere che di sicuro può aiutarci». Cade le sorrise. «Non hai detto che la cioccolata è il rimedio perfetto per ogni male?».

Lei ridacchiò. «Ma è l'una di notte! Il tuo amico starà dormendo…».

Cade non fece in tempo a ribattere, perché una voce burbera gli giunse all'orecchio.

«Che cavolo vuoi a quest'ora?»

«Anch'io sono contento di sentirti, Zack. Ti ho forse disturbato?», rise.

«Secondo te?»

«Probabilmente non abbastanza, o non avresti risposto così in fretta. Ascolta, tra poco sarò nelle vicinanze della tua pasticceria. Potresti aprirla per me?»

«Dammi un valido motivo per non mandarti al diavolo», sbadigliò l'amico.

«Io e una mia amica siamo appena stati infastiditi da un probabile paparazzo e abbiamo bisogno di qualcosa di buono che ci tiri su il morale. Per di più, la ragazza in questione ha appena compiuto ventotto anni e non ha ancora avuto la sua meritata torta di compleanno».

Il calore nello sguardo di Clover agì come un balsamo su di lui, capace di placare il nervosismo che lo aveva colto negli ultimi minuti.

Dio, avrebbe fatto qualunque cosa per quel sorriso…

«Questa donna ti interessa particolarmente?», chiese Zack, quasi fosse l'eco dei suoi pensieri.

«Sì», rispose Cade, senza smettere di guardare Clover.

«Va bene, penso di avere qualcosa che fa al caso tuo», sospirò l'amico. «Mandami un messaggio con il nome e qualche informazione sulla ragazza… E prometti di lasciarmi andare a dormire entro un lasso di tempo ragionevole. La pasticceria è presa d'assalto, in questo periodo, e non dormo abbastanza».

«Promesso. Grazie Zack».

Non appena riattaccò, vide Clover battere le palpebre.

«Se puoi permetterti di tirare giù dal letto una persona a quest'ora, il tuo potere dev'essere davvero immenso, signor Divo. Questo Zack è davvero un buon amico… oppure ti deve dei soldi?».

Cade rise. «Entrambe le cose! La mia fama gli ha dato una mano, quando ha deciso di aprire la pasticceria qui a New York, e inizialmente gli ho anche prestato del denaro. Lo conosco da un paio d'anni e comunque sì, lo considero un buon amico».

Zack Sullivan era una delle poche persone di cui si fidava. Non si era avvicinato a lui spinto da un interesse; Cade sapeva bene che, non fosse stato per i problemi personali e seri cui aveva dovuto far fronte inaspettatamente, Zack non avrebbe mai accettato nessun aiuto economico da parte sua, né avrebbe sfruttato il suo successo.

«Sei comunque uno schiavista». Clover scosse la testa, divertita. «Buttare giù dal letto un amico è disumano!».

«Ma è per una causa onorevole. Una festa di compleanno che si rispetti deve concludersi con una vera torta, e Zack è il pasticciere migliore che io conosca».

Clover lo guardò, incredula. «Quindi stai facendo tutto questo per me?»

«Per te… e anche per me. Il mio esilio forzato è diventato una bella vacanza che non dimenticherò, grazie anche al tuo aiuto. Meriti qualcosa di altrettanto bello», disse Cade, con voce piena di calore.

Lei sorrise ma non disse nulla.

Cade avrebbe voluto dirle tante altre cose, ma finì per reputarlo poco saggio. Si era già esposto molto e non era del tutto sicuro che fosse una buona cosa. Si conoscevano da troppo poco tempo, e lui usciva da un periodo stressante che forse lo aveva reso fragile e molto sensibile. Oltretutto, non poteva dimenticare che la sua vita era a miglia di distanza da quella di Clover… in ogni senso.

Perciò approfittò di un semaforo rosso per inviare a Zack il messaggio contenente le informazioni su Clover, poi deviò in prossimità di TriBeCa e accelerò in direzione della pasticceria. «Preparati ad assaggiare qualcosa di veramente peccaminoso. Finirai per implorarmi di portarti via da lì».

Clover si sfregò le mani, con aria sognante. «Non vedo l'ora».

La pasticceria Sins Chocolate, nei pressi di Battery Park, si trovava a pochi metri dal porto, dal quale si godeva di una vista impagabile dell'Hudson e della Statua della Libertà. Cade parcheggiò di fronte alla vetrina, notando una fioca luce provenire dall'interno: Zack abitava proprio sopra il locale, non aveva impiegato molto tempo a riaprire e mettersi al lavoro per lui.

Scesa dall'auto, Clover fissò l'insegna elegante e colorata con un sorriso. «"Peccati al cioccolato"... promette bene!».

«Zack è un vero mago in cucina. Un tempo lavorava come chef in un ristorante di San Francisco, è lì che ci siamo conosciuti. Ma la sua passione sono sempre stati i dolci e un anno fa ha deciso di dedicarvisi completamente».

«E come mai proprio a New York?».

Cade sorvolò sulle motivazioni dell'amico. «Aveva voglia di cambiare aria».

«Non mi sono mai imbattuta in questo posto, altrimenti me ne ricorderei... Oddio! Guarda quella scultura di cioccolato!», esclamò Clover, fermandosi a fissare un albero di Natale interamente commestibile esposto su un ripiano, illuminato da piccole luci colorate. «Non so se ho più voglia di ingurgitarla tutta intera o metterla sul mio comodino e fissarla in eterno!».

«Non resisteresti due minuti, il profumo ti stuzzicherebbe troppo», ridacchiò lui. Picchiettò le nocche sulla porta di vetro, e poco dopo un uomo alto e moro la spalancò.

Cade sorrise. «Ehi, amico! So che mi odi in questo momento, ma sono davvero felice di rivederti!», sorrise, stringendogli la mano.

Zack Sullivan lo abbracciò. «La prossima volta che vieni a New York fammi un fischio, prima... magari quando il sole è alto!».

«Lo prometto». Cade spinse delicatamente in avanti la sua compagna, che fissava Zack con curiosità. «Lei è Clover, la festeggiata. Ha avuto ben due cene di compleanno, stasera, ma nessuna vera torta».

«Qui potrà recuperare», promise l'amico, stringendole la mano.

«Mi dispiace piombare in negozio a quest'ora barbara, ma il tuo amico VIP non ha voluto sentire ragioni», disse Clover, quasi intimidita.

«Non importa, ero comunque ancora sveglio», la tranquillizzò lui.

Cade inarcò un sopracciglio. «Dunque hai riservato solo a me tutto il tuo disappunto...».

«Prevenzione. Non vorrei diventasse un'abitudine, la tua», scherzò Zack. Poi si fece da parte. «Venite».

Un profumo dolcissimo, aroma di zucchero, cacao, marzapane e canditi li investì, mandando in estasi i sensi di Clover. Cade se ne accorse dal modo in cui inspirò a pieni polmoni, per poi guardarsi intorno con aria sognante.

«Ok, abbandonatemi qui», mormorò. Per tutta risposta, Cade le strinse la mano, godendosi quell'entusiasmo contagioso.

Un'enorme torta a forma di stella natalizia riposava su un tavolo. Alcune candeline rosse erano già state accese, facendo brillare la superficie dorata della pasta di zucchero, e il nome della ragazza figurava elegantemente al suo interno.

«Con i miei auguri di buon compleanno», disse Zack, porgendo a entrambi un bicchiere di champagne.

Cade lo accettò con un sorriso grato, ma il suo sguardo restò fisso su Clover. Sembrava addirittura commossa.

«È solo un'illusione ottica dovuta alle candele, o hai gli occhi lucidi?», le mormorò all'orecchio.

Clover non rispose, incantata a fissare quel piatto. «Non ho mai visto niente di più adatto a me», mormorò poi. «Grazie». Rivolse a Zack un luminoso sorriso e Cade sentì una piccola ma fastidiosa fitta di disappunto. Sapeva bene che non aveva alcun senso. Zack meritava quel ringraziamento e anche quel sorriso, eppure…

Eppure voleva essere lui l'unico a beneficiare di quel privilegio.

Quando Clover si voltò verso di lui, Cade atteggiò il viso in un'espressione indifferente. Non aveva alcuna intenzione di mostrarsi geloso per un motivo tanto futile. Tuttavia, si rilassò all'istante non appena si sentì circondare dalle esili braccia della ragazza.

Era così contento di averla resa felice che dimenticò tutto il resto: il paparazzo che li aveva seguiti, i dubbi che la reazione di Clover aveva suscitato in lui, e quelli legati al loro instabile domani. Ciò che gli importava davvero, in quel momento, era sapere di averle regalato una serata speciale. Avrebbe potuto organizzare mille cose a effetto per lei, ma con Clover non aveva bisogno di tanta scenografia.

La strinse con il braccio libero, sentendo la tensione svanire man mano che il profumo di Clover penetrava i suoi sensi, e solo quando incrociò lo sguardo incuriosito di Zack si ricordò che non erano soli.

Le diede un bacio, poi si scostò da lei. «A Clover. Mille di questi giorni», sorrise, facendo tintinnare i loro bicchieri. Zack si unì al brindisi e Clover deliziò entrambi con le sue adorabili fossette.

Dopo aver assaporato il vino, Clover si mise a camminare intorno alla torta, osservandola da ogni angolazione. «È un vero capolavoro! Quasi mi dispiace mangiarla…». A dispetto delle parole appena pronunciate, allungò un dito per raccogliere parte della crema al cioccolato che guarniva la base del piatto, e se lo mise in bocca. Il piccolo gemito di piacere, del tutto innocente, che le salì alla gola, fece scorrere un brivido lungo la schiena di Cade.

«Mmm… Come non detto, non mi dispiacerà affatto mangiarla», la sentì borbottare.

Zack gli si avvicinò e mormorò al suo orecchio: «Fammi capire: io devo restare qui mentre lei mangia la mia torta… e tu mangi lei con gli occhi?»

«Come?», chiese Cade, distrattamente, lo sguardo fisso sulla piccola lingua rosa che lambiva il labbro carnoso.

Immaginò di baciarla e di assaporare il gusto della torta direttamente dalla sua bocca, per poi sentirla mugolare ancora, questa volta per un piacere diverso...

Zack soffocò una risata. «Accidenti, stai sbavando! Sei proprio cotto a puntino...».

Cade rispose con un grugnito.

Clover estrasse il cellulare dalla tasca della giacca e lo agitò verso di loro. «Qui ci vuole proprio una foto!».

«Immagino che tocchi a te», disse Zack, piano. Aveva passato abbastanza tempo insieme a lui da sapere quanto le donne ci tenessero a immortalarlo in una foto ricordo. Ma Cade scosse la testa, con un sorrisetto.

«Lei è diversa», ribatté, con un certo orgoglio. E quando Clover chiese a Zack di posare insieme alla torta, rise di fronte all'espressione scioccata dell'amico.

Clover scattò una foto al capolavoro di pasticceria e al suo stupito creatore, poi afferrò un cucchiaio e lo brandì con espressione quasi comica. «Vi avverto, ragazzi: ho un appetito vorace quando si parla di dolci. Perciò, se volete scommettere su quanto di questo ben di dio riuscirò a mangiare nei prossimi cinque minuti, preparatevi a restare sconvolti!».

«Aspetta!», la fermò Cade, divertito. «Devi ancora soffiare sulle candeline ed esprimere il desiderio».

«Giusto». Clover si chinò sulla torta e parve concentrarsi seriamente. Poi, un attimo prima di soffiare, alzò lo sguardo e sorrise a Cade, che rimase ipnotizzato a fissarla.

Il tenue bagliore delle fiammelle creava suggestive ombre sul suo viso da folletto, facendo brillare come gemme i suoi grandi occhi screziati; i capelli, che le ricadevano sulla spalla e sul seno destro, sembravano vivi, accesi di caldi riflessi dove venivano colpiti dalla fiamma. E quel sorriso dolce e seducente rischiarava la stanza quasi più delle candele.

Cade sentì una vampata di calore investirlo da capo a piedi e capì che Zack aveva ragione: era davvero cotto a puntino.

Capitolo 10

«Mi sento vagamente ubriaca di zuccheri», sospirò Clover, la testa reclinata sul sedile dell'auto. «Devono avere uno strano effetto su di me, non riesco a smettere di ridacchiare!».

Cade, concentrato sulla strada, resa impervia dalla neve, sorrise. «Avresti dovuto limitare gli assaggi. Credevo ti saresti fermata alla terza porzione, invece sei un pozzo senza fondo!».

«Non puoi portare un bambino in un negozio di caramelle e poi proibirgli di mangiare. Non ho mai avuto così tante fette di torta per il mio compleanno in tutta la mia vita! Avverto un brivido di piacere nel ricordare il sapore di quei capolavori al cioccolato».

«Io avvertirei un brivido di nausea».

«La torta a forma di stella natalizia era a dir poco paradisiaca... E quel trionfo di cioccolato bianco e meringhe? Divino!». Clover finse di sventolarsi. «In quella pasticceria c'è tutto ciò che una donna desidera: ingredienti sublimi, un profumo meraviglioso e un uomo affascinante che prepara le torte migliori del mondo con un'eleganza e una sensualità impareggiabili!».

Cade inchiodò, voltandosi a guardarla in cagnesco. «Tutto quello che una donna desidera, eh? Dirò a Zack che ha fatto un'altra vittima», disse, acido.

"Sei geloso, principino?", si chiese Clover, sentendosi ancora più euforica al pensiero. Si strinse nelle spalle, il sorriso da orecchio a orecchio. «È un gran bell'uomo, è difficile non notarlo. Alto, moro, conturbante... Se lo avessi incontrato per strada lo avrei scambiato per un modello, non avrei mai immaginato che una simile bellezza si destreggiasse tutti i giorni in una pasticceria, tra fornelli, stampini e *sac à poche*».

«Ho afferrato il concetto».

«Ti prego, dimmi che non è gay!».

«Non lo è», grugnì Cade, gli occhi fissi sulla strada.

«Meno male! Come hai detto che si chiama? Zack...?»

«Senti: sto guidando, nevica molto forte e non vorrei finire fuori strada», sbuffò lui, voltandosi a guardarla. Quella distrazione fece sbandare pericolosamente la macchina.

Avevano passato quasi due ore dentro la pasticceria di Zack. L'uomo era parso inizialmente stanco e l'idea di dover passare la notte in negozio non lo aveva entusiasmato, ma l'amicizia con Cade le era parsa sincera e le loro schermaglie affettuose l'avevano divertita. Zack aveva permesso loro di assaggiare tutte le squisite dolcezze che aveva in vetrina, oltre alla torta, naturalmente...

Le sembrava incredibile aver incontrato un altro uomo affascinante e generoso nel giro di poche settimane. Era già pazzesco averne conosciuto uno...

Lasciato Zack, Cade l'aveva portata a fare una passeggiata lungo il fiume e poi un altro giro in auto, prima di tornare a Staten Island, così da evitare qualunque ipotetico inseguimento e prolungare la loro serata. Quando la neve aveva preso a scendere così copiosa da rendere la visibilità quasi nulla, Cade era stato costretto a tornare verso casa, ma a Clover non importava: tormenta o meno, essere insieme a lui era meraviglioso.

Nessuno si era mai impegnato così tanto per renderla felice, partendo dal divano nuovo fino alla festicciola a sorpresa con la pizza gigante. Ma erano stati tanti altri piccoli dettagli a sorprenderla, come il modo in cui l'aveva sostenuta davanti a sua madre, l'ansia di vederla soddisfatta durante la festa in pizzeria, l'essersi prodigato per farle avere una vera torta di compleanno. L'unico desiderio al quale era riuscita a pensare spegnendo le candeline non era stato poi così diverso da quello già espresso settimane prima, durante l'accensione dell'albero di Natale. Aveva solo rafforzato una speranza.

«Se non sbaglio, siamo arrivati», disse Cade. «Non si vede un accidente con questa neve».

Clover riconobbe le nuove luci intermittenti alle sue finestre e sospirò, rassegnata. Erano le quattro del mattino ed era distrutta, eppure l'idea di porre fine alla serata le risultava insopportabile. «Sì, ci siamo. La mia casa è l'unica ancora illuminata. Non credevo di tornare tanto tardi, perciò non ho pensato di spegnere le luci natalizie».

«Pentita?», chiese Cade, apparentemente indifferente alla domanda. Clover non si lasciò ingannare nemmeno per un attimo: le sembrava di vedere le sue orecchie protendersi in attesa di una risposta.

«Sai bene di no, Mister Celebrità. Hai bisogno di certezze?»

«Dal momento che a un certo punto della notte hai iniziato a sbavare per Zack...», scherzò Cade, fermando l'auto davanti al garage.

Clover rise di gusto per l'assurdità di quella frase e scese dalla macchina.

«Non prenderti gioco di me, testa rossa», l'ammonì Cade, seguendola. A un passo da lei, i suoi piedi slittarono sulla neve, facendolo ondeggiare pericolosamente. Si aggrappò al suo braccio e insieme caddero sul cumulo di neve ammonticchiata a lato del vialetto.

Restarono per un istante a guardarsi, increduli.

«Ti sei fatta male?», chiese Cade, preoccupato, cercando di sollevarsi.

Clover scosse la testa. «No. E tu?»

«A parte l'orgoglio ferito, tutto a posto», borbottò. Clover non resistette oltre e scoppiò a ridere forte, contagiandolo.

«Dovevi vedere la tua faccia!», sghignazzò lei, asciugandosi le lacrime. «Così incredula e sconvolta!».

«Io non cado mai», protestò lui, con un broncio imbarazzato e lo sguardo acceso d'ilarità. «Sei tu che stai sempre con il sedere per terra».

«Il *Principe di Hollywood* che pattina goffamente sulla neve fresca e finisce a gambe all'aria. È esilarante!», continuò lei. «Giustizia è stata fatta, non potevo essere sempre io la prescelta per le figuracce».

«Non si ripeterà, stanne certa».

«Questo non puoi saperlo. D'ora in avanti, ogni volta che sarai sulla neve, la paura di fare la figura del pollo ti renderà maldestro e cadrai in continuazione! E io riderò, sempre di più...».

Una manciata di neve le finì sul viso e in bocca, soffocando le sue proteste.

«Così impari! Non si prende in giro una celebrità sperando di passarla liscia».

Clover fu rapida a rendergli il favore, poi gli prese il viso fra le mani mentre lui cercava di asciugarsi. «Non ci si vendica di una donna che sta affondando lentamente sulla neve sotto il peso di una star».

Il volto di Cade si fece serio. «Oddio, scusa! Ti sto schiacciando e non me ne sono reso conto», disse, cercando di risollevarsi. Ma Clover gli strinse le braccia attorno al collo, felice di averlo addosso.

«Non mi fai male. La neve è morbida».

Cade sorrise. «Anche tu».

Semi abbracciata a lui su quel cumulo di neve, i fiocchi gelati turbinanti intorno a loro, Clover pensò di non essere mai stata tanto felice. Studiò quei tratti decisi e fascinosi, ripensò a tutto ciò che Cade aveva fatto per lei quella sera... e per la prima volta si sentì speciale.

«È stato il miglior compleanno della mia vita», mormorò, desiderando dire molto di più.

Il sorriso di Cade le sciolse il cuore, ma il bacio che le diede rischiò di far liquefare anche tutti gli altri organi.

Sembrò durare in eterno, eppure Clover protestò mentalmente come dopo un misero assaggio, quando lui la lasciò andare per rialzarsi. L'afferrò per le mani, rimettendola in piedi; poi, grazie al cielo, ripiombò sulla sua bocca, smanioso quanto lei.

Un gemito soddisfatto proruppe dalla sua gola. Lo strinse più forte, ricambiando il bacio con tutto il desiderio che sentiva crescere dentro, e quasi non si accorse di essere lentamente trascinata verso la porta di casa. Tutti i suoi sensi erano concentrati su Cade, sul suo sapore, sulle sue mani impazienti, il suo profumo e il ritmo incalzante del suo respiro. Non sentiva più il freddo, non badava alla giacca ormai fradicia, niente aveva importanza al di fuori del cerchio delle braccia di quell'uomo.

In qualche modo, Cade riuscì ad aprire la porta senza smettere di baciarla, e una volta dentro casa il tepore li avvolse come un abbraccio. Clover sospirò soddisfatta, ogni sua percezione si era acuita ora che il freddo non la stordiva più.

Cade sbottonò i loro giacconi e le circondò la vita, tirandola a sé. Sembrava ansioso di averla ancora più vicina e tutti quei vestiti erano una barriera fastidiosa. Clover gli accarezzò il petto, entusiasta di sentire il cuore battere velocemente sotto la sua mano. Si alzò in punta di piedi per unire meglio le labbra a quelle di Cade, mentre lui quasi la sollevava da terra. Le mani gli scivolarono sotto il maglione e le dita fredde, a contatto con la sua pelle rovente, la fecero sussultare, riportando un po' di lucidità nella mente ottenebrata dal piacere.

«Sono gelide, lo so», sussurrò Cade. «Ma si scalderanno presto, te lo prometto».

Clover annuì, ma quel freddo improvviso aveva rimesso in funzione una piccola parte del suo cervello e non riuscì a frenare il rapido afflusso di pensieri.

Tutto era magico. Non desiderava altro che lasciarsi andare tra le braccia di Cade e perdersi in un vortice di passione, restare nel suo letto per tutta la notte e oltre. Ma lei sapeva, fin troppo bene, che quella era solo una parentesi idilliaca nella sua vita.

Sarebbe riuscita a tornare all'esistenza monotona e solitaria di sempre, dopo la sua partenza?

La risposta le tremò in gola.

«Forse dovrei andare a casa», bisbigliò, provando a spingerlo via.

«Nemmeno per sogno», rispose lui, rafforzando la stretta.

«Dico davvero». Clover scostò il viso. «Non è il caso di proseguire… è una follia».

«Non sono d'accordo». Cade le prese il viso tra le mani e cercò i suoi occhi. «E non lo sei neanche tu».

«Domani potremmo pentircene…».

«Non io, te lo assicuro».

"Tu non stai rischiando la tua felicità futura", pensò Clover, abbassando lo sguardo. Fece un passo indietro, le mani ancora strette alle braccia di lui, restia a lasciarlo andare davvero.

«Siamo troppo diversi».

«Non mi sembra, e di certo non in questo momento», ribatté lui.

«Domani avrai le idee più chiare».

«Credo proprio di no».

Clover lo osservò. Aveva il volto teso, sia per il desiderio tenuto a freno, che per il suo improvviso rifiuto. Le mani che le stringevano la vita erano calde, adesso, e Clover sentiva quel calore penetrarle nella pelle e lambire dolcemente ogni terminazione nervosa.

Sarebbe stato facile, troppo facile cedere.

Non era mai stata così tentata in vita sua.

Questo bastò a spaventarla. Fidarsi in tutto e per tutto di un altro essere umano era assolutamente impensabile, per lei, senza contare che Cade, in particolare, era abituato a fingere ogni tipo di emozione per lavoro. Eppure le sembrava del tutto sincero, in quel momento, e lei aveva tanta voglia di rischiare – forse per la prima volta nella vita – pur sapendo quanto fossero opposti i loro stili di vita e quanto alte fossero le probabilità di restare scottata.

Dopo una dura battaglia, la paura di non saper gestire tutte quelle sensazioni vinse sul desiderio di lasciarsi andare.

E la cosa che le riusciva meglio fare, in quelle circostanze, era scappare.

Quando la vide dirigersi alla porta, Cade si passò le mani sul viso, incapace di reagire.

Voleva quella donna con tutto se stesso, un desiderio che andava ben oltre quello fisico.

Clover gli era entrata nel cuore. Quando le stava lontano sentiva una mancanza a cui non era abituato.

Sapeva bene che era una follia, lei aveva ragione. Avevano vite opposte, in due città diverse e, anche se lui aveva appena riscoperto il piacere di vivere alla giornata, la sua carriera e i suoi impegni a Los Angeles lo stavano aspettando e non sarebbe stato semplice conciliarli con qualunque cosa avesse coinvolto Clover.

Quando le era accanto, tuttavia, Cade dimenticava ogni problema.

I dubbi di Clover erano legittimi, avrebbe dovuto capirla e assecondarla. Invece, in quel momento si sentiva frustrato e arrabbiato.

Si tolse la giacca e la gettò a terra, tentato di prenderla a calci. La stava ancora fissando in cagnesco quando sentì il suono allegro del campanello.

Il suo cuore si rovesciò. Erano le quattro del mattino e l'unica persona che poteva trovarsi dietro l'uscio era la stessa che ne era uscita un minuto prima.

Aprì e puntò gli occhi sul viso arrossato di Clover, che si gettò fra le sue braccia con un'imprecazione soffocata. Cade la strinse a sé dando una spinta alla porta, la rabbia totalmente dimenticata.

Non le avrebbe dato la possibilità di cambiare idea, questa volta.

La sollevò e la portò in camera da letto, la bocca incollata alla sua. Una volta nella stanza, chiuse la porta e sfilò la chiave dalla serratura, sotto lo sguardo confuso di Clover.

Le mostrò il piccolo oggetto di metallo prima di posizionarlo in cima all'armadio. «Lassù non arriverai di sicuro, senza il mio aiuto», proferì, con occhi maliziosi.

«In pratica è un rapimento», protestò lei, con un sorriso nella voce e il fuoco negli occhi.

«Esatto». Cade le tolse la giacca.

«Non gioverà alla tua reputazione».

«Me ne farò una ragione». Il golf seguì la stessa sorte della giacca.

«Saresti pronto a gettare al vento la tua popolarità solo per stare con me?». Clover gli aprì la camicia, facendo quasi saltare i bottoni per la voglia di sentirlo vicino, e si strinse contro la sua pelle. «Mi piace il tuo spirito di sacrificio», mormorò.

«Bene, perché ho intenzione di immolarmi per la causa fino a quando non crolleremo esausti su quel letto», le sussurrò, iniziando a sfilarle i pantaloni. La sentì tremare quando con le mani sfiorò la pelle calda e serica delle cosce. «Hai freddo?»

«No di certo. Ho solo paura di svenire sul più bello», ansimò lei, facendoglisi ancora più vicina.

Cade la strinse più forte. Appena il suo corpo teso dal desiderio venne a contatto con quello morbido e cedevole di lei, il cervello rischiò il blackout.

«Non ho mai fatto svenire nessuno, prima d'ora, ma chissà... potrebbe essere divertente provarci», disse piano. Immerse le dita tra i suoi setosi capelli, massaggiandole la nuca.

Clover lo attirò più vicino. «Se questa è una sfida, sappi che non ti renderò le cose facili». E, a dimostrazione delle sue parole, gli posò le labbra sulla gola, assaporando la pelle con la punta della lingua. Cade si sentì sciogliere per l'improvvisa ondata di piacere che lo investì.

Clover se ne accorse e gli sorrise, seducente. «Morivo dalla voglia di farlo...».

«Se non procediamo con calma, ho paura che sverremo entrambi nel giro di pochi minuti», le disse, stringendole i polsi.

«Avremo tutto il tempo di rinvenire e riprendere l'esperimento... *dopo*», sorrise lei, allusiva. E per mettere a tacere le sue proteste, lo baciò con un'urgenza tale da lasciarlo senza fiato.

Con un gemito di sconfitta, Cade smise di pensare.

A svegliarlo fu la vibrazione del cellulare rimasto nella tasca dei pantaloni, ovunque fossero.

Ancora confuso e stordito per le poche ore di sonno, ma piacevolmente rilassato grazie all'intensa passione condivisa con Clover, Cade ignorò quel rumore fastidioso e tornò a stringere il corpo morbido che aveva fra le braccia.

Per quanto si sforzasse, non riusciva a ricordare un risveglio migliore di quello. La casa era silenziosa e calda, i rumori in strada giungevano attutiti dalla neve, una debole lama di luce filtrava dalle tende e una donna meravigliosa gli dormiva accanto, la testa sul suo stesso cuscino e le gambe intrecciate alle sue.

Avevano fatto l'amore fino all'alba, crollando sfiniti al primo chiarore. E se non fosse stato per quel dannato telefonino, non si sarebbe svegliato tanto presto. Tuttavia, quell'incomodo gli avrebbe regalato più tempo per godersi la compagnia della donna più bella e dolce del mondo.

Aveva un'espressione rilassata, nel sonno; le labbra carnose e gonfie per i suoi baci erano incurvate in un sorriso e le ciocche infuocate avvolgevano entrambi, proprio come Cade aveva spesso immaginato. Alzò un dito e la sfiorò, partendo dal collo e proseguendo sulla spalla, per poi scendere lungo la schiena e i fianchi. La pelle di Clover reagì al suo tocco e Cade ne gioì.

Lei era sua. La pelle lattea recava i segni del suo desiderio, aveva il suo profumo addosso e riconosceva il suo tocco anche nel sonno. Quella notte non era stata solo un incontro di corpi, ma qualcosa di più profondo.

Il pensiero di ciò che li attendeva era come un tarlo: sarebbe stato difficile conciliare le loro vite diametralmente opposte. Ma non voleva rinunciare in partenza, non dopo averla conosciuta.

Fu tentato di svegliarla per fare ancora l'amore con lei, sfogando un'urgenza insaziabile. Ma Clover doveva lavorare, nel pomeriggio, doveva concederle almeno qualche ora di sonno dopo la serata e la notte appena trascorse.

Il fastidioso ronzio del cellulare tornò a farsi sentire, strappandogli un sospiro seccato. Si decise quindi a dare un'occhiata, per accertarsi che non si trattasse di niente di serio.

Recuperò i pantaloni e li indossò, mentre controllava il telefono. Una spia indicava l'arrivo di ben sette email, otto messaggi vocali e altrettante chiamate senza risposta, più quattro SMS. Perplesso, li aprì subito: arrivavano tutti da Scott.

«Dimmi cosa fare, non so come vuoi gestire la situazione!».

«Mi stanno tartassando di telefonate, sono sotto assedio!».

«Stai ancora dormendo? Quindi le insinuazioni del giornale sono esatte…?».

«Il tuo ufficio stampa è pronto a diramare qualunque dichiarazione tu voglia. Ma non farmi aspettare troppo, ti prego, o mi verrà un infarto entro la fine della giornata!»

Cade imprecò sottovoce e passò ad aprire le email, immaginando già di cosa parlassero.

Il bastardo ci era riuscito. Il tizio con l'auto bianca era stato probabilmente avvertito da qualcuno all'interno della pizzeria, si era appostato fuori e, con il suo fidato cellulare, aveva scattato alcune fotografie attraverso il vetro.

Cade le aprì tutte, stringendo i denti. Nonostante la scarsa qualità, in ogni scatto si riconosceva il suo volto e anche quello di Clover. L'atteggiamento colto dallo scadente fotografo era quello di una coppia piuttosto complice, e naturalmente nessuno degli amici di Clover era stato immortalato insieme a loro, così da far credere che quello fosse un appuntamento intimo. C'era anche una foto che li ritraeva in procinto di baciarsi, poco prima di salire in auto.

Scott aveva allegato l'articolo apparso quella mattina sull'«Enquirer», e Cade lo lesse con rabbia crescente.

Nuovo amore all'orizzonte per il Principe di Hollywood?

Nessuna notizia certa ci è giunta in redazione, ma le foto scattate da un nostro collaboratore esterno, la scorsa notte, parlano da sole.

L'attore Cade Harrison, protagonista di un autunno di fuoco a causa della fine della sua relazione con l'attrice Alice Brown, torna a far parlare di sé. Sparito dalle scene da ormai quasi un mese, il bel soldato di *Terra di nessuno* è stato colto in compagnia di una misteriosa donna dai capelli rossi, in una pizzeria piuttosto anonima del Village newyorkese. I due sono stati visti in atteggiamenti intimi e complici, e insieme hanno lasciato il ristorante per salire su un'auto scura, riuscendo a sfuggire agli occhi del nostro sollecito informatore.

Chi è la donna che ha catturato l'attenzione dell'uomo più desiderato del momento? E da quanto va avanti la loro relazione?

Harrison sembra essersi ripreso davvero in fretta dalla rottura con la Brown. È stato un colpo di fulmine? O si tratta solo di una parentesi passeggera nel clima natalizio della Grande Mela?

Vi terremo informati!

Cade uscì dalla stanza ignorando le altre email. Mentre scendeva in cucina compose il numero di Scott, senza sapere bene come affrontare la situazione.

«Finalmente!», esclamò il segretario dopo mezzo squillo. «Dove diavolo ti eri cacciato?»

«Sono le dieci del mattino qui, maledizione. Avrò il diritto di dormire?», sbottò Cade. Si passò una mano sul viso per calmarsi. «Voglio che tu faccia tacere quei bastardi. Non so come, ma fallo. Non voglio problemi».

«L'omicidio non è contemplato, quindi dammi qualche indicazione».

«Rilascia una dichiarazione a nome mio, ma non confermare niente. Accidenti, a volte mi chiedo chi me lo ha fatto fare», gemette. Aveva appena vinto la reticenza di Clover, ed ecco che la sua fama si metteva in mezzo a rovinare tutto.

Le mille volte in cui lei aveva affermato di non voler avere niente a che fare con il mondo delle celebrità gli risuonarono in testa, facendolo sospirare. Lui purtroppo era immerso in quel mondo, e non poteva arginare i pettegolezzi. Ma Clover poteva avere una scelta e meritava di essere protetta.

Avrebbe voluto avere più tempo, prima di affrontare la stampa, tempo per capire in che direzione stavano andando. Fra loro era nato qualcosa, in quei giorni, del tutto inaspettato, che rischiava di essere già sporcato dalle insinuazioni di un giornale scandalistico.

Doveva temporeggiare per sistemare tutto con la giusta calma, ma era necessaria un'immediata replica per evitare che i giornalisti continuassero a ricamare e a scavare per scoprire l'identità della sua "donna misteriosa".

«Non eravamo soli in quella dannata pizzeria», disse, sedendosi al tavolo. «Questa è una delle cose su cui dovrete insistere. Eravamo in cinque e lei è... la mia personal shopper. Sono qui per passare le vacanze di Natale e ho deciso di farmi aiutare con i regali. È una cosa che fanno tutti, non ci vedo niente di male».

«Certo, anche se di solito il servizio non include la cena», borbottò Scott.

«Tieni per te i tuoi commenti. Voglio che quell'articolo venga smontato subito, come qualcosa di inutile scritto da chi non ha trovato di meglio da pubblicare sul suo giornale spazzatura. Ho fatto shopping a New York e sono stato invitato a una festa, tutto qui. Ho voglia di godermi un meritato periodo di riposo e di vita normale, come ogni ragazzo della mia età dovrebbe fare, soprattutto dopo tutto il casino successo con Alice». Cade mise la testa sul tavolo, sconsolato. «Scott, non voglio che infastidiscano la ragazza delle foto. Devono perdere interesse per lei. Subito».

«Sembrate intimi...».

«La qualità di quegli scatti fa schifo e ho foto insieme a Heather e Cecile molto più compromettenti di quelle!», scattò Cade.

«Va bene. Lascio tutto in mano all'ufficio stampa e ti richiamo appena so qualcosa».

Cade riattaccò. Ascoltò i messaggi vocali, trovandone un paio di sua madre e sua sorella, incuriosite dalla notizia. Avrebbe dovuto dare spiegazioni anche a loro... Sembrava che nessun movimento della sua vita potesse passare inosservato o restare privato!

Si ricordò di Clover, addormentata nel suo letto, e pensò a come comportarsi. Forse lei non sarebbe nemmeno venuta a sapere di quell'articolo, se Scott fosse riuscito ad arginare in tempo quelle voci, e poi non era il tipo da acquistare i tabloid...

Pensare di dover far attenzione a ogni passo, di lì in avanti, lo riempì di tristezza.

Decise di aspettare prima di mettere al corrente Clover. Avevano ancora tempo, prima che lei andasse in negozio, e intendeva goderselo.

Tornato di sopra la trovò sveglia, seduta ai piedi del letto. Aveva indosso la sua camicia, decisamente troppo grande per lei, ed era così bella, ancora insonnolita...

«Ehi», mormorò, raggiungendola. «Credevo dormissi ancora».

Clover si strinse nelle spalle. «Ho aperto un occhio e ho visto che non c'eri più».

«Sono sceso a bere un bicchiere d'acqua». Cade si sedette accanto a lei, attirandola fra le braccia. «Dormito bene?»

«Dormito poco», precisò Clover, sfregando il viso sul suo collo.

«Perché non chiami Liberty e ti prendi il resto della giornata libera?», le propose, accarezzandole la schiena. «Prometto di lasciarti dormire qualche ora».

«Qualche *ora*?», chiese lei, gli occhi maliziosi e pieni di aspettative. Cade si sentì rinvigorire e le infilò le mani sotto la camicia, sfiorando la pelle nuda e bollente.

«Facciamo una manciata di minuti».

Clover lo abbracciò. «Oggi pomeriggio ho degli appuntamenti improrogabili, ma posso restare qui fino alle due. Adesso potremmo tornare sotto le coperte, al calduccio? Faremo quello che vuoi, non appena sarò del tutto sveglia».

«Non vuoi fare colazione?»

«Con tutto quello che ho mangiato fino a poche ore fa? No, grazie. Resterò a dieta per una settimana di fila, come minimo», mugugnò.

Si sistemarono fra le coperte ancora tiepide, Clover fra le sue gambe, la schiena contro il suo petto, e accesero la televisione…

Non avrebbe mai immaginato che una mattinata passata a letto a guardare *Home Alone* potesse essere tanto piacevole, ma con lei fra le braccia tutto era diverso, le preoccupazioni svanivano, e perfino una pellicola che non rientrava fra le sue preferite diventava bella.

Tutto in Clover lo incantava. Lei lo faceva sentire a casa.

Verso l'una, dopo un pranzo veloce, Clover lanciò un'occhiata fuori dalla finestra. «Il cielo si sta facendo grigio. Se si mette a piovere, il mio pomeriggio sarà decisamente stressante».

«Immagino non sia divertente andare per negozi sotto un temporale», disse Cade, steso comodamente sul divano.

«No, infatti. Soprattutto quando devi aiutare una mamma che non sa dove lasciare i suoi due figli più piccoli e che quindi li porta con sé durante il nostro appuntamento», sospirò lei.

«Non andare e resta qui con me», propose lui.

«Mi piacerebbe…». Clover lo fissava, indecisa, mordendosi il labbro. Poi si avvicinò.

Nel vederla sedersi sul bracciolo del divano e chinarsi su di lui, Cade pensò di averla convinta. Le circondò le spalle con un braccio, cercando di trascinarla su di sé.

«Hai cambiato idea e vuoi restare a farmi compagnia?».

Clover infilò le mani dietro la sua schiena, appoggiandogli il seno sul petto. «Allettante, ma…», sussurrò, suadente. Poi si risollevò di scatto, mostrandogli il telecomando con uno sguardo malizioso. «In realtà stavo solo cercando questo».

Cade fece una smorfia contrariata. «Io sono sdraiato qui, a tua completa disposizione... e tu vuoi guardare la televisione?!», protestò.

Clover rise. «Voglio solo vedere le previsioni del tempo!».

Mentre lei cambiava canale, Cade riuscì a tirarla accanto a sé sul divano. «Se le previsioni dicessero che ci sarà una pioggia torrenziale, resterai a casa?», chiese, baciandola sul collo.

«No, ma potrei rimandare un paio di appuntamenti e tornare prima».

«Proverò ad accontentarmi». Cade si chinò su di lei, pronto a baciarla, ma il suo nome pronunciato da un giornalista della CBS lo fece immobilizzare.

Avrebbe dovuto immaginarlo. Le notizie volavano in fretta.

Il notiziario invase la stanza riportando lo scoop del suo presunto nuovo amore. Temendo la reazione di Clover, Cade si concentrò più sul suo viso che su ciò che il cronista stava dicendo. La vide sgranare gli occhi, incredula, mentre le immagini del giornale scandalistico passavano sullo schermo, poi il suo viso divenne insondabile e i suoi occhi fissi, totalmente concentrata sulla notizia.

Quando il servizio terminò e andarono in onda le previsioni meteo, nessuno dei due vi prestò attenzione.

«Mi dispiace», mormorò Cade, cercando il suo sguardo.

«Non importa… Non sono venuta poi troppo male in quelle foto», ribatté lei, sorprendendolo con un sorriso quasi allegro.

«Non ti importa di essere finita sui giornali e che il mondo dello spettacolo stia speculando su di te?», chiese Cade, confuso dalla sua reazione. «Ti verranno a cercare, sai? In questo preciso momento si staranno dando da fare per scoprire chi sei».

«E che cosa posso farci? Non posso certo girare con un passamontagna sul viso per il resto dei miei giorni», sospirò Clover alzandosi. «Non ci pensare. La prenotazione in pizzeria non era a nome nostro e l'auto non è la tua. Ci vorrà un po' prima che arrivino a scoprire la mia identità o il posto in cui stai vivendo al momento».

"Ci vorrà meno di quanto credi", pensò Cade, rassegnato. Quando c'era di mezzo una star, i mass media lavoravano meglio dell'FBI.

Clover si chinò a posargli un bacio sulle labbra. «Vado a casa a cambiarmi e poi al lavoro. Ci vediamo stasera?»

«Certo».

Cade la guardò infilare la giacca e uscire dalla stanza a testa alta, il volto sereno e gli occhi pieni di luce. Chissà perché, aveva creduto che una simile situazione l'avrebbe messa in crisi, si era immaginato di vederla dare in escandescenze per quell'invasione della sua privacy. Invece era sembrata quasi… preparata?

Una nuova fitta di disagio si impossessò di lui. Non voleva pensare alla remota possibilità che Clover avesse *spe-*

rato che qualcosa di simile potesse accadere. Eppure, il suo attuale comportamento era mutato molto rispetto alle reazioni che aveva avuto all'inizio nei confronti del suo successo.

Che cosa le aveva fatto cambiare idea?

Capitolo 11

«Eccola qui, la nostra star!», esclamò Zoe, non appena mise piede in negozio.

Clover inarcò le sopracciglia. «Che dici?», chiese, non riuscendo tuttavia a nascondere un accenno di sorriso.

«Guarda che faccia che hai… La classica espressione di chi ha passato ore a rotolarsi in un letto con uno degli uomini più sexy sulla faccia della terra!». Zoe scosse la testa con un finto broncio. «Ora sono io che ti odio!».

«Smettila, non è come pensi tu», cercò di protestare Clover. Poi scoppiò a ridere, vanificando ogni sforzo. «E invece è proprio così!», esclamò. Si lasciò cadere sulla sedia girevole della scrivania portandosi le mani sul viso, arrossendo al solo ricordo. «Sto ancora galleggiando in un fiume di estasi. Mi sembra tutto incredibile!».

«Effettivamente non è cosa da tutti i giorni essere la prescelta di un principe hollywoodiano». Zoe si accomodò su un angolo della scrivania, gli occhi accesi di curiosità. «E allora? Com'è? È bravo? È *tutto* bello come sembra?».

Eric entrò in ufficio in quel momento, udì l'ultimo commento di Zoe e si fermò. «Lasciami indovinare: le stai chiedendo notizie sugli attributi di Harrison?»

«Non avrò mai fonti più attendibili a disposizione. Queste notizie non sono riportate sui giornali!». Zoe tornò a concentrarsi su Clover, che sorrise in modo misterioso.

«Non ti dirò niente del genere».

«Antipatica!». Zoe fece spallucce. «Comunque, a giudicare dall'aura di felicità e soddisfazione che emani, direi che la risposta l'ho avuta in ogni caso».

Clover sorrise ma non disse nulla.

«E il resto? È tutto fantastico come sembra?»

«Molto di più». Clover fece girare la sedia, fissando il soffitto bianco. «Mi sembra un sogno, è quasi troppo bello per essere vero».

«Cerca di non attirare la sfortuna!».

«Non credo a queste cose, lo sai». Clover si fermò, fissando l'amica con occhi luminosi. «Zoe, io non so quanto durerà, né come faremo a portare avanti questa *cosa*, soprattutto ora che hanno scoperto che Cade è a New York. Ma so che non mi è mai capitato niente di più bello e che sono pericolosamente vicina a sentirmi pazza d'amore per lui... Che Dio mi aiuti».

«Avete parlato di quello che c'è tra voi?»

«No. È successo tutto troppo in fretta, non so che opinione abbia Cade. Di sicuro è attratto da me...». Clover ripensò alle ore di passione trascorse fra le sue braccia e arrossì di nuovo. «*Molto* attratto. Ma non so altro».

«Di sicuro non è solo sesso», sentenziò Zoe. «Ho parlato al telefono con lui, quando mi ha contattata per organizzare la festa in pizzeria, e ho percepito molto bene il suo desiderio di stupirti. Ha notato quanto tua madre e tuo fratello ti stessero rendendo nervosa e ha pensato di fare qualcosa di carino per risollevarti il morale. È stato dolcissimo».

«È questo che adoro di lui». Clover si alzò, camminando per l'ufficio con aria sognante. «È premuroso, mi ascolta, è attento a quello che desidero. Mi fa battere il cuore come nessun altro».

«Sono sicura che andrà tutto bene, nonostante i giornalisti ficcanaso».

Clover sbuffò, infastidita al solo ricordo. «Cade è diventato subito nervoso per quell'articolo. Va fuori di testa quando i reporter invadono la sua privacy, soprattutto dopo quello che ha passato con la sua ex».

«E tu come ti senti, sapendo che potresti essere al centro del gossip?»

«Sono terrorizzata! E anche infastidita. Mi sono dovuta trattenere a forza per mostrarmi indifferente, quando ho visto il servizio in TV. Non voglio che Cade si preoccupi per me, ma spero che impieghino almeno un po' di tempo per scoprire chi sono...».

«Ci vorrà pochissimo, invece», disse Liberty, entrando in ufficio e gettando la copia incriminata dell'«Enquirer» sulla scrivania. «Ho già ricevuto diverse telefonate da alcune nostre clienti, tutte curiose di sapere se sei davvero la nuova fiamma di Cade Harrison. Ho finto di non saperne nulla, ma sei stata chiaramente riconosciuta da alcune di loro e la notizia passerà di bocca in bocca alla velocità della luce».

Con il cuore in gola, Clover si avvicinò alla scrivania, afferrando il giornale. Provava una strana sensazione nel trovarsi ritratta accanto a Cade su quelle pagine, vedere alcuni attimi della serata più magica che avesse mai vissuto, gettata in pasto ai curiosi come un osso ai cani. Era la prima volta che lei, una ragazza totalmente anonima, faceva notizia… e già si sentiva sotto stress. Non osava immaginare a come si fosse sentito Cade in tutti quegli anni.

«In ogni caso, non hanno niente in mano. Queste foto non dicono nulla di particolare, sono solo due persone che mangiano in una pizzeria».

«Le persone erano *cinque*! Insomma, potevano almeno farci finire tutti in copertina!», protestò Zoe per alleggerire l'atmosfera.

Clover le rivolse un sorrisetto, ma non poté negare a se stessa che quella vicenda stava rapidamente guastando il suo buonumore. Era soprattutto l'incertezza a intimidirla, il non sapere cosa pensasse Cade ora che le cose stavano iniziando a venire allo scoperto.

«Come dobbiamo comportarci?», chiese Eric, pragmatico come sempre.

«Se questa storia dovesse andare avanti avremo il nostro bel da fare per sedare la curiosità dei clienti, ma per noi sarebbe anche pubblicità gratuita», rispose Liberty, senza scomporsi, la mente già proiettata verso il modo migliore di agire. «Non voglio comunque che si alimentino pettegolezzi inutili», disse, principalmente rivolta a Eric e Zoe, che lavoravano all'interno del negozio. Poi si rivolse a Clover. «Tu fa' solo del tuo meglio e non farti assediare. In seguito, decideremo come comportarci».

Clover annuì. Sapeva che, prima o poi, sarebbe successa una cosa simile, ma se voleva che la storia con Cade avesse un futuro doveva iniziare a farci l'abitudine. Solo questo l'aveva trattenuta da una reazione eccessiva di fronte a quel pettegolezzo: ora che i suoi sentimenti erano emersi, non poteva far altro che mostrarsi più flessibile verso il lavoro di Cade, accettandone anche la parte peggiore.

Sarebbe stato impossibile passare inosservati per sempre. E anche se non voleva che la sua vita privata venisse invasa dai curiosi, non aveva nemmeno intenzione di essere tenuta nell'ombra come qualcosa da nascondere.

Cade teneva a lei, il cuore di Clover ne era sicuro. Perciò, anche se era ancora troppo presto per discorsi impegnativi, era certa che in qualche modo avrebbero trovato un compromesso per passare indenni attraverso quella storia.

Uscì dall'ufficio per mettersi al lavoro, ma la voce di Zoe la trattenne appena fuori dalla porta, lontana dagli sguardi altrui.

«Sono così carini insieme! Lei si merita proprio un uomo come quello, premuroso e dolce. Avete visto come la guardava, ieri sera?»

«È meglio andare piano con le congetture», disse Eric. «Si conoscono appena, non sappiamo cosa pensa Harrison. Era qui in città per nascondersi dai paparazzi, ma adesso che tutti sanno dov'è, chi ci dice che non se ne tornerà a Los Angeles con il primo volo utile?»

«Non posso pensare che Clover non conti nulla per lui. Le ha organizzato una festa a sorpresa, è stato tenero e premuroso in ogni occasione. Questo deve pur significare qualcosa!», sentenziò Zoe.

«Sì, che voleva portarsela a letto. E ci è già riuscito», disse Eric, acido. «Un uomo come quello non deve faticare molto per ottenere ciò che vuole».

«Ti sei alzato con il piede sbagliato, stamattina?», scattò Zoe, irritata dal modo in cui Eric smontava ogni sua teoria.

«Cerco solo di non farmi prendere da sentimentalismi femminili, come invece fai tu. Lo conosciamo appena, non possiamo avere la certezza che si sia innamorato di Clover dopo appena una decina di giorni».

«Io non credo che stesse solo recitando. Fidatevi di me: mi accorgo subito quando un uomo è interessato davvero a una donna. Ho fiuto per queste cose», continuò Zoe, testarda.

«Come no», borbottò Eric.

«Mettiamoci al lavoro, ragazzi. Scopriremo presto come stanno le cose», li interruppe Liberty, autoritaria. «E nel caso tu abbia ragione, Eric, teniamoci pronti a sostenere la piccola Clo. Spero proprio di sbagliarmi, ma mi è sembrata fin troppo presa da Harrison. E mi auguro che non debba pentirsene».

Clover lasciò il negozio in silenzio, la mente invasa di pensieri.

Cade era un personaggio famoso ed era normale che i giornalisti si interessassero a lui e alla sua vita. La fine della sua passata relazione aveva fatto scalpore e il vederlo insieme a un'altra donna aveva scatenato la fantasia di chi seguiva le sue vicende. Tutto nella norma, quindi.

Allora perché si sentiva tanto agitata?

Aveva un brutto presentimento.

Fra lei e Cade le cose erano nate da così poco. Nessuno aveva parlato di sentimenti o di rapporti duraturi; lei per prima aveva lottato per resistere alla potente attrazione che provava nei suoi confronti e non far precipitare le cose. Una battaglia persa in partenza.

Fare l'amore con lui aveva rafforzato un coinvolgimento che aveva provato fin dalla loro prima uscita insieme, e adesso non sarebbe stato facile voltare pagina.

Ma era davvero necessario farlo?

Lei piaceva a Cade, e lui piaceva a lei... *eccome* se le piaceva. Non avevano immaginato di poter stare così bene insieme, però era successo. Perché non avrebbe dovuto funzionare?

La notizia non era emersa nel migliore dei modi, lei avrebbe preferito parlarne prima con Cade e assicurarsi di non essere solo un trafiletto passeggero fra i suoi ritagli di giornale, come Eric aveva ipotizzato. Ma ormai era fatta e non poteva cambiare le cose.

Sperava solo che i ficcanaso la lasciassero in pace.

Ma la fortuna non la assistette...

Tutte le clienti che incontrò per strada la riempirono di domande su Cade, e nemmeno la pioggia torrenziale parve fermarle. Mentre camminava le sembrava che chiunque la osservasse, neanche avessero scritto sul «New York Times» che era l'amante segreta del presidente Obama!

Trovava quell'improvviso interesse invadente e assurdo, e si chiese come riuscissero le celebrità a sopportare quella vita ogni giorno.

Riuscì a sviare le domande dicendo di aver solo aiutato Harrison con gli acquisti di Natale e, anche se questo non spiegava la cena in pizzeria, sembrò bastare alle più curiose. Non intendeva sbottonarsi con nessuno senza prima aver consultato Cade.

Quando il cellulare squillò nella sua borsa, di ritorno a casa, sperò che fosse lui. Non avevano avuto il tempo di scambiarsi i numeri, ma Cade avrebbe potuto avere facilmente il suo, chiamando in negozio. Invece non lo aveva sentito per tutto il giorno, e la sua indole diffidente aveva iniziato a tessere sinistre trame.

Era forse arrabbiato per via dell'articolo? Ricordava bene la sua ansia all'idea di essere riconosciuto dalla gente, durante i suoi primi giorni a Staten Island. E la sera prima, quando si era accorto di essere seguito, le era parso davvero furioso…

Oppure era già sazio di lei?

Quel pensiero la fece rabbrividire mentre rispondeva al telefono.

Sentire la voce di Cade fu una gioia e un sollievo. Il suo tono, purtroppo, smorzò rapidamente il suo entusiasmo.

«Ho avuto il tuo numero da Zoe, spero non ti dispiaccia», sospirò lui. Sembrava stanco… o annoiato?

«Certo che no, avrei dovuto dartelo io stessa».

«Tutto a posto? Sei stata riconosciuta per strada? Domande strane da parte di gente indiscreta?».

Clover sospirò. Andava dritto al punto, eh?

«Nessuno mi ha offerto soldi per un'intervista, se è questo che intendi. Ho dovuto rispondere a un paio di clienti curiose, ma non ho detto nulla di compromettente, solo che ti ho aiutato con i regali di Natale».

«Perfetto», rispose lui, sollevato. E Clover avvertì una punta di delusione.

«Ti ha seguita qualcuno?»

«Oh cielo, sono forse finita in uno scadente film di spionaggio?», borbottò, con voce un tantino più acida del necessario. Si guardò alle spalle, all'interno del taxi, e vide due vetture. «Ci sono due automobili dietro di me, in questo momento. Potrebbero essere guidate da personaggi armati di binocolo, macchina fotografica o penna e taccuino! Quale arma devo temere di più?».

«Clover, se i giornalisti arrivano qui posso dire addio alla mia vacanza pacifica e solitaria», disse Cade, quasi seccato.

«Sembra quasi che sia colpa mia», scattò Clover. «Non ho scelto io di andare in quella pizzeria, te lo ricordo nel caso lo avessi rimosso, e non sono io che creo scompiglio camminando per strada. Dovrei essere quella più preoccupata per questa faccenda, invece sembri tu quello prossimo all'isteria».

«Infatti è strano, visto che hai sempre detto di disprezzare tutto ciò che la mia professione comporta», ribatté lui.

Clover sentì un nodo formarsi nel suo stomaco. «E con questo che cosa vorresti dire? Preferiresti vedermi in lacrime, in preda a un attacco di nervi o a strapparmi i capelli?»

«Preferirei che non sembrassi soddisfatta».

«Non lo sono, infatti. Ieri sera è stato tutto molto bello e avrei di gran lunga preferito ricordarlo *senza* le foto su un giornale scandalistico. Ma ormai è accaduto, e potrebbe succedere ancora».

Cade sospirò. «Hai ragione, perdonami. Sono solo molto nervoso. Non voglio che ci infastidiscano».

«Sono quasi a casa», disse Clover. Trattenne il fiato per un istante, sperando di sentirsi proporre di raggiungerlo immediatamente. Non lo vedeva da sole quattro ore e sentiva già la sua mancanza.

Ma Cade restò in silenzio e il suo cuore precipitò.

«Forse non è il caso che ci vediamo, stasera... vero?», mormorò.

«Se ti hanno seguita, terranno gli occhi aperti per vedere cosa fai e dove vai. E se ti vedono venire qui, si chiederanno il perché».

"Non vuole vedermi..."

Clover annuì, la gola stretta. «Certo, è naturale. Neanche io voglio che il mio quartiere diventi un accampamento di reporter, soprattutto dal momento che dovrò viverci per molto più tempo di te». Fece un profondo respiro e chiuse gli occhi. «Non preoccuparti, non lancerò nemmeno uno sguardo nella tua direzione».

Scese dal taxi e, come promesso, tirò dritto fino alla propria porta, senza voltarsi. «Ecco, sono dentro. Chiudo a doppia mandata e prometto di non aprire agli sconosciuti armati di flash. Puoi rilassarti, adesso», aggiunse, e chiuse la porta con uno scatto deciso.

«Rilassarmi sarà difficile», disse Cade. «Pensavo di avere ancora tempo per godermi New York, invece mi hanno già trovato. E ora che ti hanno vista le cose si faranno solo più complicate».

«Quanto pensi che durerà?»

«Dipende». Cade esitò e Clover si sedette sul divano, le gambe tremanti.

«Da cosa?», chiese, cauta.

«Da noi».

"Esiste un *noi*?", si domandò Clover, ma tenne il pensiero per sé. Quella frase poteva avere mille significati e non voleva rischiare di fare la figura della stupida suggerendone uno errato.

L'avviso di chiamata fischiò nel suo orecchio, evitandole di portare avanti quel silenzio imbarazzato. «Ho una chiamata in attesa».

«Speravo in una serata diversa, Clover», mormorò Cade. «Proprio adesso che noi…».

"Avevamo iniziato a divertirci?", si chiese Clover con una punta di malignità. Poi ripensò allo sguardo dolce e alle premure di Cade, e si sentì in colpa.

Non era stato solo sesso. Il suo cuore lo sapeva.

«Sì, lo speravo anch'io», sospirò. «Fammi sapere come vuoi che mi comporti nei prossimi giorni».

Riattaccò e rispose alla telefonata in attesa, pentendosene immediatamente: era mille volte preferibile il silenzio imbarazzato di Cade, alla voce fastidiosa di sua madre.

«Confesso che, quando ho letto l'articolo sull'«Enquirer», per un momento sono rimasta senza fiato», esordì Nadia. «Averlo a cena era già una gran fortuna, ma avevo dato credito alle parole di Cade e creduto che fossi davvero solo la sua personal shopper. Ma le insinuazioni di tuo fratello, e in seguito quell'articolo, mi avevano convinta che forse stavolta avevi fatto centro».

«Vieni al dunque, mamma».

«Sarebbe stato davvero un bel colpo, Clover. Un *ottimo* colpo! È un vero peccato non ci sia niente fra voi».

Clover sentì un brivido freddo. «E da cosa lo hai dedotto? L'articolo insinua il contrario, se non ricordo male».

«Quello sì, ma la smentita di Cade è stata rapida e anche un tantino esagerata, se posso permettermi. In fondo lui è così abituato a vedersi attribuire flirt, poteva soprassedere e concederti un minimo di notorietà!».

«Non so di cosa parli».

«Una smentita di Cade è apparsa online poche ore fa. Cercala e leggila: in fondo parla anche di te». La voce di sua madre suonò triste. «Mi dispiace, tesoro, ma forse stavolta hai puntato troppo in alto. Insomma, è un attore famosissimo, è abituato ad avere tutto dalla vita. Un uomo come quello è impossibile da trattenere, per una donna normale».

Clover chiuse la telefonata. Il cuore sembrava in procinto di schizzarle fuori dal petto.

Non aveva ancora digerito il primo articolo e già veniva a conoscenza di una seconda notizia…

Una *smentita* di Cade?!

Si precipitò ad accendere il computer e avviò il motore di ricerca digitando il nome di Cade. Fu subito invasa di link. Erano tantissimi gli articoli e le immagini che circolavano su di lui, così restrinse il campo a quell'ultima settimana.

Ed eccola lì, la notizia che stava cercando…

Nessun nuovo amore in vista per Cade Harrison. «È solo la mia personal shopper».

Le foto rubate apparse questa mattina sull'«Enquirer», che mostravano Cade Harrison in atteggiamenti intimi con una misteriosa rossa, hanno fatto impennare l'attenzione generale, ma la notizia sembra destinata a scoppiare come una bolla di sapone. Poche ore fa, infatti, è stata diramata una smentita del bellissimo eroe di *Terra di nessuno.*

Harrison, che si trova a New York per concedersi un periodo di meritato riposo dopo lo stress dovuto alla separazione dall'attrice Alice Brown, si è detto molto seccato per l'articolo apparso sul noto giornale scandalistico e ha tenuto a precisare che la donna con la quale è stato fotografato non è altri che la sua personal shopper.

«Non ho niente di più da dichiarare, in merito a questa storia», ha affermato. «Sto passando il mio tempo libero facendo acquisti e partecipando a feste, come un qualsiasi ragazzo della mia età farebbe durante le vacanze di Natale. E, dopo quanto è successo negli ultimi mesi, penso di meritare un po' di svago. Gli scatti che mi ritraggono insieme a quella donna sono stati scelti ad arte per creare una notizia, e non dimostrano nulla. Possiedo foto decisamente più compromettenti nel mio album di famiglia. Ho partecipato a una cena insieme a gente comune, come poche volte ho occasione di fare a causa del mio successo, e francamente non capisco che interesse possa suscitare il vedermi chiacchierare con una ragazza che conosco appena, seduto al tavolo di una pizzeria affollata. Mi attribuiscono relazioni, vere o presunte, da quando sono un volto noto e onestamente non credo di avere neanche il tempo necessario per tutte queste donne».

Nessun nuovo amore, dunque, per il bel Principe di Hollywood. Che stia ancora soffrendo per la sua precedente relazione? La rapida smentita è forse volta a tranquillizzare la bella attrice?

Alice Brown non lo ha ancora dimenticato, o almeno così sembrano dimostrare le foto che la ritraggono, dimagrita e pallida, all'ultimo evento di beneficenza al quale ha partecipato...

L'articolo proseguiva con una panoramica sulla vita della ex di Cade, ma Clover non se ne preoccupò.

Aveva la testa pesante, la gola in fiamme e la vista fastidiosamente annebbiata.

«...dopo quanto è successo negli ultimi mesi penso di meritare un po' di svago. Gli scatti che mi ritraggono insieme a quella donna sono stati scelti ad arte per creare una notizia, e non dimostrano nulla. Possiedo foto decisamente più compromettenti nel mio album di famiglia...».

Uno svago? Era stata solo questo, per lui? Un divertimento passeggero post rottura con la bella Alice, che forse lo stava ancora aspettando in California?

Fu sommersa da una serie di pensieri, uno peggiore dell'altro. Le parole di sua madre, di Eric e i suoi stessi timori inconsci aleggiavano su tutto il resto.

Cade era una celebrità, ricco e bello: era realmente fuori dalla sua portata. Le sue premure, gli sguardi dolci, i baci e le carezze appassionate le avevano fatto dimenticare che era un attore, e bravo per giunta. Aveva convinto l'America recitando la parte di un soldato morente nel suo ultimo film: convincere una povera sciocca come lei interpretando la parte dell'infatuato doveva esser stato un gioco da ragazzi.

Lacrime di delusione, dolore e rabbia le inondarono gli occhi. Ecco perché non si era fatto vivo per tutto il giorno: sapeva di aver rilasciato quelle dichiarazioni e non aveva trovato un modo per dirglielo. Probabilmente sperava di avere più tempo per divertirsi, ma era stato colto sul fatto e aveva dovuto agire in fretta.

Ne andava della sua immagine. Forse creava persino problemi con la sua ex...

Non si era minimamente preoccupato di cosa avrebbe potuto provare lei, leggendo quell'articolo. Il suo unico cruccio era stato quello di non far sapere ai giornalisti dove abitava.

Soffocando un'ondata di nausea, balzò in piedi e si affacciò alla finestra per controllare la strada. I sospetti di Cade erano esatti, qualcuno l'aveva seguita: un uomo stava seduto su un muretto, pochi metri più avanti, e di certo non era lì per prendere una boccata d'aria in mezzo alla neve.

«Maledetto», sbottò, lanciando a terra il cappello di lana e la sciarpa che non si era resa conto di stringere ancora fra le mani.

Be', se Cade poteva evitare di preoccuparsi dei suoi sentimenti, lei poteva fare altrettanto.

Non sarebbe rimasta in silenzio, a subire quell'umiliazione.

Uscì di casa come una furia e bussò con ferocia alla porta di fronte. Un'occhiata alle sue spalle le confermò che il reporter era sull'attenti, anche se fingeva noncuranza restando concentrato su un cellulare.

La porta si aprì, ma Cade rimase nell'ombra. «Clover! C'è un tizio che ti segue, maledizione… Non lo hai visto?»

«L'ho notato ma non mi interessa minimamente, razza di *firmachiappe* dei miei stivali!», sbottò lei.

Cade la prese per mano, tirandola dentro, e Clover pensò che quel gesto fulmineo non avrebbe che confermato i sospetti del giornalista.

«Che ti prende?», chiese Cade, lanciando uno sguardo fuori dalla finestra per accertarsi che il reporter non diventasse tanto temerario da varcare il cancello.

«Non mi prende niente, volevo solo dirti un paio di cose. E volevo dirtele in faccia… a differenza di te!».

«Cosa?»

«Piantala con quell'aria sconvolta e confusa! Ho letto online la tua smentita. Ma la cosa più simpatica è che è stata *mia madre* ad avvertirmi mentre, chissà perché, io credevo dovessi dirmelo *tu*!».

«Dirti cosa?»

«Che sono stata il tuo giocattolino, un "chiodo-scacciachiodo natalizio", una parentesi priva di valore dopo lo stress che hai dovuto subire a causa della tua ex!». Clover sentì la gola stretta in una morsa, ma non si permise di piangere. Non gli avrebbe concesso anche quel privilegio.

Cade sembrava davvero stralunato, doveva ammetterlo, ma in fondo la sua recitazione da candidatura all'Oscar era conosciuta anche oltreoceano.

«È uno di quei momenti in cui parti in quarta e non riesco a fermarti in nessun modo, vero?», chiese, abbozzando un sorrisetto.

«Non fare il simpatico con me!», lo minacciò Clover, avanzando. Gli puntò un dito sul petto, trattenendo la rabbia per non mostrargli quanto fosse grande la sua delusione. «Dopo le tue dichiarazioni pubbliche non è il caso che ti sforzi tanto. Sei uscito allo scoperto, ormai».

«Sei arrabbiata per la mia smentita?», chiese Cade, perplesso. «Che volevi che facessi? Che confermassi tutto?»

«Confermare *cosa*? Che frequenti una sconosciuta? Non sia mai! La tua ex ti aspetta ancora con le occhiaie e lo stomaco chiuso, non puoi certo rovinarti la piazza dicendo a tutti che esci già con un'altra!».

«Alice non c'entra nulla in questa storia, e lo sai bene».

«Io so solo che ti sei impegnato per mostrarti carino con me, con l'unico scopo di portarmi a letto! Non ti ho fatto faticare molto, vero? Chissà, magari sarà utile anche a me tutta questa storia». Clover sorrise, amara. «Scoparsi un attore di Hollywood! E quando mi ricapita? Lo racconterò per anni, sarà il mio nuovo tormentone delle feste! Incornicerò quelle squallide foto apparse sul giornale per usarle come prove, se necessario… nel caso qualcuno non mi credesse!».

Lo sguardo ferito e arrabbiato di Cade sembrava autentico. «Quindi era a questo che miravi?».

Clover trasecolò. Non aveva capito niente.

Rendersi conto di quella realtà avrebbe dovuto rallegrarla. Invece la rese solo più amareggiata.

«Volevi interpretare il ruolo del principe fiabesco e ti ho lasciato fare. È evidente che perfino in vacanza hai bisogno di recitare, proprio come hai la necessità di avere intorno persone che ti ricordino chi sei. Lo hai detto tu, io l'ho solo tenuto a mente». Clover strinse una mano fino a quando non sentì le unghie conficcarsi dolorosamente nel palmo. «Avresti potuto risparmiarti quelle smancerie sdolcinate e passare immediatamente ai fatti: due salti fra le lenzuola e via, non saremmo nemmeno finiti sui giornali. Ma ormai è andata così. Pazienza». Gli lanciò uno sguardo glaciale e avanzò verso la porta. La sua rabbia si stava sgonfiando e la voglia di piangere aumentava di minuto in minuto. Doveva uscire da quella casa.

«Non riesco a credere a quello che hai appena detto», disse Cade con voce roca, fermandola.

Clover lo fissò: sembrava arrabbiato, ferito, triste e incredulo. Ma lei era troppo addolorata e poco lucida per capire se fosse sincero o meno.

«Non importa», rispose, con un'alzata di spalle. «Neanche io credo a una parola di quello che dice un attore consumato».

«Ti stai sbagliando di grosso».

Improvvisamente svuotata di ogni energia, Clover abbozzò un mesto sorriso. «Siamo seri, Cade. Se anche fosse stato tutto vero, sarebbe comunque finito presto».

«Questo non puoi saperlo».

«Invece sì. Tu non c'entri niente con una come me. Ha ragione mia madre, sei fuori dalla mia portata. Pensa, per un attimo ha temuto di doversi congratulare con me per il bel colpo, ma la tua smentita pubblica le ha fatto tirare un sospiro di sollievo».

«Che volevi che dicessi a quella gente?». Cade avanzò di un passo, indicando la finestra. «Avrei potuto lasciar credere loro qualunque cosa, ma dopo? Che sarebbe successo?»

«Intendi dopo il tuo ritorno in California?», chiese Clover. «Be', sarei stata archiviata come l'avventura natalizia di Cade Harrison: un gradino sopra l'essere definita meno compromettente delle tue foto di famiglia!».

«Se ci tieni tanto, posso ancora farti avere un po' di notorietà. Mi basta aprire la porta e baciarti davanti a quel tale», reagì lui, scuro in volto. «Sai cosa ci sarebbe scritto sui giornali di domani? Che stavo dando il bacio d'addio alla mia amante segreta prima di tornare a casa. Perché tornare a Los Angeles è l'unica cosa sensata che posso fare, ora che mi hai messo un giornalista alla porta!». Si passò una mano tra i capelli, il volto improvvisamente inespressivo. «Scusa se non ti ho fatto avere più spazio sui tabloid. Che stupido, io credevo di farti un favore!».

«Me lo stai facendo adesso». Clover indietreggiò fino alla porta. «Della tua luce riflessa non so proprio che farmene».

Corse a casa con la vista annebbiata.

Che tornasse pure in California! Era la soluzione migliore, così non sarebbe stata costretta a vederlo, né a elemosinare attenzioni. Le sarebbe servito da lezione, nel caso fosse stata tanto stupida da illudersi una seconda volta di poter vivere una favola.

Cade la credeva in cerca di notorietà, ansiosa di far sapere al mondo intero che andavano a letto insieme… Che bella opinione aveva di lei!

Si sciolse in lacrime non appena mise piede in casa. L'atmosfera natalizia che l'accolse peggiorò soltanto le cose, e i suoi singhiozzi divennero strazianti. Tutte quelle luci, le decorazioni, i rametti di vischio… L'alone di magia che sempre l'aveva emozionata, in quel momento le sembrò una presa in giro.

Aveva espresso quello stupido desiderio durante l'accensione dell'albero di Natale e come una sciocca si era illusa di essere stata ascoltata.

Era stata effettivamente *desiderata* da "un uomo come quello". Da lui in carne e ossa, a dire il vero, ma non era ciò che aveva realmente sperato. Quel tipo di desiderio durava un attimo, non tutta la vita.

E il suo attimo con Cade Harrison era già passato.

Capitolo 12

Aveva dimenticato quanto poteva essere abbacinante il sole in California, perfino a dicembre. Gli sembrava strano indossare una t-shirt al posto del maglione, sentire il rumore delle onde anziché il silenzio ovattato della neve, essere in quella sua enorme villa che un tempo considerava il suo rifugio e che ora gli sembrava solo tanto vuota.

La musica natalizia che lo stereo diffondeva da quella mattina stonava in un posto in cui non c'era freddo, né neve, né spirito festaiolo.

Stonava in un posto in cui non c'era Clover.

Non la vedeva da due settimane e gli mancava come se non la vedesse da anni. Continuava a rivivere ogni istante trascorso con lei, quei pochi ma intensi giorni pieni di allegria, dolcezza e passione. Se ne stava accanto alla finestra, a sfiorare con un dito la superficie liscia della palla di vetro con la neve che lei gli aveva regalato, dandosi mille volte dello stupido.

Non era stato in grado di gestire quella situazione. Facendo smentire quel maledetto articolo non aveva previsto che ogni frase uscita dalla sua bocca, e rivista dal suo ufficio stampa, potesse suonare tanto fredda e impersonale. Non era da lui: Cade Harrison era abituato a ignorare i pettegolezzi, fondati e non. A sua discolpa, poteva solo dire che il suo intento era stato quello di proteggere Clover, la sua intimità e quel sentimento appena nato fra loro... anche se il risultato era stato pessimo.

Era partito da New York la sera stessa, con il cuore sanguinante al pensiero di non rivederla più.

Due giorni dopo il suo rientro, invece, l'aveva vista in televisione. I giornalisti si erano appostati davanti a casa sua, cercando di capire come stesse reagendo alla sua partenza, ma avevano potuto fare solo blande supposizioni. Le foto rubate e il breve filmato mostravano una donna sola che usciva di casa, il viso parzialmente nascosto dalla sciarpa e l'aria apparentemente tranquilla. Eppure, quei brevi attimi rubati, su di lui avevano avuto lo stesso effetto di un pugno in pieno petto.

La sua dolce, spumeggiante Clover sembrava spenta. Camminava a testa bassa, vestita di scuro, i capelli rossi unica nota di colore sulla sua figura sottile. Cade avrebbe dato qualunque cosa per poter rivedere il suo sorriso... e molto di più per poter leggere i suoi pensieri.

Il dubbio che lei lo avesse usato per farsi pubblicità, come avevano fatto quasi tutte le donne con cui era stato in passato, lo aveva tormentato per giorni, rendendolo nervoso e muto. Ma il suo cuore sapeva che Clover, così dolce e sensibile dietro la sua maschera da folletto dispettoso, non avrebbe potuto mentire tanto bene.

“Siamo seri, Cade. Se anche fosse stato tutto vero, sarebbe comunque finito presto. Tu non c’entri niente con una come me”.

Quelle parole non gli davano pace, così come non gliene dava il pensiero che lei lo avesse reputato capace di fingere per tutto il tempo.

Clover era realmente così convinta che non potesse esserci un futuro per loro? Possibile che non avesse capito quanto era diventata importante per lui, in pochissimo tempo?

Non sapeva proprio come comportarsi per dimostrarle che era pazzo di lei e che non aveva mai recitato.

Aveva pensato mille volte di scriverle, di telefonarle, di inviarle perfino un assegno per il lavoro svolto come sua personal shopper, cosa che probabilmente l’avrebbe fatta arrabbiare. Conoscendo il suo carattere esplosivo, quel gesto avrebbe potuto spingerla a prendere un aereo diretto a Los Angeles solo per dirgliene quattro di persona. E l’idea lo aveva stuzzicato non poco. Sarebbe stato meraviglioso aprire la porta e trovarsela davanti…

Al suono del campanello quasi rise. «Nemmeno nei film più scadenti», disse, andando ad aprire. Tuttavia, il suo cuore batteva così forte da fargli credere che potessero sentirlo addirittura dall’esterno.

La speranza si sgonfiò nel vedere sua madre dietro la porta, e la delusione dovette trasparire dal suo viso.

«Sembri deluso, tesoro», disse Grace Harrison, con una smorfia a metà fra il seccato e il soddisfatto. «Aspettavi qualcun altro?»

«Sei venuta a farmi la predica, mamma?», sospirò Cade, lasciandola entrare.

«Ci puoi giurare!», esclamò lei, ravviando i lunghi capelli biondi. «Tuo fratello mi ha detto che non sai se venire con noi a New York. È vero?»

«La qualifica di figlio preferito ha reso Jake un vero chiacchierone», borbottò lui, andando a sedersi sul bracciolo del divano e continuando a giocherellare distrattamente con la palla di vetro di Clover.

«Il che lo rende un valido aiuto per una madre che inizia a essere troppo vecchia per sopportare i capricci della propria testarda prole». Grace scosse la testa con aria stanca. «Non ti facevo così codardo, Cade. Il tuo atteggiamento mi sta deludendo».

«Di che parli?»

«Prima scappi da Los Angeles per sfuggire alla storia con Alice, anziché cantargliene quattro come si meritava dopo il fango che ha cercato di buttarti addosso. Poi ti rintani a miglia di distanza, costringendomi a far traslocare l'intera famiglia a New York per non lasciarti solo il giorno di Natale. Laggiù ti invaghisci di una ragazza, i giornalisti ti colgono in flagrante, e tu che fai? Scappi di nuovo e torni a casa con la coda fra le gambe!».

«Sai bene che non ho reagito alle provocazioni di Alice perché non mi andava di abbassarmi al suo livello», protestò Cade. «A dire il vero ho detto anche troppo. Non meritava un briciolo della mia considerazione».

«Suppongo che, per quella faccenda, la colpa sia in parte mia: ti ho educato troppo bene... Comunque sia, quella gatta morta si meritava ben altro», sbuffò sua madre, divertendolo. «Ma per quanto riguarda l'altra ragazza…».

«Clover», disse Cade, assaporando il suono di quel nome sulle labbra.

«Clover», ripeté sua madre con un sorriso. «Ti ha colpito come nessun'altra ha mai fatto. Sei stato a New York solo tre settimane e sei tornato con gli occhi da triglia!». Il suo sguardo sorpreso non sfuggì alla donna, che scosse la testa. «Credi sia nata ieri? Hai buttato il suo nome in ogni conversazione telefonica che abbiamo avuto, prima e dopo le foto apparse sull'«Enquirer». E hai reagito con eccessiva foga a quell'articolo, il che mi ha subito insospettita. Ma anche stavolta, anziché mostrare a tutti quello che provi, sei tornato qui per rinchiuderti nel tuo palazzo di cristallo». Lo fissò con gli occhi azzurri, tanto simili ai suoi. «Mi chiedo perché diavolo te ne stai qui, con le mani in mano, se lei ti piace così tanto».

Cade si passò le mani sul viso stanco. «Lei non si fida di me, mamma, pensa che il mio successo complichi le cose e ci renda troppo diversi. E forse non ha tutti i torti».

Sua madre gli si avvicinò. «Cade, se avessi gridato al mondo intero ciò che sentivi per lei, pensi che Clover si sarebbe lasciata frenare dalla tua fama?»

«Non sono sicuro di ciò che prova. E non sarebbe la prima volta che una donna si interessa solo a ciò che rappresento». Sollevò lo sguardo verso quello dolce dell'unica donna di cui si fidava ciecamente, lasciando cadere il velo di inaccessibilità che esibiva al resto del mondo. «Ha detto delle cose, l'ultima volta che ci siamo visti... Cose che mi hanno portato a credere che per lei fosse tutto un gioco. Non le ho creduto fino in fondo, non riesco a vederla come una ragazza a caccia di notorietà. Il mio istinto mi dice che stava solo evitando di mostrarsi ferita dalla mia smentita pubblica. L'ho vista fare la stessa cosa con la sua famiglia...».

«E cosa ti trattiene, allora?»

«Non lo so. La conosco così poco, e lei ha veramente un estremo bisogno di attenzioni e certezze. Forse le serviva davvero quella prima pagina, per sentirsi speciale».

Grace alzò gli occhi al cielo, davanti all'ottusità di quel suo bellissimo figlio. «Hai ereditato da tuo padre un grosso difetto, tesoro: non riuscite a comprendere le donne, se qualcuno non vi spiega come fare!».

Guardando quel cipiglio fiero, e ascoltando quella ramanzina, Cade sorrise. «Inizio a essere solidale con lui, infatti».

«Ma io non lo sono con te! Caro, se a Clover è servita una prima pagina per sentirsi speciale, allora devi esser stato decisamente carente su più fronti». Cade si irrigidì e Grace quasi rise di fronte alla sua espressione contrariata. «Se invece, come hai detto, è una ragazza orgogliosa che attacca per nascondere al mondo intero il suo bisogno d'amore, hai dimostrato davvero poca sensibilità nel dettare quella smentita al tuo ufficio stampa».

«In ogni caso è colpa mia?», borbottò lui.

«Mi duole molto ammetterlo, ma è così».

Cade sospirò pesantemente. «Che devo fare, allora?»

«Speravo ci arrivassi da solo», sbuffò Grace. «Devi andare a riprendertela!».

«E se mi fossi sbagliato? Se lei non fosse quella che penso e non provasse quello che provo io?»

«Soffrirai, ma almeno saprai di averci provato». Sua madre lo guardò, teneramente. «Non sei felice da quando sei tornato, Cade. Sei un bravo ragazzo, con la testa sulle spalle e le idee chiare, ma per anni ti ho visto circondarti di donne e sfoggiarle come auto nuove davanti alle telecamere. Questa è la prima volta che ti sento senza fiato nel descrivere una giornata passata con una ragazza. Ti brillano gli occhi quando parli di lei, e si spengono quando ricordi che l'hai lasciata andare. Vuoi davvero rinunciare alla possibilità di vivere un sentimento così bello? Lo sai quanto è raro innamorarsi in questo modo, senza una logica?»

«Tu hai rischiato, con papà?»

«Chi ama rischia sempre, tesoro. Ma non c'è niente di più bello a questo mondo».

Cade abbracciò forte sua madre. «Come fai a essere così saggia?»

«Anni e anni di errori… Diventano esperienza da lasciare ai posteri», sorrise lei. «Buttati nella mischia, amore. Sono certa che non te ne pentirai».

«Clover sarebbe felice di sapere che hai fiducia in lei», mormorò Cade, immaginando per un istante la sua piccola testa rossa, così insicura e bisognosa d'affetto, con il viso incredulo e gli occhi lucidi nell'apprendere una notizia del genere.

«Non conosco Clover, ma conosco te: mi fido del tuo cuore e di quello che sta provando. Perciò sappi che, se non vai a confessarle il tuo amore, mi riterrò obbligata a presentarle uno dei tuoi amici bellocci!», lo ammonì sua madre. «Chi potrebbe piacerle? Se non ricordo male, ce n'è uno che vive proprio a New York e che è un vero zuccherino! Come si chiama?»

«Zack», mugugnò Cade. «Con lui vai sul sicuro, Clover lo ha conosciuto e ne è rimasta colpita». Sapeva che sua madre scherzava, ma strinse comunque i denti: l'idea di Clover insieme a un altro lo faceva impazzire.

«Ottimo. Glielo manderò a casa con un bel fiocco intorno al collo e un biglietto di scuse da parte mia», continuò la donna.

«Ovvero?»

«*Sei una cara ragazza, ti meriti qualcuno meno scemo di mio figlio!*».

«Mi hai convinto», ridacchiò Cade. Poi, tornò serio. «Spero solo di convincerla con la stessa facilità. Non crede alle mie parole, pensa che io reciti quando parlo di sentimenti».

«Allora non parlare. I fatti convincono molto di più». Sua madre gli accarezzò i capelli come quando era bambino. «Pensa a quello che lei è per te, a come ti fa sentire. Ti verrà in mente il modo giusto per dirglielo».

Cade la baciò. «Grazie, mamma».

«Questo significa che verrai con noi a New York, vero?»

«Mi avresti spinto fra le braccia di chiunque, pur di avermi a Natale!», l'accusò Cade, ridendo del suo sguardo malizioso. Poi sospirò, fingendosi affranto. «Papà mi ucciderà. Voleva che tenessi duro, sperando di scampare la trasferta».

Grace inorridì. «Farà i conti con me! Razza di musone eremita…».

«Sai, mamma, penso che tu e Clover andrete d'accordo. Avete lo stesso modo di affrontare le cose».

«A tal proposito: vedi di portarla al pranzo di Natale. Altrimenti Jake rimarrà il figlio preferito per il resto della vita!».

«Signorina O'Brian, può dedicarci dieci minuti del suo tempo?».

Clover gemette tra sé nell'udire la voce dell'ennesimo giornalista appostato fuori dai negozi che frequentava per lavoro.

«Non ho tempo da perdere, mi spiace», disse svelta, sorpassandolo.

Il reporter non si lasciò scoraggiare dalla sua freddezza e la seguì. «Solo qualche domanda…».

«Non ho nulla di nuovo da dire rispetto a una settimana fa».

«A quindici giorni dalla partenza di Cade Harrison, ha qualche notizia per i nostri lettori? Vi siete più parlati, incontrati segretamente?»

«No».

«Per quale motivo? La vostra storia era solo una parentesi passeggera? Ci sono state delle incomprensioni fra voi?»

«Quante domande…». Infastidita, Clover si fermò di scatto, cercando una via di fuga. Fissando un punto alle spalle del giornalista, sgranò gli occhi e la sua espressione si fece confusa. «Perché non lo chiede a lui? Se non sbaglio, l'ho appena visto attraversare Times Square», mormorò.

Il paparazzo si voltò di scatto, già pregustando lo scoop: se Cade Harrison era di nuovo a New York, forse era davvero tornato per quella ragazza…

Scrutò la folla in cerca dell'attore, ma nessuna delle tante persone che affollavano le strade illuminate a festa somigliavano anche solo lontanamente al divo di Hollywood. «È sicura di aver visto proprio Harrison? Io non vedo…». Le parole gli morirono in gola quando tornò a voltarsi e non trovò nessuno ad ascoltarlo. «…niente. Maledizione, mi ha fregato», imprecò.

Clover uscì dalla porta di servizio di un negozio di abbigliamento e si diresse a passo spedito verso Giftland, calcando meglio il cappellino sulla testa per nascondere le sue dannate ciocche rosse.

"Ha dei capelli troppo vistosi per passare inosservata…".

Quel ricordo la colse all'improvviso, come accadeva ormai ogni giorno, lasciandole un gran senso di vuoto.

Inizialmente le era sembrato di impazzire di dolore, aveva pianto tante di quelle lacrime da compensare tutti gli anni in cui le aveva trattenute. Si era ritrovata a piangere di fronte all'albero di Natale al Rockefeller Center, ripercorrendo le strade piene di negozi decorati a festa, passeggiando a Central Park... perfino mangiando la cioccolata! Un paio di volte i clienti l'avevano beccata a frignare, facendola sentire una stupida. Odiava mostrare le proprie debolezze alla gente, ma in quell'ultimo periodo non riusciva proprio a controllarsi.

Dopo il dolore era sopraggiunta l'apatia. Ed era sempre meglio che strapparsi i capelli per la disperazione. Se non poteva tornare a essere spensierata come prima di conoscere Cade, poteva almeno vivere come se nulla riuscisse a sfiorarla.

Nemmeno gli assalti dei giornalisti la toccavano più. Ormai era abituata a trovarsene sempre uno fra i piedi, durante le ore di lavoro, e li evitava in modo quasi naturale. Erano piuttosto semplici da raggirare, bastava distrarli come si fa con i bambini.

Che ci fa la limousine di Obama davanti a Macy's?!

Ma quel tipo accanto a Beyoncé chi diavolo è?

Oh, cavolo, John Travolta vestito da Babbo Natale sta distribuendo regali tra la Quinta e la Ventitreesima!

Ci cascavano sempre.

Quella era New York, le star giravano per le strade intenzionate a godersi l'atmosfera natalizia, e i giornalisti non potevano proprio rischiare di perdere simili occasioni per correre dietro a una ragazza che era stata famosa per dieci minuti.

In seguito al primo articolo uscito su lei e Cade, tutti i giornali più affamati di scoop si erano interessati alla nuova vittima del Principe di Hollywood, arrivando perfino ad appostarsi davanti a casa sua o sulla porta di

Giftland. Aveva dovuto addirittura chiamare la polizia per farli allontanare dal suo vialetto! Si era rifiutata categoricamente di rispondere a qualunque domanda le venisse rivolta, sperando di essere lasciata in pace. Ma non aveva funzionato.

Due giorni dopo la partenza di Cade, un notiziario aveva mandato in onda un breve servizio su di lei, corredato da immagini in cui lei sembrava in lutto, vestita di scuro e con la faccia cadaverica.

La personal shopper, abbandonata, piange il suo principe, avevano detto, e la rabbia nel dover concordare con quelle parole l'aveva invasa, spingendola a non indossare più un solo capo scuro. Soffriva, certo, ma non aveva nessuna intenzione di mostrarsi in quello stato davanti a perfetti estranei che volevano solo ficcare il naso nella sua vita.

Né desiderava che quelle immagini patetiche arrivassero fino in California.

La settimana seguente, un collaboratore esterno a una rivista scandalistica aveva richiesto un appuntamento in incognito a Clover, con la scusa di acquistare alcuni regali di Natale. Le bruciava ancora il ricordo di come si era fatta gabbare da un ragazzino con la faccia lentigginosa! Aveva intuito troppo tardi che le domande che il tale le poneva, a prudente distanza le une dalle altre per non destare sospetti, avevano un secondo fine.

Fortunatamente era già entrata nella fase della rassegnazione, perciò le sue parole non erano state troppo interessanti per il cronista e nessuna lacrima era scesa sul suo viso. Ma dalle quattro domande alle quali aveva inconsapevolmente risposto, il giornalista aveva ricavato un articolo di due pagine, in cui lei appariva assolutamente indifferente alla mancanza di Cade, dichiarando di non aver mai avuto nessuna intenzione di buttarsi in una relazione romantica con lui…

Un uomo come quello, ricco, strapagato e desiderato, non potrebbe mai avere niente a che fare con una ragazza come me. Sono stata semplicemente fortunata ad averlo come vicino di casa per un po' di tempo. In qualche modo siamo stati utili l'uno per l'altra: Harrison ha risolto in fretta il problema dei regali di Natale, e i miei affari hanno beneficiato della sua sola presenza.

Peccato che quella sua presunta indifferenza non avesse soddisfatto del tutto i curiosi.

Forse non era riuscita a convincerli perché aveva la verità scritta in faccia: come i gemellini Stevenson le avevano detto pochi giorni prima, sembrava che i suoi occhi fossero diventati vuoti.

Be', era così che si sentiva: vuota e spenta. Non provava più nessuna gioia, nemmeno per le cose che un tempo l'avevano entusiasmata tanto. Si dedicava al proprio lavoro più del necessario, sperando di tenersi occupata e sforzandosi di trovare idee originali per i suoi clienti, ma non riusciva a farlo bene come un tempo. Era come se, incontrando Cade, per un attimo avesse creduto di veder realizzata una bella favola. Invece, sparito lui, tutti i suoi sogni erano crollati miseramente come un castello di carte.

Nella sua vita non c'era più niente di bello… a parte i suoi amici. Zoe, Liberty ed Eric non facevano che riempirla di coccole e attenzioni, provando ad aiutarla a venir fuori dal baratro di tristezza in cui era precipitata.

Eric si comportava come un fratello affettuoso e protettivo, offrendole una spalla su cui piangere ogni volta che ne aveva bisogno. Del resto, nessuno meglio di lui poteva capire cosa significasse amare senza essere ricambiato. E il solo fatto di essere un uomo, dava a Clover quel senso di protezione che le era venuto a mancare da quando suo padre era morto e suo fratello si era allontanato da lei.

Zoe la faceva ridere. Doveva quasi sforzarsi per fare la parte dell'amica superficiale, decisa a non affrontare argomenti seri, ma Clover le era grata per tutte le chiacchiere inutili con cui cercava di stordirla. L'amica era convinta che un sorriso fosse il rimedio migliore per curare un cuore spezzato, ma soprattutto era una grande sostenitrice del "chiodo-scaccia-chiodo" e continuava spesso a proporle di uscire con qualcuno. Clover inorridiva al pensiero di frequentare un uomo che non fosse Cade – di sicuro non lo avrebbe fatto tanto presto – ma lasciava che Zoe continuasse a tessere le sue trame per tenere impegnata la mente.

Liberty, infine, la spronava a reagire. Aveva un atteggiamento quasi materno, nei suoi confronti, e la spingeva a concentrarsi su cose più importanti dell'amore, sentimento che agli occhi della bionda trentenne pareva quasi pericoloso e astratto. Detto da chi aveva un fidanzato da diversi anni era quasi assurdo, ma Liberty le aveva fatto capire che gli amori illogici e irreali come quello che Clover provava per Cade non portavano mai a niente di buono, e che avrebbe dovuto cercare per sé un uomo in grado di farla sentire "tranquilla", come Justin faceva con lei. E questo, solo se non poteva fare a meno di avere qualcuno al proprio fianco.

Clover era grata al cielo di avere accanto quelle tre persone. Erano quanto di più vicino a una famiglia avesse mai avuto.

Lib si era perfino offerta di passare quella sera con lei. Il suo fidanzato era a Toronto per lavoro, in quei giorni, e lei non aveva nessuna intenzione di tornare a Chicago da sola per passare le feste con i suoi genitori. Perciò le aveva proposto di andare a vedere *Lo Schiaccianoci* insieme e poi aspettare la mezzanotte nel suo loft, a Brooklyn.

Nonostante la poca voglia di festeggiare, Clover era felice di non restare sola proprio la vigilia di Natale.

Tornata in negozio, dopo il suo ultimo giro di clienti, si stampò un sorriso sulla faccia e si preparò a passare la serata con Liberty. Ma non appena vide i volti seri e dispiaciuti dei tre colleghi, intuì che qualcosa stava per andare storto.

«Che facce avete… È morto qualcuno?», sdrammatizzò, togliendosi il cappello di lana.

«Non ancora ma succederà a me, tra meno di due ore. Morirò di noia alla cena della vigilia organizzata dalla mia numerosa famiglia!», sospirò teatralmente Zoe.

«Oh, andiamo. Le rimpatriate familiari non sono poi così male». Lei avrebbe pagato per poterne avere una con cui festeggiare. «Comunque puoi sempre raggiungere Lib e me, non appena avrai assolto il tuo compito di brava figlia e nipote prediletta...».

Lo sguardo colpevole di Liberty la mise in allerta.

"Scaricata un'altra volta, lo sapevo...".

«A proposito della nostra serata», iniziò Lib, con aria imbarazzata. «Ho un problema da risolvere a casa dei miei e devo partire per Chicago stasera stessa. Il volo parte tra due ore, non posso proprio venire a teatro con te. Non sai quanto mi senta mortificata...».

Clover si intenerì nel vedere l'amica tanto a disagio. Liberty Allen era sempre controllata e organizzata, era difficile coglierla in fallo.

«Proprio tu, la mia mamma putativa, mi abbandoni sola come un cane la vigilia di Natale?», scherzò, lasciandosi cadere su una sedia dell'ufficio. «Non potrò mai perdonarti!».

«Non farmi sentire peggio di quanto già non stia». Liberty si morse un labbro. «So che avevo promesso di passare la vigilia con te, ma...».

«Sto scherzando, Lib. Non morirò di solitudine, rilassati. Sono sopravvissuta ad altre vigilie come questa». Clover si strinse nelle spalle, una parvenza di sorriso sulle labbra. «Me ne andrò a casa, ordinerò cibo cinese e aspetterò la mezzanotte per aprire i vostri regali».

Zoe si fece avanti, guardando Liberty con disapprovazione. «I tuoi genitori non possono aspettare un altro giorno? Lasciare Clover da sola proprio questa sera è crudele!».

Liberty le lanciò un'occhiataccia. «Piantala».

«Clo, tesoro… vuoi unirti a me e alla mia famiglia? Io mi annoio a morte in queste occasioni, lo sai. Sono tutti vecchi e mi tormentano perché non sono ancora sposata, mentre loro alla mia età avevano già un paio di figli a testa!». Zoe alzò gli occhi al cielo, stressata alla sola idea, poi li riportò su di lei, dolci e attenti. «Vieni con me: possiamo ubriacarci insieme mentre mia nonna sforna i suoi manicaretti, e squagliarcela non appena si addormenta sulla sedia».

Clover scosse la testa con forza. «No, grazie! Non sono così disperata da imbucarmi a qualche festa di famiglia». Fece un bel respiro e tornò ad alzarsi. «Bene, visto che non ci sarà nessun balletto classico, non mi resta che andarmene a casa».

Liberty guardò rapidamente l'orologio, poi scambiò un'occhiata con Eric e Zoe. «Perché non facciamo un brindisi, prima di chiudere? Visto che passeremo il Natale separati, godiamoci almeno questo momento».

Mentre Zoe recuperava quattro bicchieri, Eric stappò una bottiglia di champagne, ricevuta in regalo da una cliente. Fecero un brindisi abbondante scambiandosi gli auguri, ma il clima era pesante e il silenzio finì per calare presto su Giftland.

Clover tracannò il suo bicchiere d'un fiato, appoggiandolo poi con forza sulla scrivania. Intercettando gli sguardi ansiosi degli amici, batté le palpebre. «Che c'è?»

«Sei sicura di star bene?», chiese Zoe, preoccupata.

«Ragazzi, non è il caso di avere quelle facce da funerale», sbuffò Clover. «Ho passato momenti migliori, è vero, ma non andrò a suicidarmi appena uscita da qui, né mi darò all'alcol». Guardò le tre facce solenni e sorrise tristemente. «Sapevamo fin dall'inizio che non sarebbe durata, non è stata una sorpresa per nessuno. Cade è tornato alla sua vita, io alla mia. Fine della storia. Mi sono goduta un bel clima natalizio, quest'anno, nonostante il grigiore delle ultime due settimane. Ma passerà presto, sapete come sono fatta. Le mie tragedie non durano mai troppo a lungo».

«Facciamo così, Clo: se dovessi sentirti estremamente... *triste*, più tardi, chiamami», la pregò Liberty. «Vedrò di disdire il mio viaggio, in un modo o nell'altro».

«Non ce ne sarà bisogno, starò benissimo». Clover si infilò il cappello di lana e si avviò verso l'uscita. «Ci vediamo fra due giorni. Buon Natale, ragazzi!».

«Chiamami domani!», esclamò Zoe, accompagnandola alla porta.

«Chiama anche stanotte, se hai bisogno di sfogarti», precisò Eric.

Clover rise piano. «E io che pensavo di non avere nessuno che si preoccupasse per me! Mi sbagliavo, ci siete voi... e siete pesanti!», scherzò uscendo. Una volta fuori, poté smettere di fingersi sorridente.

Sollevò il collo della giacca e si avviò a passo lento verso la stazione dei taxi più vicina, sperando di riuscire a trattenere le lacrime fino a quando non fosse stata al sicuro a casa sua.

In negozio, Liberty, Zoe ed Eric osservarono la loro amica allontanarsi per le strade innevate, in complice silenzio. Solo quando fu sparita dietro l'angolo si allontanarono dalla porta, che Eric chiuse a chiave per precauzione.

«Mi auguro che ne valga la pena», borbottò Liberty, estraendo il cellulare dalla tasca e componendo il numero scritto in tutta fretta su un post-it. «Altrimenti giuro che lo strozzo!».

«Hai visto che occhi tristi aveva?», sospirò Zoe. «Per un attimo ho sperato che accettasse il mio invito. L'idea di lasciarla da sola in un momento come questo mi fa soffrire».

«Volevi solo un'alleata alla tua cena di famiglia», bofonchiò Eric.

«Non è vero. Tengo troppo a Clo, non voglio che soffra!».

«Hai rischiato di mandare a monte tutto quanto, con la tua sceneggiata. Che avresti fatto se avesse accettato il tuo invito?»

«Sapevo che non lo avrebbe fatto, la conosco. Preferisce stare sola piuttosto che fare il terzo incomodo in una famiglia numerosa e affiatata come la mia. Le avrebbe ricordato che la sua è ben diversa e che probabilmente sta festeggiando senza di lei. Se avessi tra lei mani quelle persone, io...!».

«Dimentichi che fra meno di un'ora potrebbe non essere sola e nemmeno triste».

Zoe fece una smorfia. «Adesso stai dalla *sua* parte? Voi uomini vi spalleggiate a priori!».

«Sto solo cercando di essere positivo. Ma non sono ancora del tutto sicuro che sia stata una buona idea assecondarlo».

«Sai che novità. A sentire te, nessun uomo merita una seconda possibilità».

«A sentire te, invece, chiunque ne merita ben più di una».

«È appena uscita». La voce di Liberty al telefono pose fine alla loro diatriba. «Ha detto che andava subito a casa, ma se cambia idea strada facendo non posso saperlo. E da un lato non ti farebbe male restare sotto la neve per un bel pezzo, a congelarti». Lib ascoltò la breve risposta poi scosse la testa, un sorriso involontario sulle labbra. «Buona fortuna, allora», disse infine, riattaccando.

«Che ha detto?», chiese Zoe, curiosa.

«Che congelarsi sotto la neve è la cosa che lo spaventa di meno, in questo momento». Liberty si strinse nelle spalle. «Bene, il nostro dovere lo abbiamo fatto. Non ci resta che aspettare e sperare che vada tutto per il meglio. Torniamo a casa».

Zoe annuì e si preparò a uscire. Intercettando lo sguardo di Eric, gli sorrise. «Che fai stasera? La cena dai miei è *davvero* mortalmente noiosa senza qualcuno vicino…».

Eric la guardò, truce, e lei rise.

Il taxi procedeva lentamente sulla strada coperta di neve, ma l'abitacolo era caldo e il tassista piuttosto socievole. In altre occasioni, Clover si sarebbe goduta quel tragitto chiacchierando con l'uomo alla guida, ma quella sera non era dell'umore adatto.

Nonostante lo sforzo a cui si sottoponeva ogni giorno per mostrarsi serena e allegra, non riusciva a trovare un solo motivo per sorridere davvero. Come aveva detto a Liberty, non era la prima volta che passava la vigilia di Natale da sola, era abituata a inventarsi serate divertenti per arginare la solitudine. Ma da circa due settimane il suo lato malinconico aveva preso il sopravvento.

Ed era tutta colpa di Cade Harrison.

Sapeva fin dall'inizio che fra loro non avrebbe funzionato. Tuttavia, solo il suo cervello ne era stato convinto, il cuore era ancora di tutt'altra opinione.

"Stupido organo romantico", pensò rabbiosa, fissando la neve cadere.

Doveva fare qualcosa per arginare la sua estrema ingenuità. La speranza, la magia del Natale, i sogni a occhi aperti... Erano tutte cose meravigliose, ma davvero inconsistenti. Ogni anno sperava in qualcosa che poi, puntualmente, non accadeva, eppure il suo ottimismo continuava a rinsaldarsi quasi contro la sua volontà.

Quante illusioni infrante poteva sopportare un cuore?

Un volto bellissimo, illuminato da due profondi occhi azzurri, si affacciò alla sua mente, rispondendo a quella domanda: dopo la partenza di Cade, il suo cuore era andato in mille pezzi. Non c'era più posto per alcuna illusione.

Le note di *Christmas. Baby Please Come Home* si diffusero all'interno del taxi, strappandole un sospiro. Con quella splendida voce morbida, Michael Bublé sembrava far echeggiare i suoi pensieri: il Natale, giorno pieno di neve, luci colorate e musica, sembrava privo di magia se lo si trascorreva senza avere accanto la persona amata.

Rispecchiava così tanto la sua realtà da farle bruciare la gola.

Sentendo le lacrime inondarle gli occhi, Clover chiese al tassista di fermarsi e proseguì a piedi per l'ultimo isolato. Non aveva intenzione di mettersi a piangere davanti a un estraneo, anzi: non voleva piangere affatto.

Quella canzone le ricordava ciò che non aveva, è vero, ma lei era un'ottimista nata. Ed era ora di ritrovare la sua vera natura.

Era possibile innamorarsi in così poco tempo?, si chiese, camminando lentamente. Visto quanto erano state forti le emozioni provate per Cade e quanto intenso il dolore che l'aveva invasa da quando lui era partito, la risposta era senz'altro *sì*. Erano stati giorni speciali, quelli passati con lui, attimi che avevano dato un senso a tutti i suoi sogni a occhi aperti. Finalmente aveva compreso cosa aspettava da tutta la vita, qual era il regalo che avrebbe sempre voluto ricevere.

Era l'amore.

Sfiorarlo l'aveva colmata di gioia, perderlo l'aveva svuotata. Sarebbe stato difficile ritrovare la voglia di sognare ancora, ma non poteva arrendersi.

Aveva un anno di tempo per rimettere in sesto il proprio cuore, prima che fosse di nuovo ora di esprimere un desiderio sotto l'albero di Natale.

“È stato bello finché è durato”, si disse, esponendo il viso ai fiocchi gelidi. Avrebbe conservato quei ricordi gelosamente, come qualcosa di raro e prezioso. Non erano molti, certo, ma erano intensi. In fondo, anche il Natale arrivava una volta l’anno e durava appena una manciata di giorni, ma non per questo lo si amava di meno.

Le luci intorno alle finestre di casa l’accolsero con il loro tenue bagliore. Anche se non erano un granché, bastavano a farla sentire un po’ meno malinconica.

Sospirò profondamente e spinse il cancello, troppo occupata a pensare all’imminente serata solitaria per accorgersi che era già aperto. Aveva quasi raggiunto le scale quando qualcosa si stagliò di fronte a lei, facendola sobbalzare.

Nella penombra riuscì solo a distinguere una forma umana e il suo primo pensiero fu che si trattasse di un ladro. I furti natalizi erano diffusi in quel periodo – ne parlavano ogni giorno al notiziario – e lei era una donna sola, in un quartiere poco abitato…

«Vattene o chiamo la polizia!», esclamò, arretrando di un passo. Poi d’improvviso, la rabbia per quell’intrusione, unita al nervosismo degli ultimi giorni, la resero temeraria.

Brandendo la borsetta, iniziò a menare colpi alla cieca.

«È Natale, maledizione! Non hai proprio un briciolo di cuore? Vieni qui a seminare il panico, come se non fosse già abbastanza brutto tornare in una casa vuota!», strillò. «Potevi risparmiarti la fatica e qualche livido, perché qui dentro non troverai niente di valore!».

«Ti sbagli. Ci sei tu».

Due mani, calde e morbide come le ricordava, le immobilizzarono i polsi. Non era necessario, tuttavia, perché quella voce profonda e vagamente divertita l'aveva già tranquillizzata.

«Sapevo di correre dei rischi, ripresentandomi qui, ma certo non credevo che sarei stato aggredito!».

Con il cuore palpitante, Clover cercò di distinguere i lineamenti di quel volto in ombra.

«*Cade*?».

Lui si spostò in modo da essere illuminato dalle luci alle finestre. «Sì».

«Che ci fai qui?»

«Ti stavo aspettando».

Incredula, Clover rimase a fissarlo, mentre il calore di quelle mani sembrava già riscaldarla. «Dovevo andare fuori a cena, stasera, e forse non sarei nemmeno rincasata. Hai rischiato di restare qui, al freddo e al gelo, per tutta la notte», farfugliò. Il lampo del suo sorriso riuscì a illuminarla. «Liberty», sbottò. «Ti sei messo d'accordo con lei, non è vero? La ucciderò».

«Non è stato semplice convincerla, credimi».

«Convincerla a fare cosa, di preciso?»

«A lasciarti sola la vigilia di Natale, in modo che tu tornassi a casa».

«E trovassi te sulle scale, a spaventarmi a morte?». Clover si divincolò, lentamente ma con decisione. Era felice di averlo di fronte, sembrava quasi che l'immensa voglia di vederlo lo avesse materializzato nel suo giardino. Passata la sorpresa iniziale, tuttavia, si fece cauta: stava cominciando ad accettare la fine del loro breve idillio natalizio, non poteva rischiare di illudersi ancora.

«Perché sei qui?», chiese.

«Per tanti motivi, ma non so da che parte cominciare».

«Comincia dal più importante», scattò Clover, incrociando le braccia al petto.

Cade annuì. «Ti amo».

Clover restò a bocca aperta.

«Volevo dirtelo alla fine, ma se devo seguire un ordine di importanza…».

«Tu… mi ami? Sei sicuro?», balbettò Clover, sentendo il sangue rombare nelle orecchie.

«Vorrei dirti di sì, ma la realtà è che non mi sono mai sentito così prima d'ora, perciò non so come ci si sente. Comunque mi fido del mio istinto».

«Non ti sei mai sentito così… *Così* come?».

Cade si chinò a raccogliere qualcosa da terra. Clover stava ancora cercando di capire cosa fosse, quando tutto intorno a loro si illuminò.

Ogni albero, casa, muro e recinzione si accese di colori. Tutto ciò su cui poteva posare lo sguardo, lungo la via, brillava grazie a un'infinità di lucine.

«Così», disse Cade, una profonda emozione nella voce e nello sguardo. «Tu illumini il mio mondo, Clover O'Brian».

Clover era senza parole. Continuava a guardarsi intorno, le luci colorate riflesse nei grandi occhi, sentendo un nodo serrarle la gola.

«Spero di aver reso l'idea», proseguì Cade. «Quando mia madre mi ha consigliato di fare un gesto per dimostrarti ciò che provo, questa è la prima cosa che mi è venuta in mente. Ho capito che delle mie parole non ti fidi, ma forse così...».

Clover si morse le labbra. «Mi dispiace per quello che ti ho detto quel giorno. Ero fuori di me, non ragionavo».

«Proprio come non ho ragionato io quando ho cercato di smontare quel maledetto articolo. Era solo un tentativo di proteggerti». Cade le prese il mento fra le dita, guardandola negli occhi. «Era tutto nuovo tra noi, volevo solo avere più tempo per godere di ciò che avevamo, senza che nessuno ci disturbasse. Dicevi di odiare quel lato della mia vita e ho cercato di tenere i giornalisti lontani da te. Non volevo sminuirti o sminuire quel che c'era fra noi».

«Non ha più importanza».

«Sì che ne ha. Avrei dovuto tranquillizzarti subito, ma quando ti arrabbi sei come un carro armato e le tue parole mi hanno fatto più male di quanto pensassi. Non ho avuto la prontezza di reagire».

«Non pensavo una parola di quello che ho detto».

Cade le circondò il viso con le mani, continuando a guardarla come se volesse imprimere ogni più piccolo dettaglio nella sua mente. «Anche quando dicevi che tra noi non può funzionare?».

Clover esitò e Cade si avvicinò ancora di più. «Io credo che funzionerà. Ho avuto tutto dalla vita, ma non mi sono mai sentito così sereno come da quando ti conosco. Voglio averti accanto, Clover. So che la mia vita è caotica, ma farò il possibile per renderti le cose facili».

«Wow...». Clover deglutì, gli occhi annebbiati da lacrime di gioia. Lui parve fraintendere e rafforzò la stretta.

«Ti prego, fidati di me! Non sto recitando».

«Non lo penso». Clover sentì una lacrima scivolare sulla guancia e fermarsi sul pollice di Cade. «È che... è tutto troppo bello».

«Ma è tutto vero. Chiedi a mia madre!».

«Tua madre?»

«Mi ha fatto una predica come non ne sentivo da tempo! Non sopportava di vedermi rinchiuso in casa a piangermi addosso, e ha minacciato di mandarti Zack in regalo, come risarcimento per aver avuto a che fare con uno stupido come me».

Clover ridacchiò, su di giri nel sentire il suo tono contrariato. «Dovrei approfittare dell'offerta, anche solo per dimenticare le due settimane che ho appena passato!».

Cade le immobilizzò le braccia dietro la schiena, tirandola verso di sé. «Non ti lascerò neanche il tempo di pensarci», promise, prima di baciarla.

Clover lasciò che le loro labbra si fondessero. Non le sembrava vero, aveva paura di svegliarsi da uno dei suoi sogni a occhi aperti e ritrovarsi in cortile, sotto la neve, magari abbracciata a un albero. Ma quel corpo solido e caldo, quel profumo familiare e il sapore di quelle labbra erano troppo reali per essere solo una fantasia.

Riaprì gli occhi mentre lo faceva lui, e i loro sguardi si incontrarono. «Sei il regalo più inaspettato che potessi ricevere», sussurrò, sulle labbra morbide che ancora sfioravano le sue.

Cade si finse sollevato. «Questo mi consola, perché non ho avuto il tempo di fartene uno vero! Sono arrivato solo stamattina e mi sono messo a organizzare tutto. Però ho comunque una cosa per te». Si frugò nella tasca del giaccone ed estrasse una palla di vetro con la neve, porgendogliela. Clover la fissò, ridendo: all'interno della sfera, un Babbo Natale in costume da bagno faceva surf su alte onde azzurre circondate da palme verdi. Sulla base di solido legno era incisa la scritta "Merry Christmas from Los Angeles, California".

«Te ne sei ricordato», sussurrò, stringendo al petto il piccolo souvenir.

«Non ho dimenticato niente, Clover». Cade tornò a stringerla fra le braccia. «Comunque sia, prometto di farti un vero regalo quanto prima».

Clover sorrise felice, tornando a guardare la via illuminata a festa. «Per questa volta credo che ti perdonerò!».

«C'è un'altra cosa». Cade indicò la casa in cui era stato ospite fino a due settimane prima. «Philip ha l'allarme attivato e la telecamera di sorveglianza è puntata proprio nella nostra direzione. Ha filmato tutto».

Clover sgranò gli occhi. «Tutto?! Vuoi dire i miei scivoloni, l'aspetto tremendo che ho la mattina quando esco per buttare la spazzatura…?».

Cade rise. «No! Gli ho chiesto io di attivarla, solo per questa sera».

«Perché?»

«Perché quel nastro, se tu sei d'accordo, finirà in mano ai giornali». La voce di Cade si fece roca. «Voglio che tutti sappiano con chi ho intenzione di dividere la mia vita. Creerà un po' di caos, ti avverto, ci saranno giornalisti appostati qui fuori ogni giorno e saremo seguiti per qualche tempo. Ma lentamente l'interesse scemerà e a quel punto potremo vivere tranquilli, te lo prometto».

«Oddio». Clover sventolò con una mano il viso accaldato. «Amo Cade Harrison e lui ama me... Penso che sverrò».

Cade si chinò su di lei con un sorriso smagliante, baciandola ancora.

Rimasero a lungo abbracciati, inondati di luci colorate e fiocchi di neve, cullati dai rintocchi natalizi delle campane.

Clover si sentiva al settimo cielo. La magia del Natale non l'aveva delusa.

Nonostante i giorni trascorsi fra tristezza e lacrime, non aveva perso del tutto la speranza. Ed era stata ampiamente ricompensata.

Cade era innamorato di lei e lo avrebbe gridato al mondo intero. Si sarebbe data un pizzicotto, più tardi, per assicurarsi di essere realmente sveglia.

Un pensiero la colse all'improvviso, facendole aprire gli occhi.

«Cade?»

«Dimmi».

«Il video della sorveglianza di Philip va tagliato, prima di essere mandato ai giornalisti», disse, nascondendo il viso sulla sua spalla.

«Perché?»

«Non vorrai mica far vedere a tutta l'America che ti ho malmenato con una borsetta, vero?».

La sonora risata di Cade risuonò nella via.

Epilogo

Colpo di fulmine a Natale!

Questa volta è ufficiale: Cade Harrison è innamorato!

La notizia è giunta alla nostra redazione sottoforma di un video di sorveglianza, inviatoci da un anonimo cittadino di Staten Island, che ha avuto la fortuna di filmare una scena incredibile: il Principe di Hollywood e la bella personal shopper newyorchese che si dichiarano amore eterno!

Dopo la diffusione del filmato, il bell'attore si confessa ai nostri lettori.

«Inizialmente ho cercato di deviare l'attenzione dei media solo per dare il tempo a me e Clover di capire che cosa stava nascendo fra noi», ha detto. «Lei non è una donna a caccia di popolarità e io volevo proteggerla. Il mio successo può rendere le cose difficili, a volte, soprattutto all'inizio di una storia. Spero, quindi, che la gente comprenderà il nostro desiderio di intimità».

A giudicare dal filmato, Clover O'Brian sembra sufficientemente in grado di difendersi, anche solo armata di borsetta...

«Non si aspettava di vedermi! Ha creduto che fossi un

ladro e ha reagito di conseguenza», ha riso Harrison, alla nostra osservazione. «Credo comunque di aver meritato quei colpi. Se non altro per aver aspettato due intere settimane prima di decidermi a confessarle che la amo».

Lo scapolo più corteggiato e desiderato d'America, sogno proibito di accanite ammiratrici e meravigliose donne dello spettacolo, sembra dunque non essere più disponibile. Come ha fatto, quest'affascinante rossa acqua e sapone, a riuscire dove tutte le altre hanno fallito?

«Clover è speciale. È la donna più bella, dolce e schietta che io abbia mai conosciuto, una simpatica e irriverente creatura in grado di farmi ridere come nessun altro. Spero di renderla felice per il resto della vita».

Mentre Cade Harrison ha sbandierato quasi con piacere i suoi sentimenti ai nostri microfoni, la riservatezza della O'Brian ci ha reso difficile il lavoro. Ma dopo un lungo pedinamento per le strade di New York, siamo riusciti a ottenere anche da lei un commento su questa romantica storia natalizia, che sta facendo sospirare milioni di cuori.

«L'amore di Cade è il più bel regalo di Natale che potessi ricevere», ha dichiarato la donna, senza quasi fermarsi. «E mi sembra ancora impossibile che lui abbia scelto proprio me. Desidero solo viverlo senza troppe interferenze esterne, e fare in modo che duri per sempre. E… dato che siete qui», ha aggiunto, prima di scappare via, «scrivete pure che, d'ora in poi, vorrei che nessuna ammiratrice gli porgesse più il suo didietro per farselo firmare. Grazie!».

Ringraziamenti

Ho immaginato per metà della mia vita questo momento, e ora che mi ritrovo davanti alla fatidica pagina dei ringraziamenti… non so da che parte cominciare! Andrò quindi a braccio, e che nessuno me ne voglia per l'ordine di importanza o per eventuali dimenticanze.

Il grazie più sentito va alle persone che mi sono state vicine in questa avventura, quelle che non hanno mai riso di me sentendomi dire che il mio sogno era diventare una scrittrice ma che, al contrario, mi hanno sempre spronato a provarci. La strada è ancora lunga, ma questo libro è un primo, importantissimo passo.

Ringrazio mia sorella Stefania, perché con grande obiettività ha sempre letto i miei lavori. Non è mai stata un'appassionata del genere, il primo libro rosa che ha sfogliato è stato il mio… E il fatto che lo abbia riletto più volte come la saga di Harry Potter mi ha dato parecchia soddisfazione!

Grazie a Luca, perché quando il mio sogno ha iniziato a decollare era con me. Convive da anni con tutti i miei dubbi e le mie ansie, ma nemmeno una volta ha pensato che non ce l'avrei fatta (Volevi un encomio pubblico per la pazienza? Eccolo!).

Grazie mille a Battina, perché mi aiuta da anni ad arginare le mie paranoie (Ti faranno santa!).

Un grazie di cuore alle amiche virtuali conosciute su Facebook, per la loro dolcezza e simpatia (in particolare alla mia concittadina Maria, che ha risposto gentilmente alle mie domande da pivella) e alle ragazze dei blog che frequento più spesso (*La mia biblioteca romantica* e *Immergiti in un mondo... Rosa!*) perché i loro commenti positivi ai miei primi racconti mi hanno spinta a trovare il coraggio di buttarmi nella mischia.

Grazie a tutti coloro che hanno acquistato il mio romanzo nella sua prima versione digitale: è soprattutto merito vostro se adesso sono qui.

Un immenso grazie alla Newton Compton, e in particolare a Gabriele, Martina e Alessandra, per la fiducia riposta in me, per la pazienza e la disponibilità, e per avermi insegnato tante cose.

E grazie anche a tutti quelli che NON mi hanno mai capita, accettata e sostenuta. Forse, senza di voi, non avrei compreso fino in fondo quanto può essere meraviglioso rifugiarsi nei sogni.

Indice

Paperbacks
sezione Gli Insuperabili
Pubblicazione settimanale, 24 marzo 2016
Direttore responsabile: Raffaello Avanzini
Registrazione del Tribunale di Roma n. 16024 del 27 agosto 1975
Stampato per conto della Newton Compton editori s.r.l., Roma
presso Puntoweb s.r.l., Ariccia (Roma)

Gli Insuperabili

Ultimi volumi pubblicati

Francesca Bertuzzi, *Il sacrilegio*
Simon Scarrow, *Roma o morte*
Helen Warner, *Quattro donne e un matrimonio*
Melissa Hill, *Innamorarsi a Notting Hill*
Matt Rees, *La profezia segreta di Mozart*
Lucinda Carrington, *90 giorni di tentazione*
Daniela Farnese, *Via Chanel N°5*
Marjorie Hart, *I love Tiffany*
Marcello Simoni, *La biblioteca perduta dell'alchimista*
Saskia Noort, *La febbre*
Massimo Pietroselli, *La profezia infernale*
Karen Swan, *Un regalo perfetto*
Carmen Reid, *Il club dello shopping – Shopping mania*
Milly Johnson, *Un indimenticabile autunno d'amore*
Cynthia Ellingsen, *Amori impossibili e fragole con panna*
Ferdinando Imposimato, *La Repubblica delle stragi impunite*
Simon Scarrow, *Il pretoriano*
Adam J. Epstein – Andrew Jacobson, *The Familiars. Il segreto della Corona*
Milly Johnson, *Un indimenticabile autunno d'amore*
Franco Matteucci, *Il suicidio perfetto*
Anna Premoli, *Ti prego lasciati odiare*
Sam Pivnik, *L'ultimo sopravvissuto*
Michael Ennis, *La congiura Machiavelli*
Anna-Lou Weatherley, *La rivincita delle mogli*
Stefano Baldi, *Sia fatta la tua volontà*
Alex Churton, *La mappa segreta della Massoneria*
Jonathan Holt, *Sconsacrato*
Ilaria Beltramme, *La società segreta degli eretici*

Federica Bosco, *Un amore di angelo*
Roberto Fabbri, *Il giustiziere di Roma*
Massimo Lugli, *Gioco perverso*
Andrea Frediani, *La battaglia delle Termopili*
Lindsey Kelk, *I love New York*
Amy Bratley, *Segreti, bugie e cioccolato*
Evie Hunter, *L'iniziazione*
Andrea Frediani, *Gli invincibili. Alla conquista del potere*
G. L. Barone, *La cospirazione degli Illuminati*
Niamh Greene, *Sarà perché ti amo*
Davide Mosca, *La cripta dei libri profetici*
Karen Swan, *Shopping da Prada, appuntamento da Tiffany*
Ali McNamara, *Innamorarsi a Notting Hill*
Miranda Dickinson, *Iniziò tutto con un bacio*
Jessica Sorensen, *Non lasciarmi andare*
Diana Lama, *L'anatomista*
Daniela Farnese, *I love Chanel*
Amy Bratley, *L'amore della mia vita*
Marcello Simoni, *L'isola dei monaci senza nome*
Marc Raabe, *Il sezionatore*
Rebecca Chance, *Amori, bugie e tacchi alti*
Elisa Amoruso, *Buongiorno amore*
C. M. Palov, *La cripta occulta dei templari*
Vanessa Greene, *Biscotti, dolcetti e una tazza di tè*
Joseph Kanon, *Omicidio a Istanbul*
Tami Hoag, *La Ragazza N° 9*
Martin Rua, *Le nove chiavi dell'antiquario*
Tiffany Reisz, *Peccato originale. Il ritorno*
Anna Premoli, *Come inciampare nel principe azzurro*
Enrico Vanzina, *Il gigante sfregiato*
Simon Scarrow, *La battaglia finale*
Carmen Reid, *Shopping con le amiche*
Remo Guerrini, *L'estate nera*
C.L. Parker, *La proposta*
S. Montemurro; M. Lugli; M. Simoni; F. Bertuzzi; D. Lama; G. Leoni; P. Roversi, *Estate in giallo*
Vito Bruschini, *I segreti del club Bilderberg. Il romanzo del potere*
Nicola Doherty, *Innamorarsi a Central Park*

Lauren Myracle, *Il nostro infinito momento*
Roberta Gately, *La Pakistana*
Carole Matthews, *Un regalo inaspettato*
M. Simoni, M. Lugli, L. Ghinelli, D. Mosca, M. Pietroselli, F. Delizzos, S. Montemurro, G. Lisai, *Giallo Natale*
Milly Johnson, *Un indimenticabile Natale d'amore*
Thomas Harding, *Il comandante di Auschwitz*
Eva Schloss, *Sopravvissuta ad Auschwitz*
Sara Tessa, *L'uragano di un batter d'ali*
Chase Emma, *Non cercarmi mai più*
Cassandra Rocca, *Tutta colpa di New York*
Jessica Sorensen, *Tienimi con te*
Brian McGilloway, *Non parlare*
Rosa Ventrella, *Il giardino degli oleandri*
Daniela Sacerdoti, *Ho bisogno di te*
Franco Matteucci, *La mossa del cartomante*
Laura Schiavini, *A qualcuno piace dolce*
Paolo Cammilli, *Maledetta primavera*
Solomon Northup, *12 anni schiavo*
Marcello Simoni, *Il labirinto ai confini del mondo*
Monica Murphy, *Non dirmi un'altra bugia*
David Gibbins, *Il faraone*
Stuart MacBride, *Vicino al cadavere*
Jessica Sorensen, *Con te sarà diverso*
Anna Premoli, *Finché amore non ci separi*
Letizia Triches, *Il giallo di Ponte Vecchio*
Simon Scarrow, *La profezia dell'aquila*
Andrea Frediani, *La battaglia della vendetta. La saga degli invincibili*
Amy Harmon, *I cento colori del blu*
Jonathan Holt, *Profanato*
M. Leighton, *Solo per te*
Ali McNamara, *Da New York a Notting Hill per innamorarsi ancora*
C.L. Parker, *La trasgressione*

Marc Raabe, *Prima di uccidere*
Cassandra Rocca, *Una notte d'amore a New York*
Martin Rua, *La cattedrale dei nove specchi*
Jessica Sorensen, *Non cambiare mai*
Emma Chase, *Cercami ancora*
Catharina Ingelman-Sundberg, *La banda degli insoliti ottantenni*
M.R.C. Kasasian, *I delitti di Mangle Street*
Valeria Luzi, *Ti odio con tutto il cuore*
Mario Mazzanti, *Un giorno perfetto per uccidere*
Gail McHugh, *Stringimi più che puoi*
Monica Murphy, *Dammi un'altra possibilità*
Simon Scarrow, *L'aquila dell'impero*
Leandro Sperduti, *I 7 arcani del Vaticano*
Sara Tessa, *Il silenzio di un batter d'ali*
John Searles, *Non rispondere*
Felix Weinberg, *Bambino n. 30529*
M. Lugli; F. Bertuzzi; D. Lama, P. Roversi; G. Morozzi; P. Di Cara; D. Nelli, *Delitti di Ferragosto*
Cassandra Rocca, *Mi sposo a New York*
Andrea Frediani, *300 La saga*
Miranda Dickinson, *Favola d'amore a New York*
Jessica Sorensen, *Per sempre insieme*
Andrea Frediani, *I 300 di Roma*
Emma Chase, *Io ti cercherò*
Karen Swan, *Quell'estate senza te*
Massimo Lugli, *La strada dei delitti*
Michelle Gable, *Un favoloso appartamento a Parigi*
Penelope Douglas, *Mai per amore*
Jen McLaughlin, *Fuori controllo*
Joel C. Rosenberg, *Fuga da Auschwitz*
Antonia Hodgson, *Il misterioso caso di Samuel Fleet*
Giulio Castelli, *L'imperatore guerriero*
G. L. Barone, *Il sigillo dei tredici massoni*
Andrea H. Japp, *I delitti della cattedrale*
Andrea Frediani, *Guerra sui mari. Il dominio su Roma*

Melissa Foster, *Un bacio sotto la neve*
Karen Swan, *Natale a Londra con amore*
F. Caringella; L. Triches; E. Carta; D. Lama; M. Simoni; F. Bertuzzi; L. Ghinelli; F. Delizzos; M. Lugli; *Delitti di Capodanno*
Carole Matthews, *Appuntamento sotto l'albero*
G. L. Barone, *La chiave di Dante*
Roberto Fabbri, *Il generale di Roma*
Amy Harmon, *Sei il mio sole anche di notte*
Letizia Triches, *Quel brutto delitto di Campo de' Fiori*
Emma Chase, *Tu mi cercherai*
A.G. Howard, *Il mio splendido migliore amico*
Stuart MacBride, *Omicidi quasi perfetti*
Brian McGilloway, *Urlare non basterà*
Jodi Ellen Malpas, *Per una sola volta*
Franco Matteucci, *Tre cadaveri sotto la neve*
Morgan Matson, *Noi due ai confini del mondo*
Simon Scarrow, *Il sangue dell'Impero*
Rande Brown, Mineko Iwasaki, *Storia proibita di una geisha*
Sarah Dessen, *Ascolta il tuo cuore*
Aurora Belle, *I suoi occhi su di me*
Mario Mazzanti, *Non uccidere*
Andrea Frediani, *Sfida per l'impero*
Jessica Sorensen, *Con te sarà per sempre*
Fariba Nawa, *La moglie afghana*

Cassandra Rocca

Ho voglia di innamorarmi

Volume rilegato di 320 pagine. € 9,90

Da quando ha lasciato casa e famiglia per trasferirsi a Los Angeles, Heaven Taylor ha un solo desiderio: trovare la propria strada e sentirsi una donna e soprattutto una giornalista realizzata. Ma la concorrenza è agguerrita e non è facile tenersi il posto neppure in un giornale di gossip. Per riuscirci dovrà ottenere lo scoop del momento: la top model più paparazzata insieme al suo amante misterioso. Decisa a farcela, Heaven si mette sulle tracce dei due a bordo di uno yacht, incurante delle nefaste previsioni del tempo che annunciano una terribile tempesta in arrivo proprio da quelle parti. Dopo varie peripezie, e proprio mentre sembra aver ottenuto le foto tanto agognate, il fortunale si abbatte sulla costa e la povera Heaven cade nell'oceano, vanificando i suoi sogni di gloria e trovandosi a rischio di vita. A salvarla da annegamento certo è David Cooper, che sopraggiunge su una barca bianca come un principe sul suo baldo destriero. Peccato che, nonostante la bellezza statuaria, David non sia propriamente un principe, e forse l'unica persona al mondo che Heaven sperava di non incontrare mai più…

NEWTON COMPTON EDITORI

Anna Premoli

Tutti i difetti che amo di te

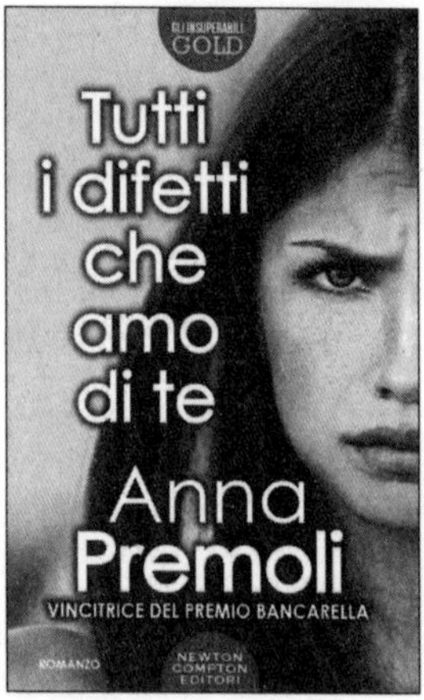

Volume rilegato di 288 pagine. € 4,90

Mettere i bastoni tra le ruote alla propria famiglia è una vera arte per Ethan Phelps, perfezionata con cura nel corso degli anni. Quando suo padre muore, senza lasciare alcun testamento, il ragazzo eredita le quote della sua multinazionale. Ma è evidente a tutti che Ethan non ha il pallino per gli affari. Passa le serate tra bar e locali offrendo da bere a chiunque e pagando conti salatissimi. Quando però, un bel giorno, fa irruzione completamente ubriaco in una riunione di azionisti, i familiari si convincono che è il momento di prendere drastici provvedimenti, primo fra tutti, nominare un amministratore che tuteli il suo patrimonio. Dopo diversi tentativi falliti viene nominata un'affascinante avvocato specializzato in brevetti aziendali, Sara Di Giovanni. Sara ha il grande vantaggio di essere determinata e di non lasciarsi imbambolare dai modi di Ethan. Tra loro è da subito scontro aperto: lui non vuole ridimensionare il suo stile di vita e lei non ha nessuna intenzione di farsi mettere i piedi in testa da un presuntuoso rampollo. E così, poco alla volta, la tensione arriva alle stelle. Anche se il loro rapporto, a suon di dispetti, è destinato a evolversi in qualcosa di ben più complicato ed eccitante...

NEWTON COMPTON EDITORI